आरोही

मिहिर अतीत को याद करता है, कॉलेज में अपने पहले दिन अपनी रैगिंग से लेकर सिविल सर्विसेज में चयन होने की खुशी के क्षण तक; और दोनों बिंदुओं के बीच बहुत कुछ है—दोस्ती, कड़ी मेहनत, कॅरियर विकल्प, परिवार के प्रति जिम्मेदारी और उनकी अपेक्षाएँ, पहला प्यार, महानगर में जीवन की लय, क्षेत्रीय मतभेद और पूर्वग्रह तथा और भी बहुत कुछ। और तीन प्रमुख रूपांकनों पर नजर रखें—मोनालिसा, सोमा और शिवा—और इतिहास, धर्म, समाजशास्त्र, दर्शन, मनोविज्ञान (विशेष रूप से प्रेम और सेक्स पर), यहाँ तक कि बॉलीवुड पर सजीव चर्चा पर। लेखक किसी भी कॅरियर में अनुभव की आकर्षक तसवीर प्रस्तुत करने के लिए सिविल सेवाओं की तैयारी और उसमें शामिल होने के फ्रेम का उपयोग करता है।

—द टाइम्स ऑफ इंडिया

"एक दिलचस्प और बाँधकर रखनेवाला कथानक; यह पुस्तक पाठक को अपने कथानक का एक हिस्सा बना लेती है।"

—एच.टी. सिटी

"मुकुल कुमार कथालेखन में ताजा हवा के झोंके की तरह हैं।"

—द स्टेट्समैन

"आनंद और दर्शन का सम्मोहित कर देनेवाला मिश्रण; बहुत ही रोचक और बाँधकर रखनेवाला लेखन।"

—मिलेनियम पोस्ट

आरोही

मुकुल कुमार

प्रकाशक
प्रभात प्रकाशन प्रा. लि.
4/19 आसफ अली रोड, नई दिल्ली-110002
फोन : 011-23289777 • हेल्पलाइन नं. : 7827007777
इ-मेल : prabhatbooks@gmail.com ❖ वेब ठिकाना : www.prabhatbooks.com

संस्करण
प्रथम, 2024

पेपरबैक मूल्य
तीन सौ रुपए

मुद्रक
आर-टेक ऑफसेट प्रिंटर्स, दिल्ली

★

AAROHI
Novel by Shri Mukul Kumar
(Hindi translation of AS BOYS BECOME MEN)

Published by **PRABHAT PRAKASHAN PVT. LTD.**
4/19 Asaf Ali Road, New Delhi-110002

ISBN 978-93-5562-944-9

₹ 300.00 (PB)

शुभाशंसा

स्वाधीनता संग्राम और उसके थोड़े समय बाद तक के भारत का यथार्थ प्रेमचंद, रेणु, राही मासूम रजा आदि के उपन्यासों में धड़कता है। पंत के शब्दों में हम उसे 'भारतमाता ग्रामवासिनी/मिट्टी की प्रतिमा उदासिनी' का यथार्थ भी कह सकते हैं। अच्छी शिक्षा और बेहतर रोजगार की तलाश में नेहरू युग से लेकर जयप्रकाश क्रांति तक अधिकांश महत्त्वाकांक्षी परिवार कस्बों में आ बसे, भूमंडलीकरण के समय तक महानगरों के सबलेट स्पेस और तंग कोठरियों में तथा भारत का यथार्थ, कम-से-कम भारतीय उपन्यासों में, मध्य वर्ग का यथार्थ बन गया—एक ऐसे मध्यवर्ग का, जिसका सपना अपने 'नन्हे-मुन्ने राहियों' और 'नौनिहालों' के लिए यही था कि वे कलेक्टर, मैनेजर, अफसर, डॉक्टर, इंजीनियर बनें (कुछ प्रसिद्ध लोगों के नाम भी पदमूलक रखे गए)। माँ-बाप जहाँ शिक्षित थे, वहाँ सपना था कि उनके बच्चों को अखिल भारतीय सफलता मिले—आईआईटी, आईआईएम, आईएएस, आईआरएस आदि के आगे लगा 'आई' उनकी अपनी आइडेंटिटी की 'आई' से ऐसे एकाकार हुआ था, जैसे एक जगती हुई लौ से दूसरी डूबती हुई लौ हो जाती है। विस्थापित मजदूरों पर तो फिर भी लिखा गया, लाखों की संख्या में दिल्ली विश्वविद्यालय के आस-पास की छोटी कोठरियों में रहकर अखिल भारतीय परीक्षाओं, खासकर सिविल सर्विस की तैयारी कर रहे युवकों के दैनंदिन संघर्ष पर नहीं के बराबर ही लिखा गया। इस विषय के आस-पास इधर कुछ

फिल्में बनी हैं, पर मेरे जानते सबसे पहले उपन्यास रूप में इसे ढालने का सुभग यत्न मुकुल कुमार ने ही किया और आज से कई बरस पहले अंग्रेजी में जब इसकी पांडुलिपि पढ़ी थी तो जो बातें मुझे इसमें खास लगी थीं—वे हैं वातावरण का ग्राफिक चित्रण, प्रेम में पड़े परीक्षार्थी के आगे घूमता माता-पिता का चेहरा, संघर्ष और दुविधा के क्षणों तथा स्थितिजन्य विडंबनाओं की मार्मिक प्रस्तुति आदि।

हिंदी अनुवाद में इसे पढ़कर इसके नायक से हिंदी-पट्टी के युवकों का तादात्म्य सघनतर होगा, ऐसी उम्मीद है।

—अनामिका
साहित्य अकादेमी पुरस्कार से सम्मानित

लेखकीय

जब भी मैं कोई उपन्यास पढ़ता था, मैं कल्पना करने लग जाता कि लेखक अपना उपन्यास प्रकाशित होने के बाद कैसा महसूस करता होगा! पाठकों के हाथों में अपने उपन्यास को देखकर उसे निश्चित ही एक अद्भुत खुशी महसूस होती होगी। आपके हाथों में अपने उपन्यास को देखकर ठीक मुझे भी वैसा अनुभव हो रहा है। एक श्रमसाध्य कार्य की सफलता एक स्वप्न की साकार प्रस्तुति!

इस उपन्यास में मिहिर तीन युवाओं की कहानी सुना रहा है, जिनमें से एक तो वह स्वयं है और बाकी दो हैं, उदय और संदीप। आप 'अतीत में प्रवेश' अध्याय में देखेंगे कि अपने ही बारे में लिखते हुए मिहिर का मन उद्गार से कितना भरा है। उसके दिमाग में निरंतर एक हलचल-सी मची रहती है। इन उद्गारों को विचारबद्ध करना और इन्हें शब्द देना और ऐसी हलचल को अभिव्यक्त करना मेरे लिए एक रोमांचक अनुभव साबित हुआ। हालाँकि, अनुभव की यह यात्रा कैसी रही, इसका निर्णय तो आप लोग ही करेंगे। मैं तो बस यही उम्मीद कर सकता हूँ कि आप भी इस रचना को पढ़ते हुए उतने ही रोमांचित हों, जितना मैं लिखते हुए हुआ। एक लेखक की इससे ज्यादा प्रबल कामना कोई और नहीं हो सकती। यही लेखन की सार्थकता है।

इस उपन्यास के माध्यम से आप मेरे साथ इस यात्रा में सम्मिलित हैं, इसके लिए मैं आपका हृदय से आभार व्यक्त करता हूँ।

—मुकुल कुमार

वेबसाइट : www.mukulkumar.co.in
फेसबुक : https://www.facebook.com/Mukulkumar.co.in
इंस्टाग्राम : https://instagram.com/mukulkumar_178
ट्विटर : https://twitter.com/mukulkumar_mk
लिंक्डइन : https://www.linkedin.com/in/mukul-kumarr/

आभार

सबसे पहले मैं उस ईश्वर के प्रति आभार प्रकट करता हूँ, जिन्होंने मुझे इस लेखन की प्रेरणा दी। जिस सेवा में मैं कार्यरत हूँ, उसका भी आभार प्रकट करना चाहूँगा, जिसने सदा ही मेरे लेखन को नैतिक बल दिया। मेरे पिता का आभार व्यक्त करने में मैं स्वयं को असक्षम पाता हूँ, जिनसे साहित्य मुझे विरासत में मिला, और जो मेरे लिए मित्र, दार्शनिक और मार्गदर्शक रहे। मेरी माता और पत्नी, यह मुझे लेखन यात्रा के दौरान निरंतर प्रोत्साहित करते रहे। मेरी प्यारी-बेटी अवंतिका, जो सचेतन या अचेतन भाव से मेरी साहित्य साधना को प्रेरित करती रहती है।

उपन्यास लिखना और उसे पाठकों तक पहुँचाना, ये एक ही यात्रा के दो अलग चरण हैं। पायल रॉय चौधरी अपने अमूल्य सुझावों के साथ निरंतर अपना योगदान देती रहीं। पवन का योगदान भी सराहनीय है।

अनुक्रम

अतीत में प्रवेश

मुड़कर देखो तो जीवन कुछ स्नैपशॉट और विगनेट्स में टूटता दिखाई देता है। मैं नहीं जानता कि ये खास चीजें ही बार-बार सामने क्यों आ रही हैं? हो सकता है कि ये समय की मार से बच गईं, क्योंकि ये बहुत गहरी थीं। मन के पास भी जीवन की गहरी घटनाओं को सँभालकर रखने का अनूठा तंत्र है; ऐसी घटनाएँ, जो बहुत ही सशक्त भावों से जुड़ी हों। ये कहीं-न-कहीं अवचेतन में गहरी दबी रहती हैं, कभी-कभी अर्धचेतन और चेतन भाव में भी इनका पता मिलता है। मेरा मानना है कि इनके कारण ही मैं अपने अस्तित्व और उस संसार को पूरे रंग, रूप और रस के साथ प्रकट कर सकूँगा, जिसका मैं मुख्य पात्र रहा था। आज मेरे पास मुड़कर देखने पर ये परिदृश्य ही शेष हैं, जिनके बल पर मैं अपने अतीत को खोदकर किस्से कहूँगा। मुझे पूरी उम्मीद है कि जब इन टुकड़ों को अपने चेतन भाव के साथ मिलाकर सहेजूँगा तो ये समय के विस्तार में प्रवाहित होते हुए शब्दों के माध्यम से प्रकट होंगे।

अपने अतीत के द्वार पर खड़े हुए, मैं अपने भीतर भावों के गहरे उफान को महसूस कर रहा हूँ, यह उथल-पुथल इतनी गहरी है कि इसे समग्र रूप से प्रस्तुत नहीं किया जा सकता। मेरे अस्तित्व का सच और जिए हुए जीवन का यथार्थ, मैंने क्या सोचा, और क्यों वो सोचा, जो सोचा मेरे भाव और सोच सही थे या गलत; ये सही और गलत अपने आप में संपूर्ण है या सापेक्ष; क्या यथार्थ के भी कई पक्ष हैं; क्या सत्य को पाया जा सकता है या नहीं; और हम जिसे सत्य कहते हैं, उससे परे, क्या सत्य केवल एक कल्पना है, और

जीवन का जिया जाना ही एकमात्र गहन सत्य? यह सब मुझे भ्रमित कर रहा है। भाव अभिव्यक्ति पर भारी पड़ रहे हैं। पर मुझे कहना तो पड़ेगा ही, क्योंकि उसके बिना मेरी मुक्ति नहीं। अगर कह गया तो कम-से-कम शांति तो मिलेगी, वरना मैं लगातार अपने ही दो हिस्सों से लड़ता रहूँगा। मेरा एक हिस्सा, जो शायद कहानीकार है, लगातार मेरे कार्यों, सोच, भावनाओं, भावों, बोध और वजूद के साथ चलते हुए उसका आकलन और विश्लेषण करता है, उसे मंजूरी या नामंजूरी देता है। एक समानांतर वजूद, जो मुझे सताता रहता है।

कहाँ से आरंभ करूँ? क्या इसे उस दिन नहीं शुरू होना चाहिए, जिस दिन मैंने यह निर्णय लिया कि मुझे अपनी नौकरी को साथ लेकर चलते हुए ही अपने लिखने के जुनून को पूरा करना होगा? कौन सा रास्ता था वह? हम सब कभी-न-कभी इस जद्दोजहद से गुजरते हैं, मैं भी गुजरा। मिहिर की चेतना आकर रुकती है दिल्ली की उस शाम पर, जब वह हताश-निराश अपने घर लौटा था।

'इन दिनों पूरी तरह से मायूस महसूस कर रहा हूँ, जिंदगी बोझ लगने लगी है। लगता है कि मुझे आगे की ओर ले जाने के लिए टहोका देनेवाला कोई नहीं, मुझे मेरे आनेवाले कल से कोई पुकार सुनाई नहीं देती।' मिहिर धड़ाम से सोफे पर लुढ़कते हुए बड़बड़ा रहा था। उस धड़ाम की आवाज में उसके अंदर का खालीपन गूँज रहा था।

मिहिर अभी काम से वापस ही आया था। "ओह! फिर से वही नौटंकी! मैं तो बुरी तरह से तंग आ चुकी हूँ। अब क्या हुआ? क्या मिनिस्टर के पी.ए. ने फिर से मिनिस्टर के कोटे से मिलनेवाले मकान के लिए आना-कानी की?" रुचि ने पूछा। उसके चेहरे पर हमदर्दी और व्यंग्य के मिले-जुले भाव थे। वह बैठक में मिहिर के सामने आ बैठी और मीता से कहा कि वह चाय-नाश्ता वहीं ले आए। मीता घर के कामों में रुचि की मदद करती थी।

"यह सरकारी बँगले की बात नहीं है और तुम जानती हो कि मैं क्या कहना चाहता हूँ, पर तुम जानबूझकर सारी बात को दुनियादारी की ओर मोड़कर, मेरी परेशानी से कतरा रही हो।" मिहिर ने रुचि की बात को पूरी

तरह से खारिज करते हुए कहा। पर मन-ही-मन, ऐसे पलों में वह रुचि की हकीकत से जुड़ी पहल में छिपी सकारात्मकता को अनदेखा नहीं कर पाता था; जिंदगी चाहे जीने लायक न हो, पर जीना तो जारी रहता ही है।

"यह सब इसलिए, क्योंकि मुझे पता है कि तुम्हारे रोने-धोने से कोई बात नहीं बनेगी और न ही कोई नतीजा निकलेगा। मैंने कभी तुम्हें समस्याओं के हल के बारे में बात करते नहीं सुना। तुम हमेशा बिना सिर-पैर की बातें करते हो। 'मैं अपनी नौकरी छोड़ना चाहता हूँ। अगर ऐसा हो सका तो शायद मेरी किस्मत मुझे किसी दूसरी खुशी की दिशा में ले जाए,' इसी तरह की बेतुकी बातें! भगवान् के लिए जरा दिमाग से काम लेना शुरू करो।" रुचि के सुर में अचानक गुस्सा झलकने लगा। शिवपुर से दिल्ली तबादला होने के बाद वह अकसर इसी तरह मायूसी और हताशा के बीच घिर जाता और अब तो ऐसा अकसर होने लगा था।

"पर मैं क्या करूँ? नौकरी, घर—इनमें से किसी भी चीज में मेरी दिलचस्पी नहीं रही।" उसका वही आलाप जारी रहा।

"मेहरबानी करके, बस, भी करो और बताओ कि मिनिस्टर के पी.ए. के साथ मीटिंग में क्या हुआ?" रुचि ने मिहिर को चाय का प्याला थमाया और काम की बात पर आ गई। उसके लहजे से साफ जाहिर था कि वह मिहिर को उसकी मायावी दुनिया से बाहर लाकर यथार्थ के धरातल पर खड़ा करना चाहती थी। वो मिहिर में व्यावहारिकता की कमी से भली-भाँति परिचित थी।

"हम्म, मैं उनसे मिला था। फिर वही दिलासा मिला कि काम हो जाएगा, पर थोड़ा समय लगेगा।" मिहिर ने पूरी कोशिश की कि उसके शब्दों में निराशा न आए, ताकि रुचि के चेहरे पर उम्मीद की हलकी-सी आब बनी रहे।

मिहिर लगातार अपनी बेदिली से लड़ रहा है। उसे याद है, जब वे शिवपुर का बड़ा सा बँगला छोड़कर दिल्ली के लिए रवाना हो रहे थे तो उसने बड़ी अकड़ से रुचि को बताया था कि उसने किस तरह मंत्री के खास पी.ए. से बात कर ली है और उसे बता दिया कि उसके बूढ़े माता-पिता के लिए

जल्द-से-जल्द मकान की जरूरत होगी। वह मंत्री शिवपुर से था और मिहिर ने इस इलाके में अपने चार साल के कार्यकाल के दौरान उसके लिए बहुत कुछ किया था।

"पर मैं यकीन से नहीं कह सकता कि उसका यह 'थोड़ा समय' कभी आएगा या नहीं!" मिहिर ने इस बात का दूसरा पहलू भी भरी मुसकान के साथ रखा, ताकि उम्मीद की लौ में यथार्थ की छाया लुप्त न हो जाए।

रुचि उसकी बात सुनकर मुसकराते हुए बोली, "पर ये सब तो होता ही रहता है। तुम्हें उससे अपना अहम दबाकर लगातार मिलते रहना होगा। जब तक कोई बात नहीं बनती, दिल्ली वाले तौर-तरीकों पर चलना होगा। तुम उससे यह उम्मीद नहीं कर सकते कि तुम्हारे जाते ही वह तुम्हारा काम कर देगा। जरा सोचो, तुम्हारे जैसे कितने लोग उससे काम निकलवाना चाहते होंगे! वे भी तुम्हारी तरह जरूरतमंद होंगे। एक कैबिनेट मंत्री कोई मजाक नहीं होता!"

"पर मैंने तो अपनी ओर से हमेशा उसका पूरा साथ⋯"

"तुम उनके लिए जो भी करने का दावा करते हो, मैं यकीन से कह सकती हूँ कि उसकी वजह से औपचारिक प्रोटोकॉल नहीं टूटने वाला। तुम उन लोगों में से नहीं हो, जो गलत तरीके से किसी की मदद करने के लिए आगे आते हैं, इसलिए उस लिहाज से मदद मिलने की उम्मीद तो कभी रखना भी मत। इसे हम किसी तरह का मुआवजा नहीं मान सकते।" रुचि ने मिहिर को बीच में ही काटते हुए उसे हकीकत समझाने में देर नहीं की।

मंत्री के कोटे से जल्दी मकान मिलने वाली बात तो समझ आने लगी थी, पर उसे रुचि से नाराजगी थी कि वह हमेशा की तरह जानबूझकर उस बड़ी तसवीर को अनदेखा कर रही थी, जो वह उसे दिखाना चाहता था।

"बिना झुँझलाए और मेरी बात बीच में काटे क्या तुम मेरी बात ध्यान से सुन सकती हो ? तुमने देखा ही है कि हमें कितनी बार स्कूल की तीर्थ-यात्रा पर जाकर प्रिंसिपल को साष्टांग दंडवत् करना पड़ा। खैर, यह तो हमें मालूम ही था कि गीत के स्कूल दाखिले के लिए ऐसा ही करना होगा, रविकांत और दिल्ली

में रहने वाले दूसरे लोगों ने पहले से ही इस बारे में आगाह कर दिया था। बात सिर्फ इतनी होती तो भी कोई खास झुंझलाहट नहीं होती, पर अपने इतने अच्छे प्रोफाइल के बावजूद मुझे कोई सही असाइनमेंट नहीं मिला। तुम जानती हो कि मैं बस टाइम पास कर रहा हूँ। नौकरशाही एक ऐसी दुनिया है, जिसमें तुम्हारी कीमत दूसरों के आकलन या उनकी पसंदगी पर निर्भर करती है।"

मिहिर के कहने पर भी रुचि उसकी बात को गंभीरता से नहीं ले पाई और उसने अपनी तरह से उसे फिर समझाने की कोशिश की। "यह तो हमेशा से ऐसा ही होता आया है। और तुम इसे ज्यादा इसलिए महसूस कर रहे हो, क्योंकि तुमने इस जगह आकर इसका पूरा अनुभव लिया है। तुम पहले भी ऐसी बातों पर भुनभुनाते थे, अगर तुम्हें याद हो! पर तब उन जज्बातों को काबू कर लेते थे, क्योंकि तुम्हारे पास तुम्हारे मनमाफिक काम था। मि. मिहिर! भगवान् के लिए मेहरबानी करके सीख लो कि नौकरशाही पूरी तरह से अवैयक्तिक है। इस जगह तुम्हारी निजी संवेदनशीलता कोई मायने नहीं रखती। फिर भी तुम इसकी खोज में रहते हो। तुम हमेशा अपने लिए इस तरह दुःख क्यों मोल लेते रहते हो?"

"पर तुम यह क्यों नहीं समझती कि मैं इन बातों से कितना लाचार महसूस करता हूँ, अपनी खुद की छवि मुझे नहीं भाती। खुद को अधूरा महसूस करता हूँ। पहले ऐसा नहीं लगता था। शिवपुर के आखिरी दिनों के बाद से ही ऐसा हुआ था। तभी से मेरे भीतर मायूसी और एक अजीब किस्म की हताशा बढ़ने लगी थी।" मिहिर ने जैसे एक साँस में अपनी बात खत्म की, जैसे कि उसके भीतर कोई डर हो कि रुचि उसे अपनी बात पूरी नहीं करने देगी।

"केवल कुछ ही दिन नहीं, बल्कि हमेशा से ऐसा ही था। मुझे आज भी तुम्हारी कही बात याद है, 'मैं इस जगह से तंग आ गया। इस जगह बहुत दबाव है और अहमियत हासिल करने के लिए मन का सुख-चैन बरबाद करना पड़ता है। मुझे पूरा यकीन है कि मैं इन चीजों के लिए नहीं बना और मेरा मकसद कुछ और···और फिर इसी तरह की बातें।" रुचि ने उसे याद दिलाया।

रात के खाने का वक्त हो आया था। चाय पीने के बाद भी वे उसी कमरे

में ही बैठे रहे थे। अगला दिन शनिवार होने के कारण ऑफिस की कोई चिंता नहीं थी।

रुचि ने मिहिर से कपड़े बदलकर खाने पर आने को कहा। वह खाने के कमरे में गई और मिहिर कपड़े बदलने कमरे में गया। उसने गीत से उसके स्कूल और पढ़ाई के बारे में पूछा। जब वह वापस मेज पर आया तो वह सोचने लगा, 'यह घर, यह बैठक, सोने का कमरा, खाने की मेज एक व्यवास्थित जिंदगी का यह ऐशो आराम उधार पर लिया हुआ है।'

वे जिस फ्लैट में रह रहे थे, उसका इंतजाम मिहिर के एक दोस्त गौतम ने किया था। यह घर गौतम के बिजनेस पार्टनर का था। इसकी मरम्मत होने वाली थी, पर उसने कुछ महीनों के लिए उसे टाल दिया, और मिहिर को उसे अपना सरकारी आवास मिलने तक रहने को दे दिया।

मेज पर उसने और रुचि ने बात को फिर वहीं से पकड़ा, जहाँ छोड़ा था। मिहिर ने कहा, "तुम अच्छी तरह जानती हो कि मेरा मन क्या चाहता है?"

"तुम अपना सारा समय लेखन को देना चाहते हो। मैं जानती हूँ कि यह तुम्हारा जुनून और सपना है, पर लगातार इसका राग अलापने से क्या होगा?" रुचि ने अपने लहजे में थोड़ी नरमाई लाते हुए कहा, वह मिहिर के प्रिय विषय पर बात कर रही थी।

"हम्म!" लेखन की बात सुनकर ही वह झूम उठता है। अंततः वह बातचीत को अपने अभीष्ट विषय पर लाने में कामयाब रहा।

"पर तुम इस बात को क्यों नहीं मान लेते कि तुम्हारी नौकरी और लेखन को एक-दूसरे के साथ ही चलना होगा। हकीकत और सपने में फर्क होता है। हकीकत को जानो और समझो कि घर का चूल्हा भी तो जलते रहना चाहिए। तुम्हें समझना होगा कि मैं अभी तक कहीं काम नहीं करती?" रुचि ने मिहिर को सच दिखाना चाहा। वह भले ही मिहिर के लिए कसैला था।

"यही तो मेरी मजबूरी है कि मैं काम छोड़ना तो दूर रहा, लंबी छुट्टी लेने के बारे में भी नहीं सोच सकता, मुझे पता है कि मेरे तबादले की वजह से ही तुम इस परेशानी में आई हो। वह भी दिल्ली में, इस समय, जब हमारी

हालत वैसे ही खस्ता है। मैडम! मुझे भी तुम्हारी परवाह है, तुम इसे मानो या न मानो!" अपनी जिम्मेदारियों का अहसास जताते हुए उसने कहा।

"हाँ! यही तो तुम्हारे भीतर का विरोधाभास है, जिसे सराहना भी मुश्किल और समझना भी। तुम बस, उदास होना जानते हो। अपने सपने को जान चुके हो, पर उस पर चलने का कोई रास्ता नहीं निकालते, काम और जुनून के बीच होने वाले संघर्ष का कोई समाधान नहीं ढूँढ़ते। अफसोस की बात है ये।" वह आगे बोली, "मैं मानती हूँ कि ऐसा करना आसान नहीं, पर हमें यह भी मानना होगा कि हम भले ही कितना भी रोना-धोना मचा लें, जो चीज मुश्किल है, वह मुश्किल ही रहेगी। अब समय आ गया है कि तुम मौजूदा हालात के बीच ही अपने लेखन को जगह दो। सपनों की राह भी यथार्थ से ही होकर गुजरती है। खुशकिस्मती से, तुम जिस जगह हो, अपने लिखने के लिए वक्त निकाल सकते हो, कम काम और नौकरी से असंतुष्टि का फायदा उठाओ। पर तुम बेतुकी चीजों के बारे में सोचकर समय बरबाद कर रहे हो।" रुचि की बात में खीझ और हमदर्दी एक साथ झलक रहे थे।

इन सब बातों के बीच दोनों ने खाना मशीनी ढंग से खाया, बिना भोजन पर केंद्रित हुए।

मिहिर के चेहरे पर असमंजस के भाव को पढ़ते हुए रुचि ने फिर कहा, "लिखना तुम्हें खुशी देगा, जो तुम्हारी नौकरी के कारण आ रही मायूसी को दूर करेगा।"

उसकी बात सुनते ही मिहिर के मन में मोनालिसा आ गई और उस मायूसी के बीच आशा की किरण झलकने लगी। वह चुप गंभीरता से रुचि की बातों को सुन रहा था।

उसके लिए मोनालिसा एक ऐसा भाव या हालात है, जिसमें सुख और दुःख दोनों शामिल होते हैं। जिस तरह मोनालिसा की मुसकान आज भी रहस्य है कि वह प्रसन्न है या उदास, उसी तरह जीवन में ऐसे मोड़ आते हैं, जब आप यही कह सकते हैं कि आप भी अपने भीतर एक मोनालिसा महसूस कर रहे हैं।

रुचि ने मीता से मेज साफ करने को कहा और आगे बोली, "मैं तुम्हारे दिमाग में यह बात डालना चाहती हूँ कि जीवन तुम्हारे कहे पर नहीं चलता।"

रुचि सोचने लगी, 'इसका दावा है कि इसे जीवन इसकी कल्पना की प्रिय विषयवस्तु है, फिर भी वह इसे समझता क्यों नहीं?'

रुचि के तर्क धीरे-धीरे मिहिर के दिमाग में जगह बनाने लगे थे।

"चलो, आओ, जलेबी खाकर आएँ। मजा आएगा। गरम चाशनी में डूबी जलेबी खाने से हड्डियों में घुसी ठंड निकलेगी।" रुचि ने पेशकश रखी।

गीत झट से बोली, "हाँ मम्मा! जलेबी और सर्दियों का मेल बड़ा जबरदस्त है। हम मीता दीदी को भी ले चलते हैं।"

वे सभी एक साथ बाहर निकले। गीत और मीता गप्पें लगाते हुए ग्रीन पार्क की ओर चले, उस जगह कई गरम खस्ता जलेबियों की रेहड़ी लगती थीं।

मिहिर और रुचि की बातों का सिलसिला फिर से चालू हो गया। ऐसा लगता था कि उसी दिन वे दोनों पूरी संजीदगी से अपनी सारी उलझनों को सुलझाने की कसम खा चुके थे। खाने के बाद की सैर अकसर उनके लिए प्रयोगशाला का काम करती थी, उन्हें अपनी परेशानियों को हल करने के नए तरीके सूझ जाते थे।

मिहिर ने कहा, "काश कि खुद से जीत पाना मेरे वश में होता! ऐसा नहीं कि मैंने कोशिश नहीं की। अगर मेरे पास ऐसी दृढ़ता होती तो मैं अपना सपना पूरा कर लेता। दुनिया को अपने शब्दों में कहानी सुनाने का जुनून मुझे बेचैन बनाए रखता है और मेरा ऑफिस लगातार इस जुनून में घुसपैठ करता है। लेकिन यह भी सही ही है कि सिर्फ लेखन पर एकाग्र होने की इच्छा बेमानी है। फिर मेरी किस्सागोई, मेरी यह कला रोजमर्रा की बुनियादी जरूरतों के नीचे पिसकर रह जाएगी। तुम सही कहती हो, मुझे इन सब बातों में और समय नहीं बरबाद करना चाहिए—मसलन 'एक व्यस्त दिनचर्या की वजह से मेरी जाती हुई आजादी', 'काम में आती हुई नीरसता', 'जीवन में चुनौतियों की कमी', 'दिल्ली आने से जुड़ी अव्यवस्था'। मुझे अपनी नौकरी को ही लेखन का आधार बनाना होगा।"

"भगवान् का शुक्र है कि तुम्हें बात समझ आई तो। उम्मीद करती हूँ कि तुम पहले की तरह फिर से दिमागी भटकन में नहीं फँसोगे।" वह सोचने लगी कि काश, अगर आज की बातचीत से उनकी जिंदगी को कोई आकार मिल जाए तो यह उसके लिए किसी करिश्मे से कम नहीं होगा!

"मेरी पूरी कोशिश रहेगी कि जिंदगी को उसकी वास्तविकता के साथ अपनाते हुए अपने तार्किक वजूद को भटकने न दूँ और मेरे अवसाद का लेखन में सकारात्मक उपयोग कर सकूँ।" मिहिर की आवाज में गंभीरता थी, भाषा में सोच की गहराई का पुट, भाव में सुलझते हुए दिमाग का ठहराव।

उन्होंने दुकान पहुँचकर जलेबी का ऑर्डर किया।

"पर एक अच्छी कहानी कैसे मिलेगी? उसको गढ़ने के लिए एक शांत, केंद्रित और व्यवस्थित मन चाहिए, पर..."

रुचि ने अपनी ओर से मिहिर को समझाने की पूरी कोशिश जारी रखी। उसे लग रहा था कि मिहिर को बात समझ आ रही है। वह गीत और मीता के साथ स्वादिष्ट जलेबियों का आनंद लेते हुए आगे बोली, "तुम अपने ही जद्दोजहद की कहानी क्यूँ नहीं लिखते? एक किस्सागो होने के नाते, तुम मिहिर की चेतना और सोच की यात्रा करो। उसकी दुनिया से संवाद करो, वह दुनिया, जो उसकी अपनी है, अपने आप से बात करो। हर इनसान की कहानी में बहुत से किस्से होते हैं, जो दुःख, आनंद, पीड़ा, संतोष, सफलता, असफलता, इच्छा, अस्वीकृति, विरक्ति, महत्त्वाकांक्षा, कोशिश, कष्ट, परीक्षा, प्रेम, घृणा आदि अनुभूतियों से भरे होते हैं। हर जीवन एक कहानी ही तो है, जिसमें तुम्हारे अपने, पराए, दोस्त और सगे-संबंधी पात्र होते हैं। वे सभी शामिल होते हैं, जिनसे तुम मिलते हो। जिंदगी की असलियत काफी हद तक एक कहानी जैसी होती है, बस, किरदार और संदर्भ अलग हो सकते हैं। तुम्हारे लिए तो जीवन अपने आप में एक विषयवस्तु है, तो फिर तुमसे बेहतर इस बात को कौन समझ सकता है?"

मिहिर के चेहरे पर उसके सुलझते हुए दिमाग की आब आ रही थी। मिहिर के दिमाग के रुबिक क्यूब को हल करने की सफलता से प्रेरित होते

हुए रुचि बोली, "मिहिर, अपने भीतर देखो और मुझे पूरा यकीन है कि एक कहानी अपने आप उभरेगी, जो तुम्हारे लिए, कई दूसरे मिहिरों और दुनिया के लिए होगी।"

मिहिर सम्मोहित-सा रुचि को देखकर सोचता रहा, 'रुचि अचानक इतनी संजीदा बातें कर रही है! शब्द कितने शक्तिशाली हो सकते हैं!'

घर आकर सभी सोने की तैयारी करने लगे। मिहिर बिस्तर पर आँखें बंद करते ही अपने मन की गइराइयों में उतर गया। एक अजीब सी उदासी फिर से घिर आई। मन में उथल-पुथल तो था, पर फिर भी उसके बीच से उभरती हुई व्यवस्था से जनमे आनंद को भी वह महसूस कर रहा था। दिमाग अपने आप क्रमबद्ध हो चला था। वर्तमान, अतीत, चुनौती का भाव, परिवार, लेखन—ये सारी धुनें मिलकर एक खूबसूरत सिंफनी में बदल गईं। और यह सब जीवन में बिना किसी बड़े फेरबदल के संभव होता दिख रहा था। कितना मनमोहक, बिल्कुल जादुई! तभी मिहिर ने तय किया कि वह वर्तमान जीवन में जिस तरह एक चुनौतीपूर्ण लक्ष्य के लिए तड़प रहा था, इसलिए उसकी कहानी को चुनौतीपूर्ण लक्ष्य से ही आरंभ होना चाहिए। जवानी में उसका मनचाहा लक्ष्य—सिविल सर्विस!

□

सिविल सर्विसेज में बपतिस्मा

"नवाब साहब! हमें देखने की जहमत भी उठा लीजिए। जो भी हो, हम भी आपके ही ताबेदार हैं।" एक लड़के ने मिहिर को जोर से पुकारा।

मिहिर ने मुड़कर उन्हें देखा, उसे समझ नहीं आ रहा था कि क्या वे उसे बुला रहे थे! कॉलेज की ड्राइव-इन के आगे, अंदरवाली चारदीवारी पर तीन लड़के बैठे दिखे।

"जी! बेशक! हम आपसे ही मुखातिब हैं।" एक लड़के ने मिहिर का शक दूर करते हुए कहा। चेहरे पर शरारती मुसकान के साथ दुष्टता की भी झलक थी। वह अपने बबलगम चबाते हुए किसी बॉस की तरह पेश आ रहा था। कॉलेज में पढ़ने के लिहाज से उम्ररदराज लग रहा था, और उसे आसानी से 'जॉएंट' कहा जा सकता था—लंबा-चौड़ा और कसी हुई चुस्त टी-शर्ट के नीचे से झाँकता गठा हुआ शरीर, दबा हुआ रंग, बड़ा सा चेहरा, मोटे नाक-नक्श, आगे की ओर उभरे दो दाँत, काले और सफेद का कंट्रास्ट बनाते हुए उसके दुष्ट आभामंडल को और उभार रहे थे।

मिहिर रुका, लजीली और दब्बू चाल-ढाल के साथ बोला, "जी!"

"जनाब, हम इतने आम भी नहीं कि आप अपना परिचय भी न दें! लगता है कि आप नए आए हैं! मेहरबानी करके इधर आएँ।" लड़के ने मिहिर को फिर से अपने पास बुलाया। बेशक उसका लहजा उसके हाव-भाव से कहीं से मेल नहीं खा रहे थे। सुर में व्यंग्य के साथ दुष्टता की सान चढ़ी थी।

मिहिर अपनी जगह खड़ा रहा, हालाँकि, अब वह उनकी मंशा समझ

गया था। वे अपने हाथों से इशारे कर रहे थे, खतरे को भाँपते हुए वह उनकी ओर चल दिया।

"नाम क्या है तुम्हारा?"

"मिहिर।" उसने सहमी सी आवाज में कहा।

"नवाबों जैसी चाल है।" उन्होंने मिहिर की चाल की ओर संकेत किया। "तो संगीत भी पसंद होगा। नवाबों को तो संगीत का शौक होता है, है न? क्या गाते भी हो?"

"नहीं।" मिहिर ने उनसे थोड़ा परे रहते हुए जवाब दिया और हाव-भाव से पूरी तरह जतला दिया कि वह जल्दी से उनसे पीछा छुड़ाना चाहता था।

"क्या गाने सुनते भी नहीं हो? गाने तो सभी सुनते हैं।" दूसरा लड़का बोला। मिहिर अब घबराने लगा था।

"मनपसंद गायक कौन सा है?" मिहिर पिछले सवाल का जवाब देता, इतने में एक और सवाल दाग दिया।

मिहिर चुप्पी साधे रहा। एक तो उसका शर्मीला स्वभाव, और उसके ऊपर ऐसी जटिल परिस्थिति!

"जवाब न देने से बात नहीं बनेगी।" लड़के ने रौब झाड़ा।

"किशोर कुमार।" मिहिर के शब्द लड़खड़ाते हुए बाहर आए।

"कौन सा गाना खास पसंद है?"

मिहिर ने फिर हौले से जवाब दिया और उम्मीद की कि इस जवाब के बाद उसे उन लोगों से निजात मिल जाएगी।

"सॉरी, कुछ सुनाई नहीं दिया।"

"तेरे चेहरे में वो जादू है।" उसने फिर दब्बू-सी आवाज में कहा।

"अरे वाह, क्या मैं इतना दिलकश हूँ? अगर हूँ भी तो नवाब साहब के लिए तो सब ठीक है न? नवाबी शौक है, पर हिम्मत की दाद देनी होगी, कितनी दिलेरी से सबके बीच मान लिया। क्या हमारे देश में इस तरह खुलकर ऐसे शौक का इजहार कर सकते हैं?" लड़के ने साथवाले छोकरे को देखकर खीसें निपोरीं।

अब मिहिर समझ गया कि वह गहरी मुसीबत में है। उसने लाचारी से इधर-उधर देखा और प्रार्थना करने लगा कि कोई बचाने आ जाए, पर कोई नहीं आया। उसके आसपास से निकलते लोग एक नजर दौड़ाकर आगे बढ़ जाते।

"हमें यह झूठा-सा तमाशा नहीं चाहिए। हम सामान्य लोग हैं और गाना सही बंदे के लिए होना चाहिए।" लड़का शैतानी मुसकान के साथ बोला।

मिहिर का घबराहट से बुरा हाल था। उसे लगा कि भाग ले, पर उसे पता था कि वे लोग उसे दोबारा पकड़ लेंगे।

"अच्छा, इस बेचारे की मदद कर देते हैं। नवाब साहब, आप अपने आसपास कोई ऐसा चेहरा खोजो, जिसके लिए यह गाना गाया जा सके।" इस बार लड़के की आवाज में रौब का पुट गहराया हुआ था।

मिहिर ने अनजान बनने का दिखावा किया। वह अब भी किसी करिश्मे की उम्मीद में था।

"क्या अपने आसपास ऐसा चेहरा नहीं खोज सकते, जो जादू से भरा हो? मुझे नहीं पता था कि किरोड़ीमल कॉलेज (के.एम.सी.) में ऐसे चेहरों का अकाल होगा! इससे नहीं हो रहा, हमें ही कुछ करना होगा। अच्छा देख, गेट के पास तीन लड़कियाँ खड़ी हैं। सफेद चूड़ीदार पजामी में सबसे लंबीवाली दिख रही है? सबसे सुंदर चेहरा उसका ही है। जाकर गाने की पहली दो लाइनें उसको सुना दे।" लड़के ने आदेश दिया और उसके दोस्त शैतानों की तरह अट्टाहास लगाने लगे।

मिहिर डर गया, उसका दिल तेजी से धड़क रहा था। उसे लगा कि अगर धरती उसे निगल लेती तो कितना अच्छा होता, या फिर उसके आगे बैठे दुष्टों को!

"ओए सुन, बहुत हो गया। तूने बहुत टाइम ले लिया। हमें दूसरे शिकार भी करने हैं। जल्दी जा।" एक लड़का गुस्से में बोला।

मिहिर ने लड़कियों की ओर चींटी का रफ्तार से बढ़ना शुरू किया, मानो उसकी टाँगें काठ हो गई हों!

"मर्द बन! जल्दी जा।"

मिहिर सोचने लगा, 'उसके जैसा कोई बदसूरत ही इतना दुष्ट हो सकता है।'

वह धीरे-धीरे चलते हुए सोचने लगा कि उनकी बात न मानने के क्या नतीजे हो सकते हैं? फिर कॉलेज में परेड करने वाले अर्द्धनग्न लड़के की तसवीर आँखों के आगे तैरने लगी।

"जल्दी कर!" पीछे से आदेश सुनाई दिया।

वह लंबी लड़की से कुछ ही दूरी पर था। मिहिर उसे देखकर असमंजस्य में था कि क्या उसे ऐसा करना चाहिए? वह ऐसा कर सकता है, नहीं कर सकता है, अगर ऐसा किया तो क्या होगा, अगर ऐसा नहीं किया तो क्या होगा—यह सब किसी टूटे हुए रिकॉर्ड की तरह बजने लगा। उसने सोचा कि क्या लड़की से थप्पड़ खाने के बजाय बिना कपड़ों की परेड ज्यादा बेहतर होगी? हालाँकि, उसके किंग साइज ईगो के साथ लड़कियों का नाम आते ही मामला थोड़ा अलग हो जाता था, इसलिए लड़की का थप्पड़ उसके लिए ज्यादा बड़ी बात थी। उसे पता था कि वह दिखने में सुंदर और सलीकेदार था और यहीं से उसके अहम को और बल मिलता था। उसने कभी लड़कियों का पीछा नहीं किया, बल्कि लड़कियाँ हीं उसके पीछे आती थीं।

मिहिर भय से हकला रहा था, उसने किसी तरह लड़की का ध्यान अपनी ओर खींचा। लड़की ने उसे देखा और फिर वह उसे गुस्से से घूरने लगी। लड़की के चेहरे पर सख्ती स्पष्टतः थी। मिहिर बेचैन खड़ा था और वे लड़के उसकी इस दुविधा का आनंद उठा रहे थे। वह लड़की को सच बता देना चाहता था, पर उसे इल्म था कि वे सीनियर उसे और परेशानी में डाल सकते हैं।

"मैं तुम्हारी क्या मदद कर सकती हूँ?" लड़की ने पूछा।

"तेरे चेहरे में वो जादू है…। सॉरी, पर यह हरकत करने पर विवश होना पड़ा।" उसने लड़की के कुछ कहने से पहले ही अपनी सफाई दे दी, और सरपट भाग निकला। आगे जाकर एक लड़के से टकरा गया। अपनी साँस

पकड़ते हुए, वह उस लड़के को देख भर रहा था, नि:शब्द, घबराया हुआ।

"ये सीनियर्स की कारस्तानी है? मैं संदीप हूँ। तुम्हारी तरह फ्रेशर हूँ।" संदीप ने उन दुष्ट लड़कों की ओर संकेत कर पूछा, जो अब भी मिहिर की परेशानी का मजा ले रहे थे।

"हाँ! यह कुछ ज्यादा ही हो गया।" मिहिर ने किसी तरह खुद को सँभालते हुए कहा। उसे अब भी डर था कि कहीं लड़की पीछे न आ जाए! संदीप ने उसे शांत करते हुए कहा, "हम सँभाल लेंगे। चिंता मत करो। वह लड़की भी समझ ही गई होगी कि ये रैगिंग का मामला है। चलो, कैंटीन चलकर कॉफी पीते हैं।"

□

आज मिहिर अपनी ग्रैजुएशन की डिग्री लेने कॉलेज आया है और कॉलेज के पहले दिन को याद कर रहा है। उसकी याद अब जा ठहरी उस लंबी लड़की पर—ज्योति, उसका कनखियों से देखना, देर तक एक मोहक मुसकान के साथ घूरना, घूरते हुए जाने-अनजाने सामने आ जाना और फिर झट से ओझल हो जाना, मानो वह मिहिर को अपने होने का अहसास दिलाती रहती, जो मिहिर को एक अनूठे रोमांच से भर देता था। फिर अचानक जेहन में संदीप वापस आया-कैसे वह और संदीप पक्के दोस्त बन गए! यादों का कारवाँ कब सीधा रास्ता लेता है!

"हाय! डिग्री लेने जा रहा है।" संदीप ने सोचमग्न मिहिर को आवाज दी।

मिहिर के मन से खयाल गुजरा, 'आज फिर संदीप ने ही उसकी यादों का कारवाँ रोका। केमिस्ट्री और संयोग तो तर्क से परे अबोध्य होते हैं।

"हम्म! हाथों में डिग्री लिये बाहर की दुनिया में घुसना कैसा लग रहा है?" मिहिर ने पूछा। उसे पूरा यकीन था कि संदीप को भी बीते दिनों की यादें घेर लेगी।

"देखो तो तीन साल कैसे पलक झपकते निकल गए! याद है, क्लास में जाने से पहले यहीं गलियारे में कितनी गप्पबाजी होती थी, और हाँ वो गाने के

सेंशंस, जो खत्म होने का नाम ही नहीं लेते थे।" संदीप के शब्द मानो मिहिर के विचारों को प्रतिध्वनित कर रहे हों।

"और मैं बार-बार तुझे रफी के जादू से बाहर निकालकर किशोर कुमार को गाने के लिए प्रेरित करता रहता था। मुझे हमेशा यही लगता था कि तुम किशोर को बेहतर गाते हो।" मिहिर ने कहा।

"बिल्कुल नहीं। रफी का तो कोई जोड़ नहीं। उनकी आवाज और क्लासिकल गहराई बेजोड़ है। तुझे तो किशोर कुमार का नशा सवार रहता है।"

"नशा! नहीं भई। मैं हमेशा तार्किक बात करता हूँ। संगीत में 'क्यों' नहीं होता, अगर तुम्हें पसंद है तो पसंद है। इसकी व्याख्या नहीं कर सकते कि कोई खास आवाज तुम्हें आनंदित क्यो कर देती है? मेरे लिए तो किशोर ही नंबर वन हैं और रहेंगे।" मिहिर भावनामतक आवेश के साथ बोला।

"पर यह तो मानेगा कि रफी के गीत गाना और भी मुश्किल होता है!" संदीप भी हार मानने वाला नहीं था।

"उफ्फ, फिर से शुरू हो गया। तुझे सबूत देना होगा। जब तू गाता था तो मैं देख सकता था कि लोग तुझसे किशोर के गाने सुनना ज्यादा पसंद करते थे।"

थोड़ी ही देर में ऐसा लगने लगा, मानो यह कॉलेज का एक आम दिन था, जब संदीप और मिहिर में अपनी क्लासेज के बीच रफी बनाम किशोर छिड़ जाता था। यह उन दोनों के बीच बहस के कई मुद्दों में एक था।

"किशोर को छोड़, ज्योति को याद कर। वह नजरों का मिलना कितना मजेदार था और हाँ, हम बरामदे में 'चुंबन वाले जोड़े' को कैसे भूल सकते हैं? उन्हें देखकर तो हम सभी ईर्ष्या और शर्म से भर जाते थे। तुझे निश्चित ज्योति की याद आती होगी उस वक्त। ज्योति तुझे कितना पसंद करती थी! उसे देखकर ही पता लग जाता था वह तुझसे कितनी सम्मोहित थी। और भाई, तुम यह नहीं कह सकते कि तुम उसे पसंद नहीं करते थे, तुम्हारी चोर नजरें भी बार-बार उससे टकराती थीं। हालाँकि, तुम्हें लगता था कि कोई देख नहीं रहा।" संदीप मिहिर की चुटकी लेने का पूरा आनंद ले रहा था।

यह सुनकर मिहिर का चेहरा शर्म से लाल हो गया।

"दरअसल, हम दोनों का इश्क अब भी जारी रह सकता है। वह भी एम.ए. में दाखिला ले रही है।" मिहिर ने शरारती मुसकान के साथ कहा। संदीप का अचंभित चेहरा देखकर मिहिर को मजा आ गया।

"हद हो गई! तू इतनी चोरी-छिपे उसका पीछा कर रहा है और हमें भनक भी नहीं!"

"ज्योति को छोड़, देख कौन आ रहा है? बाँका सुड्स!" मिहिर ने सुधीर की ओर इशारा किया। सुधीर औसत लंबाई और गठन का है और रंगत साँवली है। उसके बालों की माँग बीच से है। शेव बनाकर रखता है और अकसर कमीज और पतलून बहुत सलीके से पहनता है। वह जाने-अनजाने अपनी कमीज सेट करते, हाथों से बाल बिठाते दिखता है, ताकि हमेशा सँवरा हुआ दिख सके। चश्मे के अंदर से झाँकती आँखें उसकी मुसकान को रहस्यमयी बना देती हैं, मानो अंदर-ही-अंदर किसी राज को सँभाले हुए हो!

संदीप को सुधीर का स्वभाव पता है, वह उसे चिढ़ाते हुए बोला, "आओ जनाब! जरा इनके कपड़ों की क्रीज और जूतों की चमक तो देखो! क्या कोई ऐसा दिन आएगा, जब हम तुम्हें बिखरे हुए अंदाज में देख सकेंगे?"

"छोड़ो भी यार, वैसे अभी तुम मिहिर से इतने आश्चर्य भाव से क्या कह रहे थे?" सुधीर ने अपने पर से ध्यान हटाना चाहा।

"रहस्यमयी मिहिर के बारे में क्या कहें! ये तो पैदा ही सुंदर हुए थे। इन्हें सुंदर दिखने के लिए अपने चेहरे और कपड़ों की देख-रेख नहीं करनी पड़ती।" संदीप ने शरारती मुसकान के साथ मिहिर की पीठ थपथपाई।

मिहिर का कद लंबा और कंधे चौड़े हैं। रंग गेहुँआ और नैन-नक्श तीखे हैं; आँखें बड़ी और काली हैं, जिससे सुंदरता में और निखार आता है। उसके घने बाल दाईं माँग में टिके रहते हैं। चेहरे पर हलका शर्मीलापन उसे और भी सुदर्शन बनाता है। वह दिखने में संयमित है, इसलिए कई बार लोग उसे घमंडी समझ लेते हैं। हालाँकि, अपनी पहचानवाले लोगों के बीच वह आसानी से खुल जाता हैं।

"रहस्यमयी मिहिर! वाह, मैं तो इस उपाधि से अनजान था।" सुधीर बोला।

"अरे, बिल्कुल नया है। इसे अभी-अभी जन्म दिया गया है। ये सज्जन ज्योति का पीछा करते आ रहे हैं और हमें भनक तक नहीं!" संदीप ने एक शरारती मुसकान दी।

मिहिर ने चालाकी से बात बदल दी, "उन चमकदार जूतों की चरमराहट को कौन भूल सकता है, जो प्रो. साहनी के आगे कुछ और तेज हो जाती थीं, जो सच में ऐसा शोर कतई सहन नहीं कर सकते थे और सुधीर को खा जाने वाली नजरों से घूरते थे। पर हमारे सुधीर के कानों पर जूँ तक नहीं रेंगती और वह उसी तरह शान से चलता रहता।"

सुधीर ने नटखट सी मुसकान दी और संदीप बोला, "ये प्रो. साहनी को देखते ही जमीन पर ज्यादा दबाव से पैर रखता था, ताकि जूतों से निकलती आवाज और ज्यादा गुंजायमान हो। पिछले तीन सालों में इसने जूतों की चरमराहट को अलग-अलग तरह से पेश करने की कला में मास्टरी पा ली है।"

इससे पहले कि तीनों दोस्त पुरानी यादों में खो जाते, एक सीनियर ऑफिस क्लर्क मोती राम ने उधर से निकलते हुए कहा, "अपनी डिग्री ले लीं? याद करके 'नो-ड्यूज' लेकर जाना। उस सर्टिफिकेट के बिना डिग्री नहीं मिलेगी।"

"अरे हाँ! हमें जल्दी करना पड़ेगा। इन्हें भी तो काम निपटाना होगा।" मिहिर ने सुधीर से कहा, उसने भी अभी डिग्री नहीं ली थी।

"संदीप, अगर थोड़ा रुक सके तो रुक जा, एक साथ ही निकलेंगे।" सुधीर ने कहा।

मिहिर, सुधीर और संदीप कैंटीन में फिर से बीते वक्त की यादों के बीच घिर आए थे।

"चल, ब्रेड पकौड़े और कॉफी मँगवा ले। मैं टिंगू से सिगरेट लेकर आया, अभी तो यहीं घूम रहा था।" संदीप बोला।

'हाँ! इसके अलावा, टिंगू से अमिताभ बच्चन वाली च्यूइंग गम भी ले लेता हूँ।' मिहिर ने अपने मनपसंद हीरो को याद करते हुए सोचा।

हालाँकि, कैंटीन में सुड्स और सैंडी के आँखें सेंकने के लिए लड़कियाँ कम ही थीं, पर आज संदीप चाहकर भी 'बर्ड वॉचिंग' का पूरा मजा नहीं ले पा रहा था, जैसे जबरन प्रयास कर रहा हो!

"तो फिर हॉस्टल कब छोड़ना है?" मिहिर ने संदीप से पूछा।

"एक सप्ताह में खाली करना है, पर यह नहीं पता कि तब तक फ्लैट मिलेगा या नहीं? अब जल्दी से सिविल सर्विस की तैयारी शुरू करनी है। मैं मुखर्जी नगर में जगह देख रहा हूँ, (इसे सभी एम.एन. के नाम से जानते हैं) ये सी.एस. (सिविल सर्विस) करने वालों के लिए सबसे बेहतर जगह है।" संदीप ने गंभीरता से कहा।

मुखर्जी नगर दिल्ली यूनिवर्सिटी कैंपस के आस-पास सबसे लोकप्रिय जगह है। यह इलाका डी.यू. के उन छात्रों का गढ़ है, जो हॉस्टल में नहीं रहते अथवा प्रतियोगी परीक्षाओं के लिए दिल्ली रहने आते हैं, खासतौर पर सिविल सर्विस परीक्षा।

"हाँ, जगह आराम से मिल जाएगी। हर सत्र के बाद कमरे खाली होते हैं।" सुधीर बोला। वह पिछले तीन साल से वहीं था। उसे हॉस्टल में कमरा नहीं मिला और न ही उसने कभी लेना चाहा।

"मैं भी एम.एन. में जगह देख रहा हूँ, पी.जी. हॉस्टल का इंतजार करने का सब्र नहीं है। मेरा एक दोस्त, उदय वहीं रहता है, जो सी.एस. की तैयारी के लिए गंभीर है। उदय भी इसी साल हिस्टरी में ग्रेजुएट हुआ। हम दोनों के बीच पहले ही साथ रहने की बात हो गई है।" मिहिर ने कैंटीनवाले छोकरे को इशारा किया कि उनकी कॉफी पर थोड़ा चॉकलेट पाउडर और छिड़के।

"बढ़िया। अपनी जैसी सोचवालों के साथ ही रहना चाहिए। वैसे, क्या मैं भी साथ आ सकता हूँ? मेरे एक हॉटियन (बिहार के मशहूर नेतरहॉट स्कूल से आए छात्र) दोस्त ने पेशकश दे रखी थी, पर वह सी.एस. वाला नहीं है। वैसे भी हिस्टरीवालों के साथ चौकड़ी जमाने का मजा ही कुछ और है।"

संदीप सिगरेट के छल्ले बनाते हुए बोला। वह हॉस्टल छोड़ने के बारे में सोचते ही गमगीन हो गया और उन छल्लों के बीच कहीं पुरानी यादें तलाशने लगा।

स्मोक करने वाले अपने भावों के हिसाब से ये छल्ले बनाते हैं। दिखने में संदीप को आसानी से स्मोकर्स की सूची में रखा जा सकता है। मिहिर के हिसाब से ये लोग दिखने में दुबले-पतले होते हैं और चेहरे पर दुनिया भर का जाल बिछा दिखाई देता है। वह हमेशा यही कल्पना करता है, मानो सिगरेट स्मोकर के शरीर से ऑक्सीजन चूस रही हो! स्मोकर सिगरेट नहीं पीता, सिगरेट उसे पीती है।

संदीप लंबा और दुबला है और उसका पोस्चर आगे की तरफ झुका हुआ है। लंबा पतला चेहरा उसके इस गठन के हिसाब से ठीक बैठता है।

"यह तो और भी सही रहेगा। दो बेडरूमवाले फ्लैट आसानी से मिल जाते हैं। सुड्स को बेहतर पता होगा।" मिहिर ने अपनी चॉकलेटवाली कॉफी का स्वाद लेते हुए कहा, पर मन में यही सोच रहा था कि काश, उसे अकेले रहने का मौका मिलता!

मिहिर के दोस्तों की कमी नहीं, पर उसे अपना एकांत प्यारा है, खासतौर पर रात को उसे अपने बिस्तर पर कोई और नहीं चाहिए, ताकि वह अपने दिल और दिमाग के बीच रात गुजार सके।

"यह ठीक कहा। एम.एन. महँगा होता जा रहा है। किराया हर साल बढ़ जाता है। ये आसान सा डिमांड-सप्लाई इकोनॉमिक्स है। हर कोई यहीं रहना चाहता है। बतरा सिनेमा की वजह से एम.एन. और भी ज्यादा लोकप्रिय है।" सुधीर ने अपनी एम.एन पर विशेषज्ञ राय दी।

"बतरा की अपनी शान है। माहौल का अपना ही असर होता है और इस जगह में कुछ तो खास है। सारे यही कहते हैं।" संदीप ने दूसरी सिगरेट जला ली, मिहिर बेचैन हो गया, उसे सिगरेट की गंध से परेशानी होती है।

"बतरा तो प्रीमियम है।" मिहिर ने संदीप को शरारती मुसकान से देखने के बाद सुधीर को कनखियों से देखा।" बतरा का और भी मतलब है—नाइट शो मूवीज और बर्ड वॉचिंग भी तो! है न सुधीर ?"

"हाँ, अलग-अलग तरह की चिड़िया एक साथ दिखाई देती हैं, जिनमें पंजाबी कुड़ियों से लेकर देश की और कई किस्में हैं। अलग-अलग राज्यों से आईं छात्राओं के मेल के क्या कहने!" सुड्स लड़कियों के नाम से ही उत्साहित हो गया था।

मिहिर की बेचैनी और बढ़ गई, उसे पता था कि अगर संदीप ने लड़कियों के बारे में बोलना चालू किया तो हमेशा की तरह उसकी और सुधीर की ठन जाएगी। अपनी उम्र के हिसाब से मिहिर इन सबसे अलग है। लड़कियों के मामले में वह बिल्कुल सोशल नहीं माना जा सकता। वह अपनी कामुकता को लेकर बहुत शर्मीला है, इसलिए बेबाक लड़कों के ग्रुप में अलग-थलग पड़ जाता है। बहुत हुआ तो बहुत सलीके से हलकी तफरी करने तक ही सीमित रहता है। अकसर दोस्त उसके सामने उसके शर्मीलेपन का मजा लेने के लिए कामुकता के पुट वाले चुटकुले दागते, या ऐसी बातें करते, पर स्वभाव तो प्रकृति है, आसानी से बदली नहीं जा सकती।

तभी तीनों को अहसास हुआ कि शाम ढलने को थी। उनके आसपास लोग घट गए थे और उस खालीपन को कैंटीन के खाली बरतन की आवाज और गुंजायमान कर रही थी, जो मिहिर की कॉलेज से निकलने की संवेदनशीलता को और भी गमगीन कर रही थी।

"ओह, लगता है कि हम ज्यादा ही देर तक बैठ गए, तीन बज गए हैं! अब चलना चाहिए।" मिहिर बोला। "मुझे नो ड्यूज लेना है और बाकी काम भी करने हैं।" मिहिर के दिमाग में हॉस्टल का कमरा घूम रहा था, और साथ ही उससे जुड़ी यादें भी मँडरा रही थीं।

"सुन मिहिर, तू शाम को मेरे पास ही आ जा। आज हॉटिअंस को दावत दे रहा हूँ और संदीप भी वहीं होगा।" सुधीर ने मिहिर से कुरसी से उठते हुए कहा।

"यह तो सही रहेगा।" संदीप झट से बोला।

"पर यह तो हॉटिअंस की पार्टी है, यार?"

"इससे कुछ नहीं होता। उनमें से कई लोग तुझे जानते हैं, इसलिए तू आ रहा है।" सुधीर ने स्नेहपूर्ण अधिकार जताया।

“पर मुझे तो उदय से मिलना है। हमें नए फ्लैट की बात करनी है।”

“यह तो और भी अच्छी बात है। उसे भी साथ ले आ। फिर तू, सैंडी और उदय मिलकर एक साथ रहने के बारे में बात भी कर लेना। जरा सोच, किशोर कुमार और बीयर! सैंडी ने कुछ और गाने सीखे हैं और तू सीनियर सी.एस. लड़कों से मिल भी लेगा।” सुधीर अपनी बात से हटनेवाला नहीं था।

मिहिर ने इस तरह की दावतों में शराब पीने की बस, शुरुआत ही की थी। पहले वह मना कर देता था, पर अब अपनी झिझक को दूर करने के लिए बीयर ले लेता है।

मिहिर ने उदय के बारे में सोचा, उसे पता है कि वह थोड़ा अहमी है और बिना न्योते के सुधीर की पार्टी में जाने के लिए शायद नहीं मानेगा!

“तू इतना हिचक क्यों रहा है? अगर उदय तेरी तरह का है, जिसे खास बुलावे की जरूरत पड़ती है तो मैं उसके घर जाकर तुम दोनों को वहीं से घसीट लाऊँगा।” सुधीर ने हँसते हुए कहा।

मिहिर को पूरा यकीन हो गया कि सुधीर अपनी पार्टी में उन्हें तहेदिल से शामिल करना चाहता था और उसे लग रहा था कि शाम को जितना जोरदार बनाया जा सके, उतना ही बेहतर होगा।

“ठीक है, मेरी पूरी कोशिश रहेगी। बस, उदय को कहीं और न जाना हो!”

वे तीनों किरोड़ीमल कॉलेज (के.एम.सी) के पिछले गेट पर खड़े हैं। मिहिर और संदीप हॉस्टल जा रहे हैं और सुधीर कमला नगर मार्केट (के.एन) जा रहा है, जो डी.यू. के छात्रों का पसंदीदा अड्डा है।

“शुक्र है, हमने एम.ए. में कॉलेज नहीं बदला। अब कभी भी के.एन. जा सकते हैं।” सुधीर यह सब कहते हुए फिर से पुरानी यादों में गोते खाने लगा।

“के.एन. जैसी कोई और जगह नहीं हो सकती।”

बच्चन के अलावा के.एन. भी के.एम.सी. के लिए गर्व का विषय है। आनंद की इस नदी में आकर मिलनेवाली सभी धाराएँ के.एम.सी. से निकलती हैं।

मिहिर ने पटेल चेस्ट से एम.एन. के लिए बस ले ली। बस, खाली थी तो खिड़की के पास सीट मिल गई और वह अपने मन की गलियों में घूमने चल दिया। वह अकसर जीवन में होनेवाले बदलाव के समय ऐसा ही महसूस करता था। आज तो मन की उदासी में यादें भी घुली हुई थीं और वह सोचने लगा, 'ग्रैजुएट हो गया और अब दूसरी दुनिया में कदम रखने जा रहा हूँ। कॉलेज के आरामदायक माहौल से निकलकर अपनी नई मंजिल की ओर बढ़ चला हूँ। बेताबी और भय एक साथ महसूस हो रहे हैं। मंजिल पर पहुँच सकूँगा या नहीं··· !"

वह बस से उतरकर उदय के घर की ओर चला। वह उन नजारों को केवल देख नहीं, बल्कि पढ़ रहा था, जो अब उसकी नई दुनिया होनेवाले थे।

"हे, सौ साल उम्र है तेरी, तेरे बारे में ही सोच रहा था।" उदय थोड़ा थका सा दिखा।

"आज काफी काम रहा। डिग्री ली, लाइब्रेरी का काम निबटाया, कैंटीन में दोस्तों के साथ कॉलेज की पुरानी यादें खँगालीं—सुधीर, शायद तू उसे जानता है, हम एक बार बतरा पर मिले थे और संदीप, वह काफी कुछ तेरे जैसा है, खुले स्वभाव का और बेबाक। संदीप अपने साथ रहने को कह रहा था, क्योंकि उसको भी किसी सी.एस. वाले का साथ चाहिए।" मिहिर ने कुरसी पर बैठते हुए कहा। मिहिर बात को सुधीर तक ले गया, ताकि उसका न्योता उदय को दे सके।

"अरे हाँ, हम सुधीर को सुड्स कहते हैं।" मिहिर ने अपनी बात पूरी की।

"अच्छा वही चश्मेवाला, बड़ी मुश्किल से मुसकराता है, पहचान गया उसको। पर संदीप से मैं नहीं मिला।"

"हाँ वही, सही कहा तूने।" मिहिर बोला।

"मैंने भी आज सर्टिफिकेट लिये, कॉलेज छोड़ने पर मन उदास है। कॉलेज की बात ही कुछ और थी। चल, आज मटन का मजा लेते हैं! मेरा बहादुर बना रहा है।"

"अरे वाह! पर उसे कल खा लेंगे, वैसे भी बासी मटन ज्यादा अच्छा लगता है।"

"कल क्यों? रात का खाना? कोई और प्लान है क्या?" उदय ने सवालों की बौछार कर दी।

मिहिर उसका चेहरा देखते हुए उसके मूड का अंदाजा लगा रहा था। "दरअसल, सुधीर चाहता है कि हम दोनों आज उसके घर पार्टी में चलें। वह हॉटिअंस का जमावड़ा कर रहा है।"

"तो हमारा उस जगह पर क्या काम है?"

"वह फिर भी जिद कर रहा था। उसने कहा कि अगर हम नहीं आए तो वह हमें यहीं से घसीटकर ले जाएगा। चलते हैं, मजा आएगा।" मिहिर ने उदय को मनाने की कोशिश की।

"ठीक है, चल, तैयार हो जाता हूँ।"

"जल्दी करना।" मिहिर को पता था कि उदय तैयार होने में देर लगाता है।

उदय कपड़े बदलते हुए बेरोक-टोक कमरे में घूमने लगा। उसका कमरे का साथी जा चुका था।

"इस वेश-भूषा पे तो किसी का भी दिल आ जाए!" मिहिर ने उदय की तारीफ में कहा। वह कभी तारीफ करने से हटता नहीं था, क्योंकि उसे पता था कि उदय तारीफ का जवाब तारीफ से ही देता था।

"खुद को देख। इस शर्ट, बूट-कट जींस और सैंडिल्स में गजब ढा रहा है।" उदय ने झट से जवाब दिया।

"और तेरी इस स्लिम-फिट शर्ट के क्या कहने, किस सलीके से फिटिड जींस के अंदर की है! आसमानी और सफेद का यह मेल वाकई तुझ पर बहुत जँच रहा है। बस अब, एंकल हाई बूट पहन ले, लड़कियों को फिदा होने से कोई नहीं रोक सकेगा।"

मिहिर और उदय में अकसर ऐसी बातें होती थीं, क्योंकि दोनों ही अपनी तरह से दिखने में सुंदर थे। मिहिर संजीदा दिखता था, अंतर्मुखी और

उदय आत्म-विश्वास से ओत-प्रोत, एक बहिर्मुखी व्यक्तित्व का मालिक, पर दोनों की अपनी ही एक अदा थी, जो आकर्षित करती थी। ऐसे समय में उदय अकसर कहता, "सिंह राशि के सिंह तो शेर ही रहेंगे और राजा हमेशा आकर्षित करता है।" दोनों ही सिंह राशि के थे और प्रतियोगिता के लिए कोई नहीं था, इसलिए बड़ी शान से अपने ही कसीदे पढ़ते रहते थे।

उदय का कद औसत था, पर कंधे चौड़े थे। जिम जाने की वजह से शरीर गठा हुआ था और रंग साफ था। गोल चेहरे पर तीखे नैन-नक्श और बिना माँग निकाले बालों को पीछे करके सँवारता था। चश्मा चेहरे को और भी निखारता था और वह हमेशा बन-ठनकर रहता था। हाँ, शर्ट पहनकर उसकी आस्तीन मोड़ना नहीं भूलता, ताकि अपने डौले दिखा सके। हालाँकि, उसे पता था कि वह लंबा नहीं, पर वह अपनी चाल-ढाल से कमी पूरी कर लेता था, सीना तानकर, चौड़े कंधों को और चौड़ा करते हुए चुस्ती से चलता था।

मिहिर और उदय सुधीर के घर चल दिए।

"क्या तूने सोचा कि संदीप हमारे साथ रह सकता है?" मिहिर ने पूछा।

"मेरे हिसाब से तो कोई बुराई नहीं है। वह अच्छा लड़का है और मुझे तेरी परख पर भरोसा है। वैसे भी दो बेडरूमवाला फ्लैट आराम से मिलेगा और पैसे भी बचेंगे।" उदय संदीप के साथ रहने को मान गया।

कुछ लड़कियाँ पास से निकलीं तो दोनों ही सचेत हो गए। उन्होंने कनखियों से देखा कि लड़कियों का ध्यान आकृष्ट हुआ या नहीं?

"मिहिर! तूने देखा, तुझे ही ताड़ रही थी?"

"नहीं यार! तुझे देख रही थी। मैंने गौर किया था।"

"इससे साबित होता है कि तू उसे देख रहा था।" उदय ने उसे शर्मसार कर दिया।

आपसी विनोदपूर्ण नोक-झोंक के बीच दोनों सुधीर के घर पहुँच गए।

"इधर तो पहले से ही काफी भीड़ लग रही है।" मिहिर थोड़ा व्याकुल हो उठा, और किसी जानकार चेहरे को तलाशने लगा, ताकि असहजता से बाहर निकल सके, वह छोटे समूहों में ही ज्यादा सहज महसूस करता था।

"चल, अंदर जाकर सुधीर को ढूँढ़ते हैं। शायद और भी लोग जान-पहचान के मिल जाएँ।" उदय पूरे आत्मविश्वास से मिहिर के साथ चल दिया। उसने अपने उत्साह से मिहिर की बेचैनी दूर कर दी।

"वाह मिहिर, तेरे ही इंतजार में था। संदीप भी यहीं है, पीछे गप्प कर रहा होगा। जा, उसे खोज ले, मैं वहीं आता हूँ।" सुधीर ने अच्छे मेजबान की तरह कहा।

मिहिर ने उदय से मिलवाया, "उदय से मिलो।"

"हैलो, मिलकर बहुत अच्छा लगा। आराम से बैठो। आज मिलकर मौज करेंगे।" सुधीर बोला।

"ये ओवर-द-काउंटर किस्म की गाइडें, इनसे बचो। दूर रहना ही बेहतर होगा।"

मिहिर और उदय को घर के अंदरवाले आँगन में एक दल के बीच से आवाज आती सुनाई दी।

वह बरामदा पिछली गली में खुलता था, जिससे कॉलोनी के मकानों की दो कतारें अलग होती थीं। दरअसल, हर घर में आने-जाने के दो रास्ते थे और आमने-सामनेवाले घरों के पिछले दरवाजे एक ओर खुलते थे। आगे की ओर रहने वाले छात्रों की सुविधा को ध्यान में रखते हुए पीछे के कमरे में रहने वाले छात्र इस रास्ते का प्रयोग करते थे।

मिहिर ने उचककर संदीप को खोजना चाहा। उस दल में सिर भिड़ाए बैठे लड़के एक सीनियर की बातें सुन रहे थे, जिसके चश्मेयुक्त चेहरे को देखकर ही पता चल रहा था कि वह उनसे सीनियर था।

"वह रहा, हे संदीप!" मिहिर ने हौले से कहा और उसके पास चल दिया। वह नहीं चाहता था कि उन लोगों की बातचीत में खलल आए।

"तुम लोग कब आए? क्या ये उदय है ना?" संदीप ने पूछा।

"हम्म, यही है। इससे पहले कि हम तीनों पार्टी के हवाले हों, मैं बता दूँ कि हम तीनों साथ रहने वाले हैं।" मिहिर मुसकराया।

"यह हुई न खबर! मेरी चिंता हटी।" संदीप खुशी से उछल गया।

उदय और संदीप में झट से पटरी बैठ गई। कुछ ही मिनटों में वे पक्के दोस्तों की तरह बतिया रहे थे, जैसे आपस में बड़ी पुरानी पहचान हो!

"अच्छा ठीक है, आओ। ये राजीव वर्मा है। इसने इस साल मेंस पास किया और अब सी.एस. इंटरव्यू की तैयारी है। शायद मई के पहले सप्ताह में होगा। हम लोग कुछ टिप्स ले रहे थे।" संदीप ने मिहिर और उदय को भी ग्रुप में खींच लिया। तब तक सुधीर आया और तीनों को टहोका देकर आगे कर दिया।

उसे अच्छा लग रहा था कि मिहिर और उदय को भावी सी.एस. से मिलने का मौका मिल गया।

राजीव वर्मा का प्रवचन अब भी जारी था। "ये गाइडें तो कट-पेस्ट की कहानी हैं। बस, असली पुस्तकें न छोड़ देना। एन.सी.ई.आर.टी. से लेकर बिबलीकल बिपिन चंद्र, महाजन, ए.एल. बाशम और रोमिला थापर। यही सारा सार है।" वह इतिहास की तैयारी के बारे में बता रहा था। उसे पता था कि उसके आगे इतिहासवाले छोकरे ही खड़े थे।

"पर सर, अगर हमें एक ही जगह सबकुछ एक साथ मिल रहा है तो क्या हर्ज है? इससे मेहनत नहीं बचेगी? रेड्डी की गाइड में लगभग सबकुछ है। प्रैक्टिस लेसन में भी उन पुस्तकों से सामग्री ली गई है, जिनके नाम आपने अभी बताए।" एक लड़के ने पूछा। वह उन लोगों में से लग रहा था, जिन्होंने अभी तैयारी चालू की थी, वह राजीव सर के मत पर बेधड़क प्रश्न उठा रहा था।

"पर इससे हमारे जरूरी टॉपिक छूटते हैं। ऐसी गलती मत करना। जब तुम प्रीलिम्स की तैयारी करो तो मेंस पर नजर बनाए रखो। यहीं से रेडीमेड गाइडें मदद करना बंद कर देती हैं।" राजीव वर्मा ने पूरे अधिकार से कहा, वह अपने मेंस क्लियर करने वाले ओहदे के हिसाब से बोल रहे थे।

सी.एस. की हवा बह रही थी। हवा में ठंडी बीयर की गंध घुलकर एक अनूठा सुरूर पैदा कर रही थी। माहौल में सम्मोहन छा रहा था।

"यार! अब ये सी.एस. वार्त्तालाप बहुत हो गया, यह तो अब लंबा

चलना ही है। आज शाम कुछ मस्ती हो जाए। हम सब बीयर लेने लगे हैं और उम्मीद करते हैं कि सैंडी और गौरव किशोर के गानों के साथ हमारा मन बहलाने को तैयार हैं।" सुधीर ने उत्साहित होते हुए कहा। भीड़ बीयर की ओर लपकी। सी.एस. की चर्चा अब भी दबी आवाज में कोनों में चल रही थी। दो नौजवान अब भी राजीव सर से चिपके थे, उन्हें लगता था कि राजीव सर के साथ रहने से ही उनके सारे सपने पूरे हो सकते हैं।

"सर, क्या आपने कभी गाइडों को हाथ तक नहीं लगाया?" लड़के ने दबी जुबान से पूछा।

"कौन कहता है? इस साल प्रीलिम्स में ही तीन प्रश्न ऐसे थे, जो सातवीं की एन.सी.ई.आर.टी. की पुस्तक में से थे, पर मुझे गाइड के प्रैक्टिस टेस्ट में मिले। ये गाइडों भी मददगार साबित होती हैं।" सर अपने दैवीय रुतबे के मद में चूर थे।

"सर, आप सामान्य ज्ञान की तैयारी कैसे करते हो?"

"आसान है। हर चीज सीखनी पड़ती है। केरल वाले कैसे नाचते हैं, स्पाइडरमैन रग्बी कैसे खेलता है, एक जैसे दिखनेवाले आदिवासियों के कबीले, पिग्मी का आकार, एस्कीमो का आवास, किसी ऐसे देश के प्रेसीडेंट का नाम, जिस देश का आपने नाम भी न सुना हो, कोई ऐसा एलियन, जो अभी स्पेस से आया हो! अंतरिक्ष में सबकुछ। हालत तो पतली हो ही जाती है।" सर के आसपास का माहौल इतना गमगीन हो गया था कि शाम की सारी मस्ती हवा हो गई।

मिहिर और उदय वहीं खड़े थे, वे संदीप को गाने के लिए उकसा रहे थे। राजीव की बात सुनकर मिहिर ने सोचा, 'लगता है कि सामान्य ज्ञान में ही पूरे खप जाएँगे।' मिहिर के लाख सँभला हुआ दिखने के प्रयत्न के बावजूद उदय उसके मन को भाँप गया।

"क्या हुआ? अभी तो कारवाँ चला भी नहीं और गुबार से डरने लगे? मेरा भाई ठीक कहता था। उसका कहना था कि यह तैयारी कचूमर निकाल देती है।" उदय ने किसी बलि के बकरेवाली मिमियाती-सी हँसी के साथ कहा।

"अब छोड़ भी दो। क्यों डरा रहे हो इन्हें? ये जानते हैं कि इन्होंने क्या जोखिम मोल लिया है!" सुधीर बोला। "दोस्तो! बीयर पियो और संगीत का मजा लो। सैंडी की पेशकश हाजिर है।" सैंडी ने थोड़ी सी बीयर से गला तर कर लिया। इस दौरान दो बहादुर–उनमें से एक को इसी मौके के लिए रखा गया था–फ्राइड चिकन को रखने के लिए जगह बनाने लगे। "अरे, आ गया।" इस बीच संदीप ने लेखन बोर्ड को कामचलाऊ तबला बना लिया और दो लड़कों ने गिलास और चम्मच थाम लिये, ताकि धुन निकाल सकें। उसने शुरू किया, "देखा ना हाय रे, सोचा ना हाय रे, रख दी निशाने पे जाँ···" सब अचानक ताली बजाने लगे और माहौल में गीत गूँज उठा। सभी लड़के झूमने लगे, यह गाना तो उनके सी.एस. की तैयारी के हिसाब से भी फिट लग रहा था। कुछ और बीयर पीते ही माहौल में जैसे एक जादुई नशा छा गया था। सी.एस. और बीयर का मिश्रण सबके सिर चढ़कर बोल रहा था, मय और महत्त्वाकांक्षा की मिली–जुली मदहोशी! "नतीजा चाहे जो भी हो, आई.ए.एस. का कोई मुकाबला नहीं है। इन तीन शब्दों को सुनकर ही खुमार आ जाता है।" धुत्त–से हो रहे सुधीर ने रसोई की ओर जाते हुए मिहिर और उदय से कहा।

सी.एस. की तरह मिहिर और उदय ने शराब की दुनिया में भी नया–नया कदम रखा था। अगर आप इस दुनिया में नए हो तो धुत्त होने का डर लगा रहता है, आपको हर घूँट पर लगता है कि कहीं आप नशे में न हो जाएँ और यही डर नशे को चढ़ने नहीं देता, और जब आपको लगता है कि आप सही में थोड़ा नशे में आने लगे हैं तो उस समय तक आप अपनी सोच और औकात से कहीं ज्यादा पी चुके होते हैं और तब अचानक ही आपका नशा सिर चढ़कर बोलने लगता है। उदय और मिहिर ने पहले जितनी भी बार भी पी, यही गलती की और आखिर में वह टुन्न हो जाते थे। मिहिर के लिए तो किशोर कुमार के गाने भी किसी नशे से कम नहीं थे, वह इस खुमार में झूमने लगा।

"क्या तू भी खुशी और गम एक साथ महसूस कर रहा है? मोनालिसा टाइप का अहसास हो रहा है। इन सताने वाली पुरानी यादों को किसी परिभाषा में नहीं पिरो सकते। कॉलेज के दिनों की मस्ती गायब और हम सी.एस. की

सुरसा के मुँह में जाने को तैयार हैं। तुमने खुद इस बला को न्योता दिया है, यह सुख देती है, नहीं, यह दुःख देती है, नहीं, दुःख और सुख दोनों ही देती है। भगवान् ही जाने यह क्या बला है, पर किसी लत से कम नहीं है, खतरनाक और खूबसूरत एक साथ!" मिहिर नशे में डूब रहा था और उसने उदय के कंधे पकड़ रखे थे। उसके वाक्य बेसुधी में डूब-उभर रहे थे, पर वह फिर भी खुद को सँभालकर लुप्त होते हुए शब्दों को पकड़ते हुए अपनी बात कह रहा था।

"मिहिर, चिंता मत कर। हम इस सी.एस. नामक जंगली साँड़ की नाक में नकेल डालेंगे।" उदय ने अपने जोशीले अंदाज में कहा। संदीप अब भी गा रहा है, बीच-बीच में थोड़ी बीयर गटक लेता था और सुधीर धुत्त हो चुका था। माहौल में कई तरह के अहसास तैर रहे थे, महत्वाकांक्षा, पुरानी यादें, किशोर और बीयर के इस संगम ने सबको मंत्रमुग्ध कर रखा था। बीच-बीच में चुटकुलों से हँसी के फौव्वारे फूट रहे थे।

इस तरह पार्टी खाते, पीते, गाते, झूमते, हँसते जारी रही। और यह सब चल रहा था सी.एस. की दहलीज पर!

"मिहिर, उदय और संदीप अंदरवाले बरामदे में हैं।" किसी ने संदीप को टहोका दिया।

"अरे सुनो, यह धीरज है, यहीं पास में रहता है और बी.कॉम. के बाद कंपनी सेक्रेटरी का कोर्स कर रहा है।"

धीरज मिहिर और उदय से बोला, "पिछले साल मेरे समीर सर इस सी.एस. के जाल में उलझ गए थे और पूरी एक बोतल चूहे मारने की दवा पीकर अपनी जान दे दी। वे तीन बार इंटरव्यू में बैठे, होनहार थे और उनके सफल होने की पूरी गारंटी थी। मैं बता रहा हूँ, ये सी.एस. मौत के कुएँ से कम नहीं है।"

मिहिर सोचने लगा कि वह लड़का इस तरह की बातें इसलिए कर रहा है, ताकि यह उचित सिद्ध कर सके कि वह सी.एस.की तैयारी क्यों नहीं कर रहा और दूसरे उसे अपने से अलग न मानें।

तभी आगेवाले कमरे से हो-हल्ला हुआ और मिहिर की सोच भंग हो गई।

"आह! बिग ब्रो!" कई एक साथ चिल्लाए। सुधीर कमरे में आ गया और बाकी सब भी अचंभित देखने लगे कि क्या हो गया!

"वाह, क्या सरप्राइज दिया! इधर कैसे, तू तो बड़ा आदमी हो गया!" सुधीर नशे को चीरता हुआ उत्साहित हो उठा।

"दरअसल, मैं किसी काम से दिल्ली आया था तो पुरानी यादों से खिंचकर एम.एन. आ गया। यह जगह कैसे भुलाई जा सकती है?"

"बहुत खूब!" सब उसके आसपास जमा हो गए थे, जैसे भक्तों को भगवान् के दर्शन हो गए हों!

"आज का दिन तो कमाल का साबित हुआ! तुम सबसे यहीं मुलाकात हो गई!" सुधीर ने उसे अपने आगे रखी कुरसी पर बिठा दिया।

"बहादुर को श्रेय मिलना चाहिए। मैं चड्ढ़ा के पास सिगरेट ले रहा था। यह वहीं मिला और मुझे साथ ले आया।"

ये मेहमान विवेक सिंह है, आई.ए.एस., जो पहले एम.एन. में रहता था।

मिहिर का ध्यान धीरज की ओर गया, जो खुद को अटपटा महसूस कर रहा था। वह सोचने लगा कि इस समय वह अपनी काल्पनिक दुनिया में यही देख रहा होगा कि सी.एस. महत्त्वाकांक्षा के धर्म का सबसे बड़ा देव है, महादेव; जितनी ऊँची साधना, उतना गहरा संतोष! स्वयं के अनुमोदन से जनमा दैवीय आनंद! किसी भी दूसरे कॅरियर की इच्छा रखने वाला, मानो जैसे किसी छोटे देवता को पूजता हो और उसे नीचा माना जाता था। मिहिर सोचने लगा कि क्या उसने अपने लक्ष्य के बारे में अंतिम निर्णय ले लिया है? उसे सी.एस. ही करना है?

मिहिर, उदय और संदीप पार्टी से निकले, रात बहुत हो चुकी थी। वे पूरी तरह से नशे के आलम में थे।

"आज की रात मस्त रही, अब तो बस, हॉस्टल का बिस्तर चाहिए, जिस पर मैं जा गिरूँ। आज कुछ ज्यादा ही हो गई।" संदीप लड़खड़ाती जुबान में बोला।

"हम एम.एन. बस स्टैंड से नाइट स्पेशल लेंगे। इस तरह उदय को भी घर के पास छोड़ सकते हैं।" मिहिर ने संदीप से कहते हुए उदय को गलबहिसर्ँ दी।

"हाँ बिल्कुल! काश, हम उड़कर हॉस्टल जा पाते!" संदीप बोला।

"पर मैं तो ऊड़ रहा हूँ। यह करिश्मा बीयर ही दिखा सकती है। कहते हैं कि ईश्वर करिश्मा करता है, पर मैंने तो आज तक नहीं देखा। रुको! मैंने एक बार बचपन में देखा था ईश्वर का करिश्मा, जब मेरे पिता गायब हो गए थे। शायद उसके करिश्मे दुःख ही देते हैं।" उदय ने खुद को मिहिर से अलग किया और दोनों हाथ पंखों की तरह फैलाए सड़क पर इस तरह भागने लगा, मानो उड़ान भर रहा हो, आजाद, स्वच्छंद! अचानक वह सड़क के किनारे जाकर रुक गया, मिहिर तथा संदीप उसे देखने लगे। "बीयर लोगों को मूत्र-मशीन बना देती है, पर खुले में करने का मजा ही कुछ और है, जन्नत सरीखा सुख! वह भी रात के इस सन्नाटे में, जब आसपास कोई नहीं है। कितनी आजादी महसूस होती है! खुले में मूत्र विसर्जन करना क्यों मना है! ये लोग हमारी आजादी छीनने के लिए ही तो कानून बनाते हैं!" उदय की आवाज गूँज रही थी।

"हाँ! ऐसा लगता है, जैसे पहाड़ से कोई झरना बह रहा है। ऊँचाई का ये अहसास! देवता भी इसी तरह स्वर्ग पहुँचे होंगे, सोमरस का पान करते हुए, स्वर्गिक पेय पदार्थ!" मिहिर पर भी मस्ती का आलम छाया था। उसका बोलना जारी रहा, "जो इस कानून की रक्षा करते हैं, वे भी तो खुले में मूत्र विसर्जन करने का सुख लेते हैं, इस लालच से तो कोई बच ही नहीं सकता।" मिहिर का इशारा पुलिस की तरफ था। "सोचो, भरा हुआ ब्लैडर लिये सड़क पर इस बेचैनी से भागना, जैसे सारी दुनिया लुप्त हो गई हो। वे हमें जिन सार्वजनिक शौचालयों में जाने को कहते हैं, मेरा तो उनमें दम घुटता है। फिर हमारे पास भरे हुए ब्लैडर को खाली करने का उपाय ही क्या बचता है? या तो अफारे से जान दे दो या खुले में प्रवाह की आजादी का मजा लूटो!" मिहिर के शब्द लड़खड़ा रहे थे। उसने भी उदय की तरह अपना भार हलका करना ही बेहतर समझा।

संदीप ने सिगरेट जला ली थी। वह सिगरेट पीते हुए अपना भार हलका करने लगा और बोला, "पर मिहिर! क्या वैदिक सोमरस शराब थी? उस पर तो अब भी शोध जारी है।"

"नहीं सैंडी, फिर से नहीं और अभी तो बिल्कुल नहीं। इस नशे में भी इतिहास पर बहस! देखो, सीधी सी बात है; मैं नहीं कह सकता कि सोमरस शराब थी या नहीं, पर मुझे यकीन है कि देवता शराब पीते थे। शराब के बिना कोई नहीं उड़ सकता और चूँकि वे सोमरस ही पीते थे, इसलिए सोमरस शराब हो होती होगी। मैं उन्हें शराबी ही मानता हूँ, क्योंकि वे हमेशा सोमरस के मद में चूर रहते थे, वे मृत्यु से परे, वहीं स्वर्ग में रह गए।" मिहिर ने चुनौती का उत्तर दिया।

"तुमने ठीक कहा। हमारी बीयर सोमरस जितनी असरदार नहीं है। तभी तो हम स्वर्ग के बजाय धरती पर सड़ रहे हैं। पर सोचो कि बीयर भी ना होती तो जीवन कैसा होता? इतनी सी भी उड़ान न भर पाते!" संदीप ने मिहिर के तर्क को आगे बढ़ाया।

"तुम लोग अब भी बेतुकी बातें कर रहे हो। सोमरस के कोई दुष्प्रभाव नहीं थे और वह लाभदायक पेय था। बीयर के दुष्प्रभाव होते हैं। देवता और उनके प्रिय ऋषियों ने ब्रह्मांड में पहले आने का लाभ उठाया और सबसे श्रेष्ठ पेय हड़पकर गए और मनुष्य के लिए छोड़ दिया घटिया पेय, ताकि वे कभी उड़कर स्वर्ग न जा सकें और अमर न हो जाएँ। अगर हम उनकी जगह होते तो हम भी यही करते। जो भी पहले आता है, वह सबसे बेहतर चीज हड़पकर जाता है।" उदय की आवाज में आवेश था, ईश्वर से तो उसका छत्तीस का आँकड़ा था, उसके पिता, जो उसके बचपन में ही गायब हो गए थे।

"और तुम सोम देवता को कैसे भूल गए? ऐसा नशीला अमृत देने वाला पौधा? मैं बता दूँ कि चंद्र देवता को सोम देवता भी क्यों कहते हैं, यह कोई संयोग नहीं है। वे एक प्याला थे, जिससे दूसरे देवतागण सोमरस पीते थे; जरा देखो कि सोम कैसे नशे में मदमस्त आकाश में जगमगा रहे हैं!" संदीप ने कहा।

"अब, जबकि चंद्रमा इतने शक्तिशाली नहीं रहे कि सोमरस परोस सकें तो इनसान ने उनकी पूजा करनी बंद कर दी और क्रोधित होकर उसने चंद्र देवता पर पैर रखकर उस पर जीत हासिल कर ली। अन्यथा क्या हम देवता को पैर से छूने के बारे में सोच भी सकते थे? और दूसरा सोम, अमृत देने वाला पौधा, वह तो लुप्त ही हो गया।" मिहिर की गंभीरता ने एक तत्त्वमीमांसक-सा रंग घोल दिया था।

"तुम कहना क्या चाहते हो? क्या देवता का अस्तित्व मनुष्य से है?" उदय की आवाज में अचानक जोश का संचार हो गया।

"क्या तुम देख नहीं सकते, आदमी किस बेचैनी से भगवान् की खोज करना चाहता है! दरअसल वह अमरता की खोज में है, सोमरस के रहस्य की खोज; इस खोज में पूरा अंतरिक्ष छानने की कोशिश में है, और क्योंकि अभी तक खोज नहीं कर पाया, तो यही सोचकर खुश हो लेता है कि ईश्वर का अस्तित्व है ही नहीं, ईश्वर तो मानव कल्पना की उपज मात्र है।" मिहिर दर्शन की उड़ान भरने लगा।

"बस, बहुत हुआ! अब अनदेखे भगवान् पर समय नहीं लगाना। मुझे अपनी इस सच्ची, दृश्य दुनिया की चिंता है। इसके बारे में सोचना है। मैंने सुना है कि सार्वजनिक जगहों पर सिगरेट पीना मना हो रहा है, मानो सिगरेट पीने की लत अपनी मरजी से काबू की जा सकती है! धूम्र तो सोम का ही छोटा भाई है। भगवान् शिव भी तो हमेशा सोमरस के साथ गाँजा फूँकते हैं। यह सारे नियम आजादी छीनने के लिए बन रहे हैं।" संदीप के हास्य में संजीदगी का पुट था।

"तुमने ठीक कहा। वे मन को सिर्फ कानून से ही नियंत्रित करना जानते हैं, इसलिए उनके कानून आजादी पर घात होते हैं।" मिहिर ने अपनी गंभीर शैली में विश्लेषण करते हुए कहा।

किसी भी तरह का नशा किसी खास विषय पर दिमाग को केंद्रित कर देता है और उस रात उनके लिए मूत्र विसर्जन ही केंद्रबिंदु बन गया था।

वे तीनों एम.एन. स्टैंड पर अलग हो गए, क्योंकि बस, खुलने ही वाली थी।

"गुडनाइट दोस्तो! सॉरी, गुड पिसिंग नाइट! एक लीटर बीयर पीकर हम तो पिसिंग मशीनें बन गए। हम कल मिलेंगे।" उदय घर की ओर चला और मिहिर तथा संदीप ने किसी तरह खुद को बस के अंदर जमा किया। अब मिहिर का दिमाग पार्टी में सी.एस. की चर्चा से उभरी झलकियों से घिर आया था।

□

मिहिर और सी.एस. की मुलाकात : कुछ स्नैपशॉट्स

सुधीर के घर से आने के बाद मिहिर को हॉस्टल के पलंग पर गिरने तक ही सुध थी। सुधीर के घर में होने वाली बातें अब भी दिमाग में घूम रही थीं और अब वो उसके जेहन में और तेजी से उभर रहीं थीं। उनमें धीरे-धीरे खाली होते कमरे के साथ पुरानी यादें घुलती गईं और उसका मन भारी हो गया, जैसे उसके मन को यादों के बीच जलने के लिए छोड़ दिया गया हो! मन में पूरी तरह से उथल-पुथल मची थी; किसी भी तरह की तार्किकता की गुंजाइश ऐसी ही थी, मानो कोई ईश्वर को देखने का दावा कर रहा हो! मिहिर तो वैसे भी मन की गहरी खाइयों में ही बसता था, वह तर्कशीलता की खोज में और अंदर उतरता चला जाता, जहाँ यदा-कदा मिलने वाला सामंजस्य भी उभरने के पहले ही उस कोलाहल के बीच फिर खो जाता।

पर आज तो जैसे कुछ नया होने को था। सिविल सर्विसेस को चुनने के पीछे उसकी भावनाओं को एक स्वरूप देने के लिए कुछ तर्क मन के किसी कोने से अनायास उमड़ रहे थे। कुछ झलकियाँ स्पष्ट दिखाई देने लगी थीं।

पहला स्नैपशॉट

सीतागढ़, बिहार का छोटा सा शहर। इस जगह अपनी पहचान बनाना बहुत मुश्किल नहीं और कुछ बनने के लिए कोई बहुत बड़ा जतन नहीं करना पड़ता। अगर आप अपने क्षेत्र में कुछ खास हैं तो आपको शिखर तक आते देर नहीं लगती।

एम.सी. कॉलेज शहर में सर्वश्रेष्ठ है। मिहिर के पिता इसी कॉलेज में अध्यापक हैं, इसके अलावा, वे अपने विभाग के सबसे श्रेष्ठ अध्यापक माने जाते हैं और अपने अनूठे व्यक्तित्व की एक पहचान रखते हैं।

इस अध्यापक के स्वयं को अभिव्यक्त करने की शैली में अंग्रेजी भाषा की सिंफनी झंकृत होती है। इसके अतिरिक्त, उनका व्यक्तित्व साहित्य से ओत-प्रोत है, वे अपने अध्ययन के क्षेत्र में महान् विद्वानों के संपर्क में रहने का सौभाग्य पा चुके हैं और इस संसर्ग ने उनके व्यक्तित्व को और निखारा है। इस तरह वे अपने विभाग में नंबर वन पर हैं। इस श्रेष्ठता की चेतना ने उनके आसपास एक आभामंडल-सा बना दिया है। वे सबके लिए प्रतिष्ठा और विस्मय के पात्र हैं। उनका यह गौरव गहन और पूरी तरह से स्पष्ट है। जब वे शाम की सैर पर निकलते हैं तो उन्हें देखकर आदरभाव से प्रणाम और अभिवादन करने वालों का ताँता लगा रहता है। वे बड़े ही विनीत और गर्वीले भाव से सबका सम्मान ग्रहण करते हैं।

एक किशोर, मासूम और बुद्धिमान, कक्षा में हमेशा प्रथम आने वाला, बड़े ही गर्व से अपने पिता को अपना आदर्श मानता है।

स्कूल का सालाना जलसा है। मंच पर किशोर मिहिर प्रिंसिपल से पुरस्कार ग्रहण कर रहा है और पुरस्कारों का अंबार उसकी चिबुक तक आ गया है। प्रिंसिपल ऐलान करते हैं, "हमेशा की तरह इस छात्र ने लगभग सभी शैक्षिक प्रसंगों में पहला स्थान प्राप्त किया, चाहे वह परीक्षा हो या पाठ्येतर गतिविधियाँ।" उन्होंने पहली पंक्ति में बैठे मिहिर के पिता को देखकर कहा, "और हो भी क्यों न? जैसे पिता, वैसा पुत्र! मैं इस अवसर पर मिहिर के माता-पिता से आग्रह करना चाहूँगा कि वे उसे पूरी तरह मुक्त कर दें, ताकि वह सिविल सर्विस के लक्ष्य की ओर उड़ान भर सके। ये वाकई इसके लायक है।"

दूसरा स्नैपशॉट

उत्तर प्रदेश के फैजपुर में मिहिर के पिता के परिवार के सभी सदस्य जुटे हैं, यह उसका ददिहाल है। इस जगह उसके दादा-दादी, तीन चाचा और

एक बुआ, और मिहिर के पिता सपरिवार एकत्रित हुए हैं। इसे तीन पीढ़ियों के मिलन का उत्सव भी माना जा सकता है, परंतु यह बीते हुए समय की लुप्त हो गई भव्यता और खोई हुई संपदा का शोकगान बनकर रह जाता है। मिहिर के दादाजी कभी किसी समय में अवध के जाने-माने तालुकेदार थे।

"एक युग बीत गया, परंतु आज भी यह एक पहेली है कि इतनी संपदा कैसे ओझल हो गई? बाबूजी (मिहिर के दादाजी) किस तरह, बिना किसी विचार के, अपने बच्चों की परवाह किए बिना, सब नष्ट कर सके!" मिहिर के पिता जब यह कहते हैं तो उनके चेहरे से विस्मय झलकता है, भौंएँ ऊपर उठती हैं और माथे पर बल आ जाते हैं; मुँह खुल जाता है और कोहनी से उठा बायाँ बाजू हवा में जड़ हो जाता है।

"हाँ" मँझले पापा (मिहिर के सबसे बड़े चाचा) कहते हैं, "यहाँ तक कि अम्मा के गहने भी, यदि वही बच गए होते तो सिर्फ उसी से आज हम सबका पालन हो सकता था।"

"ओह भैया! दोबारा ये सब क्यों शुरू करना? हम ये बातें करते नहीं थकते। क्या हमें भगवान् का शुक्र नहीं करना चाहिए कि हमें बड़े भैया (मिहिर के पिता) जैसे इनसान मिले, जिन्होंने हमें पालने के लिए अपना सबकुछ लगा दिया?" मिहिर की बुआ कहती हैं।

"वे ही हमारे तारणहार थे और आज हम जो भी हैं, उनके कारण ही हैं।" मँझले पापा कहते हैं।

"यह सब प्रभु की कृपा है। मनुष्य तो निमित्त मात्र है।" मिहिर के पिता विनीत भाव से कहते हैं।

"इसमें कोई संदेह नहीं कि हम स्वयं को असुरक्षा और अभाव के सागर से बाहर इसलिए निकाल सके कि हालात ने हमें बहुत मजबूत और परिश्रमी बना दिया।" छोटे पापा, (मिहिर के छोटे चाचा) कहते हैं।

सबका ध्यान छोटे पापा और सिविल सर्विस में उनकी उल्लेखनीय सफलता की ओर चला जाता है।

"हम क्या कह सकते हैं?" बुआ कहती हैं। "इन्होंने परिवार का मान

रखते हुए, सिविल सर्विस में सफलता पाकर हमें नेकनामी दिलवाई।"

"यह शुरू से ही बहुत होशियार था। टीचर कहते थे कि एक दिन यह सिविल सर्विस में होगा।" मिहिर के पिता कहते हैं।

मँझले पापा आगे बोले, "निश्चित रूप से राजा साहब (मिहिर के दादाजी) के परिवार की बहुत प्रतिष्ठा रही है। बड़े भैया भी इस परीक्षा की ओर कदम उठा सकते थे, पर हालात ने साथ नहीं दिया। उन्हें हम सबकी देख-रेख करनी पड़ी और मुझे लगता है कि भाग्य की यही इच्छा थी।" वे अपने बड़े भैया के बलिदानों को सराहते नहीं थकते।

"जो हो गया, सो हो गया। अब इस बारे में बात क्या करना! मुझे कभी अपनी महत्त्वाकांक्षा और इच्छाओं के बारे में सोचने का अवसर नहीं मिला। मेरे लिए इनके कोई मायने नहीं।" मिहिर के पिता कहते हैं।

मिहिर सोचने लगता है, 'सिविल सर्विसेज की परीक्षा को शैक्षिक श्रेष्ठता का मापदंड माना जाता है। मेरे पिता, सीतागढ़ में टीचर हैं, पर अब भी उनके मन में तड़प है कि वे सिविल सर्विस में नहीं जा सके। राजा साहब की प्रतिष्ठा के हिसाब से भारतीय सिविल सर्विसेज ही उपयुक्त है, यानी वे एक तरह से राजा ही हैं।' छोटे पापा के टीचर उनके बारे में कहते थे कि वे एक दिन सिविल सर्विस का हिस्सा होंगे। इसके साथ ही मिहिर को अपनी दादी की सीख भी याद आती है—'केवल अपने चाचा की उपलब्धियों को सुनने से तुम्हें कुछ हासिल नहीं होगा। अब तुम्हारे पास पढ़ाई करने के पूरे साधन हैं। तुम उनके जैसा बनने का सपना क्यों नहीं देखते?' मिहिर की दादी के शब्द उसे यथार्थ में वापस खींच लाए।

तीसरा स्नैपशॉट

मिहिर बिहार, सीतागढ़ के केंद्रीय विद्यालय में है। स्कूल में चहल-पहल के बीच आपसी खुसुर-पुसुर भी चालू है। चारों ओर एक सतर्कता का माहौल है। कक्षाओं के बीच भी जैसे स्कूल की लय भंग लग रही है। स्कूल बिल्कुल व्यवस्थित और साफ दिख रहा है। फूलदान और फर्नीचर वगैरह सब अपनी

जगह दुरुस्त हैं। टीचर और स्टाफ में भगदड़ मची है, क्योंकि जिला मजिस्ट्रेट, जो स्कूल के चेयरमैन हैं, मुआयना करने आ रहे हैं।

कुछ देर बाद एक व्यक्ति गलियारे में टीचर और स्टाफ से घिरा दिखाई दिया; चाल-ढाल से ही रौब झलक रहा है। जिन प्रिंसिपल को बच्चे बहुत ही आदर और विस्मय से देखते हैं, वे भी उनके दबदबे के आगे झुके हुए हैं। मिहिर यह देखकर विस्मित हो गया।

"एक नौजवान को स्कूल में उससे बड़े उम्र के प्राध्यापक भी सलाम कर रहे हैं। अगर उनकी जगह मैं होता तो इसे दोबारा न आने देता।" छात्र के ये शब्द किसी तरह कक्षा के अध्यापक तक चले गए।

"मेरे दोस्तो! ये डी.एम. हैं। ये हैं जिले के मालिक, समझे?" झा सर ने कहा।

'जिले का मालिक' शब्द सुनकर कक्षा का एक छात्र गणेश खड़ा हो गया। उसे सभी 'गट्सी गणेश' कहते थे। वह कक्षा के हिसाब से काफी लंबा-चौड़ा था। उसे देखकर डर लगता था। कंधे और गरदन आगे की ओर झुके थे, हाथ शरीर से अलग अपनी ही चाल में झूमते थे। उसकी कोहनियों के बाहर की ओर उभरने से उसकी चाल-ढाल और भी दबंग दिखती थी। दरअसल, हर कक्षा में ऐसे छात्र होते हैं, जिनकी आयु कक्षा से भी परे होती हैं और अध्यापकों को उनसे सम्मान मिलने की उम्मीद कम ही होती है।

गणेश बोला, "सर! हमारे सिविक्स के टीचर गजबिए सर ने सिखाया था कि डी.एम. एक पब्लिक सर्वेंट होता है, जिसका बुनियादी काम यही सुनिश्चित करना है कि उसके जिले के लोगों को शिक्षा, भोजन, इंफ्रास्ट्रक्चर वगैरह हेतु सरकारी योजनाओं का पूरा लाभ मिल सके और जिले की व्यवस्था सुचारु रूप से चलती रहे। एक पब्लिक सर्वेंट को इतना सम्मान और अधिकार मिलता है कि हमारे मास्टर भी उसे अपने मास्टर की तरह पूछ रहे हैं! हैरानी की बात है!"

अध्यापक उसे बढ़ावा नहीं देना चाह रहा था, इसलिए उसने कहा, "तुम्हें इन बातों पर इतना ध्यान नहीं देना चाहिए। पढ़ाई और तुम विरोधाभास हो, तुम नहीं समझोगे। कम-से-कम कक्षा में बाधा मत डालो, ताकि दूसरे

बच्चे पढ़कर डी.एम. बन सकें।"

मिहिर सोचने लगा, 'एक पब्लिक सर्वेंट के तौर पर जानता के जीवन में कितना बदलाव लाया जा सकता है! तभी उसे समाज में इतना मान-सम्मान और आदर मिलता है। उसका दबदबा माना जाता है। यह सेवा और अधिकार मिलकर कितना सुरूरपूर्ण कॉकटेल बनाते होंगे!'

चौथा स्नैपशॉट

युवा मिहिर को मरीन इंजीनियरिंग की परीक्षा में सफलता मिली है। उसके जाने के लिए रेलगाड़ी में आरक्षण भी हो गया है। मिहिर ने जाने से एक दिन पहले अपनी माँ से कहा, "माँ, मुझे अच्छी तरह पता है कि मरीन इंजीनियरिंग मेरे स्वभाव के अनुरूप नहीं है। कहीं ऐसा न हो कि इस कॅरियर के कारण मैं सिविल सर्विस की तैयारी से हट जाऊँ!"

माँ ने सलाह दी, "आजकल तो इंजीनियर भी सिविल सर्विस की परीक्षा दे रहे हैं। मुझे तो यह विकल्प ज्यादा जँच रहा है।"

"पर इस बैकअप की वजह से सिविल सर्विस में जाने का संकल्प डगमगा सकता है, जो इंजीनियर सिविल सर्विस की परीक्षा देते हैं, उनके पास नौकरी का सहारा होता है। अगर कोई अपने शौक से इंजीनियर बनता है तो वह सिविल सर्विस की परीक्षा क्यों देना चाहेगा? यह कोई चुनाव नहीं, विवशता होगी।" मिहिर बोला।

मिहिर के पिता ने बरामदे में बैठे-बैठे उनकी बात सुन ली थी। वह अंदर आए और मिहिर को एक स्नेहपूर्ण मुसकान दी। उन्होंने अलमारी से रेलगाड़ी का टिकट निकाला और फाड़कर फेंक दिया, "मेरा बेटा जबरन कोई काम नहीं करेगा। वह मरीन इंजीनियरिंग नहीं करना चाहता तो उसे करने के लिए विवश मत करो। उसकी खुशी ही मेरी पहली प्राथमिकता है और उसकी खुशी में ही हमारी खुशी निहित है। मैं तेरे साथ हूँ, मिहिर!"

मिहिर के दिमाग में उसी वक्त सिविल सर्विस अंकित हो गया।

□

मुखर्जी नगर में तिकड़ी का डेरा

"मैं कुछ बेचैन-सा महसूस कर रहा हूँ। मुझे थोड़ा बदलाव चाहिए।" उदय ने आह भरी।

"पर इस तरह तो हमारी इस अस्त-व्यस्तता और भी गड़बड़ हो जाएगी।" मिहिर बोला। वह जानता है कि उदय बहुत देर तक किसी जगह टिक नहीं सकता।

संदीप ने भी उसी समय मिहिर को देखते हुए शरारती-सी मुसकान दी, "शायद आज शाम बाहर चलना चाहिए। अरे बतरा का उद्घाटन भी तो करना है! उसे बुरा लग रहा होगा।"

"हाँ, मिहिर! तुम एम.एन. के लिए नए हो। इस जगह रहने के लिए बतरा सिनेमा के आगे माथा टेकने का रिवाज तो पूरा करना ही होगा। वैसे भी बच्चन बॉस आए हुए हैं। 'हम' मूवी तो पहले से ही ब्लॉकबस्टर हिट चल रही है।"

संदीप मिहिर को देखकर दमका और बोला, "हम थोड़ी बर्डवॉचिंग भी कर लेंगे।"

"ठीक है, नाइट शो चलते हैं। उससे पहले थोड़ा समय है, मुझे अलमारी सहेजनी है, ये लैंपशेड ठीक करना है और तुम दोनों के पास भी तो बहुत सारा काम पड़ा है।" मिहिर अपने कमरे की ओर बढ़ा।

मिहिर, संदीप और उदय ने दो कमरों का फ्लैट किराए पर लिया है। मिहिर ने छोटेवाले कमरे में अकेले रहने का आग्रह किया, ताकि उसकी

एकांत की खुराक सुनिश्चित रहे। उसे सामान बिखेरकर रखना पसंद नहीं; उसे हर चीज में व्यवस्था चाहिए–पुस्तकें, कपड़े या पत्रिकाएँ; इनका बिखराव देखते ही वह बेचैन हो उठता है। उसे कमरे में मद्धम रोशनी पसंद है, जो उसकी गमगीन संवेदनशीलता से मेल खा सके। जब वह हॉस्टल में था, तब भी उसने लैंपशेड की मदद से अपने आसपास ऐसा ही माहौल अपने मूड के हिसाब से बनाया हुआ था। रात की इस मध्यम रोशनी में उसकी कल्पना प्रज्वलित हो उठती है।

अंतत: तीनों बतरा के लिए निकले। उन्होंने रात का खाना भी बाहर खाने की योजना बनाई थी।

"हम 'जेन' जा रहे हैं।" उदय ने ऐलान किया, उसे ये रेस्तराँ भाता था।

"जरूर, तेरी ही मान लेते हैं।" संदीप ने कहा।

वे लोग रेस्तराँ जा रहे थे। इस रेस्तराँ में मुँह में पानी ले आनेवाला इंडो-चाइनीज तीखा खाना मिलता था।

मिहिर सोचने लगा, 'भारत भी समायोजन के मामले में कमाल करता है। इतनी भिन्न चीजों के मेल से भी स्वादिष्ट व्यंजन बन जाता है।'

वे बतरा के सामने थे। यह मेन रोड के पास बड़ा सा कमर्शियल कॉम्प्लैक्स है, सबसे निचले तल पर मूवी थिएटर बना है और चारों तरफ हर तरह की दुकानें, जनरल स्टोर, किराना स्टोर, रेस्तराँ, रेस्ट्रो बार और शराब, जूस, पुस्तकों की दुकानें, जेरॉक्स सेंटर और फोन बूथ हैं।

बतरा के ठीक सामने डी.टी.सी. का बस स्टैंड है। वहीं गली में एक बड़ा सा मैगजीन स्टॉल है, जिसमें कॅरियर मैगजीन और गाइडें डिस्प्ले में लगा रखी हैं। सी.एस. वालों के लिए सारे पवित्र ग्रंथ यहीं मिलते हैं। यह भी एक रिवाज है कि वे हर आनेवाली नई पुस्तक या मैगजीन को देखने आते हैं, ताकि उनसे कुछ जरूरी छूट न जाए।

माहौल में तरह-तरह की हलचल मौजूद है। यह उन तीर्थयात्रियों के सहयोग से चलने वाली छोटी सी अर्थव्यवस्था है, जो अपने-अपने भगवानों की तलाश में दूसरे राज्यों या देशों से आए हैं। यह एक ऐसी दुनिया है, जो

आकांक्षाओं और महत्त्वाकांक्षाओं से ओत-प्रोत है। मिहिर सोचने लगा, 'इस व्यवस्था पर ही कितने लोगों की जीविका निर्भर है।'

"मुझे लगता है कि हमें डिनर से पहले मूवी के टिकट ले लेने चाहिए।" संदीप बोला।

"पिक्चर लगे महीना हो गया। हमें टिकट बाद में भी मिल जाएँगे।" उदय बोला।

"जेन लाजवाब चिकन चिली और हक्का नूडल्स सर्व करता है।" उदय ने रेस्तराँ में आते ही कहा।

"तो फिर आज इसी का स्वाद लिया जाए।" मिहिर ने मंजूरी के लिए संदीप की तरफ देखा।

"ठीक है, मुझे भी कोई दिक्कत नहीं।" संदीप ने वेटर को ऑर्डर लेने का इशारा किया।

"वाह, यह जगह तो गजब है! इस इलाके में रहने का मजा आनेवाला है।" ऐसा कहते हुए मिहिर की आँखों में चमक आ गई।

"हाँ, अगर सी.एस. के भँवर के बीच साँस मिल सकी, तब।" संदीप ने तीनों को आनेवाले समय की याद दिलाई।

"सब अपने आप दुरुस्त हो जाएगा। तू चिंता मत कर।" मिहिर बोला।

"कुल मिलाकर मकान की डील बुरी नहीं रही। आंटी 1,200 में मान गई। वैसे तो हम लोग 1,500 तक में भी ले लेते।" उदय ने वेटर को कोक लाने को भी कहा।

"पर पहले तो उन्होंने डरा ही दिया था। 'तुम लोग बिहार से हो? पहले अपने पति से पूछना होगा।' बुरा मत मानना, पर इधर के लोग बिहारियों को अच्छा नहीं मानते।" संदीप गुस्से से बोला।

"इस जगह बिहारी ही सबसे ज्यादा फैले हुए हैं। पंजाबियों के पास उन्हें मकान किराए पर देने के सिवा कोई चारा नहीं है। पैसा तो सबको चाहिए और वैसे भी यह सारा इलाका छात्रों की माँग के हिसाब से ही चलता है। हम लोग ही दिल्ली में भाड़े और ढाबों पर पैसे खर्च करते हैं। वरना सोचो, अगर

हम नहीं आते तो ये पैसा बिहार को कितना अमीर बना सकता था!" मिहिर ने थोड़ा संजीदा होते हुए कहा।

"हाँ, यह तो सही कहा। क्या तुझे याद नहीं, आंटी ने ही बताया था कि किराए तो हर साल बढ़ रहे हैं और इस साल तो उनके पति के स्टोर में भी अच्छी बिक्री रही। हम ही तो इन्हें अमीर बना रहे हैं। अगर बिहार की शिक्षा व्यवस्था इतनी बुरी न होती तो हम इस जगह न होते।" उदय ने मिहिर की बात का समर्थन किया।

"दरअसल, बिहारी और पंजाबियों की आपस में अच्छी बन जाती है। इस जगह उत्तर-पूर्व से आनेवाले छात्रों की भी कमी नहीं है। वे भी उसी शिक्षा के अभाव में दिल्ली की ओर भागे आते हैं। फंडा तो सीधा ही है। यह तो लेन-देन का सौदा है, वे हमारी महत्त्वाकांक्षाओं का धंधा करते हैं और हम उनके अवसरों का लाभ उठाते हैं। क्या हमें इस इलाके में हिंदू-सिख दंगों का हलका सा भी हैंगओवर कहीं दिखता है, जिसने कुछ साल पहले इस इलाके को तबाह कर दिया था?" संदीप ने अपने जाने-पहचाने अंदाज में कहा।

"तुमने ठीक कहा। अर्थव्यवस्था ही तो भेदभाव का समाधान है। मुझे शक है कि अगर हमने मिजो और नागा लोगों को भी एक समान आर्थिक लाभ दिए होते तो शायद वे दिल्ली के लिए इतना जहर न उगलते!" उदय ने कहा।

"ठीक है, क्या तुमने सी.एस. के लिए पढ़ाई चालू कर दी? ये ज्ञान वहीं से आ रहा है?" मिहिर ने उदय की चुटकी ली।

खाना आते ही उनकी बातों का सिरा छूट गया।

"अब सब छोड़ो और इधर देखो।" उदय ने संदीप के कान में धीरे से कहा। "वाह, क्या कमाल है!" उनकी साथ वाली मेज पर ही एक सुंदर सी युवती बैठी थी।

"तू फिर चालू हो गया।" मिहिर ने खाते हुए कहा।

"ग्रैजुएट हो गया है, अब तो अपनी आदतें सुधार ले। दुनिया को पता चले कि अब तू बच्चा नहीं रहा।" उदय ने मिहिर को देखते हुए शरारत से भरी

मुसकान दी। "भाई, मुझे लगता है कि तेरी लाइफ में पहले से कोई है। मुझे पूरा यकीन है कि इस सुंदर मुखड़े पर कोई तो रीझी होगी।"

"नहीं, नहीं। अभी तक तो कोई नहीं है।" मिहिर ने उदय से लजाते हुए कहा।

"तुम सही कह रहे हो। यह तो पहले से ही के.एम.सी. की एक लड़की से आँख–मिचौली खेल रहा है।" संदीप झट से बीच में कूद पड़ा। "झूठ क्यों बोल रहा है? तूने उदय को ज्योति के बारे में नहीं बताया?"

"ठीक है, तू अपना राज छिपाकर रख," उदय मजाकिया गुस्से से बोला। उसे खुशी थी कि उसने मिहिर की रहस्यमयी दुनिया में सेंध लगा ली थी।

"अरे, ऐसा कुछ नहीं है। सैंडी, क्या तुझे वह चक्कर लगता है?" मिहिर बोला। और फिर वह उदय की ओर मुड़ा, "मैंने आज तक उससे बात तक नहीं की।"

"एक बात तो पक्की है। अगर वह तुझ पर मरती है तो इधर भी आग बराबर की लगी है। क्या तू भूल गया कि तुम दोनों एक–दूसरे को कैसे देखते थे, खासतौर पर बरामदे में? इनका मौन आकर्षण पूरे कॉलेज में गुंजायमान था।"

"तू तिल का ताड़ मत बना। पहले उदय से संजना के बारे में तो पता कर, उसमें कही ज्यादा मसाला मिलेगा तुझे।" मिहिर ने उदय की ओर ध्यान आकर्षित करते हुए संदीप को उकसाया।

"ओए, तेरा भी कोई राज है?" संदीप शरारती मुसकान के साथ बोला!

"राज क्यूँ? मैं भला क्यों छिपाने लगा; लड़की अच्छी है, पर मैं भावुकता के चक्कर में नहीं पड़ता।" उदय अपने दबंग अंदाज में बोला।

"मिहिर, तू उससे मिला है?" संदीप ने पूछा।

"हाँ, एक बार इसके फ्लैट पर मिला था। स्मार्ट है।" मिहिर की आँखों में शरारत चमक उठी।

"नहीं–नहीं, तू खुलकर बोल सकता है। वह तेरी भाभी नहीं है।" उदय

ने शरारत का जवाब शरारत से दिया।

"यह कैसानोवा की तरह पेश आता है और इस मामले में पूरा सिंह राशि का ही है।" मिहिर ने भाईचारे की भावना से कहा।

वे तीनों मस्ती से खाने के बीच गपशप करते रहे।

"मेरा हो गया। चलो, अब निकलना चाहिए।"

"अभी तो नौ भी नहीं बजे, हम थोड़ा रुक सकते हैं।" उदय ने कहा।

"और तेरा क्या? मुझे पक्का पता है कि तेरा चक्कर सीरियस है। तू बर्डवॉचर है, पर मैंने तेरी आँखों में एक संतुष्टि भाँपी है।" उदय ने ऐन संदीप पर निशाना साधा।

"ठीक है, शायद आज तुम दोनों को बता ही देना चाहिए। मैं अपने राँची वाले दोस्तों से घिरा हूँ और उनमें से कुछ मेरे परिवार को भी जानते हैं और उन्हें मेरे पहले से सहमे हुए पिता को सब बताने में देर नहीं लगेगी, जो यह मानते हैं कि दिल्ली उनके बेटे को जंगली साँड़ बना देगी। अगर उन्हें पता चला तो वे ये मान लेंगे कि मेरा ध्यान पढ़ाई में नहीं है। वे अपने बेटे को आई.ए.एस. अधिकारी बनाने के पीछे दीवाने हैं।" संदीप ने अपनी बात कही, लहजे में एक माध्यम आक्रोश का आउटपुट था।

"ठीक है सैंडी, तू फालतू बातें मत बना। कौन है वह, कौन सा कॉलेज, ये सब कैसे शुरू हुआ? ऐसा कैसे हो सकता है कि अगर वह हमारे कॉलेज में ही थी और मैं उससे नहीं मिला?" मिहिर ने उस पर सवालों की बौछार कर दी।

"क्या तुझे मूवी नहीं देखनी? ठीक है, फिर बच्चन को छोड़कर मेरी कहानी ही सुन ले आज।" संदीप ने मिहिर को खिझाया।

"मूवी का प्लान तेरा था, पर तुझे इतनी आसानी से नहीं छोड़ेंगे।" उदय ने बेताबी दिखाते हुए कहा।

"हाँ, हम रास्ते में भी इसकी कहानी सुन सकते हैं।" मिहिर बोला।

"वह दौलत राम कॉलेज से है। पहली बार हम कॉलेज फेस्टिवल में मिले थे। वह राँची की ही है, श्रुति उसके साथ आई थी। मैं उसे बाद में भी

मिलता रहा। हम दोनों एक-दूसरे को पसंद करने लगे। यह सब बहुत धीरे-धीरे हुआ। उसका नाम अपर्णा है। वह दिल्ली की लड़कियों जैसी नहीं है, थोड़ी घरेलू टाइप है।" संदीप को बताते हुए चिंता भी हो रही थी कि कहीं बात आगे न चली जाए!

"आहा! घरेलू! लगता है, मामला काफी आगे चला गया है।" उदय ने चुटकी लेते हुए कहा।

"हाँ, हम इस मामले में गंभीर हैं। हम शादी करना चाहते हैं, पर अभी नहीं, क्योंकि पिताजी मेरी जान ले लेंगे। मेरे बड़े भैया तो गला दबोचने में एक मिनट भी नहीं लगाएँगे, क्योंकि वे मुझे दिल्ली भेजना ही नहीं चाहते थे। यही वजह है कि मैं सारी बात छिपाकर रखने की कोशिश करता हूँ।"

मिहिर और उदय ने गौर किया कि संदीप का चेहरा गंभीर था, हालाँकि, वह जबरन मुसकराने की कोशिश कर रहा था। तब तक वे बतरा आ गए थे, उदय काउंटर की ओर गया। मिहिर और संदीप ने इस दौरान सिगरेट और च्यूइंग गम खरीद लिये। जब उदय टिकट लेकर आया तो बोला, "संदीप, तूने तो मूवी ही सैंटी कर दी।" उदय संदीप की हालत पर संवेदनशील हो चला था।

"चलो, चलकर देखते हैं, 'जुम्माचुम्मा'।

बच्चन का जादू ज्यों-का-त्यों है और इसमें तो कुछ और ही अदा है!" संदीप ने गंभीरता के लबादे से बाहर आकर माहौल को हलका करना चाहा।

"यही वजह है कि मेरा फंडा साफ है। मैं तो लीजेंड-वीजेंड के चक्कर में ही नहीं पड़ता—कमाल, ग्रेट, असाधारण, एक्सीलेंट वगैरह। मैं तो सिंपल सी बात कहता हूँ, बच्चन बॉस।" उदय ने ऐलान किया।

मूवी के बाद उदय सबको थिएटर के पीछे के शॉर्टकट रास्ते से वापस ले गया।

"तूने ठीक कहा, ये आदमी गजब है।" मिहिर ने अपना हाथ संदीप की पीठ पर रखा। मिहिर अमिताभ बच्चन के साथ किरोड़ीमल वाले कनेक्शन में खोया था। संदीप ने उदय से कहा, "यह शॉर्टकट बढ़िया है। हम तो लगभग पहुँच ही गए।"

"यह यहाँ का जाना-माना हनुमान मंदिर है, मंगलवार को खूब भीड़ जमा होती है, खासतौर पर सी.एस. परीक्षा देनेवालों की।" उदय ने उस जगह के बारे में अपना ज्ञान बघारा।

"अच्छा तो उम्मीदों का भी धंधा होता है? फिर तो लड्डू और बूँदी का व्यापार अच्छा चलता होगा!" संदीप ने मजाक करते हुए जम्हाई ली।

"वाह, क्या कमाल का व्यापार है। वे जानते हैं कि सी.एस. जैसे बलशाली असुरों से लड़ने के लिए हनुमान से कम शक्तिशाली देवता नहीं चलेंगे। उनकी पूजा करने से आशा का सोम मिलता है, जो असुर से लड़ने की शक्ति देता है। हनुमान तो असली सोम के मद में थे, असुरों से लड़ने की बात तो छोटी है, वे तो पूरा सूरज ही निगल गए थे। हिंदू धर्म में हर किस्म और हर मौके के हिसाब से देव मिलते हैं।" मिहिर दार्शनिक अंदाज में बोला।

इससे पहले कि मिहिर अपनी होशियारी और झाड़ता, उदय ऊँचे स्वर में बोला, "और हमारे पास तो संभोग के लिए भी कामदेवता मौजूद हैं।" उसके अट्टहास ने रात के सन्नाटे को जेहन में पूरी तरह गुंजायमान कर दिया।

"तूने अपने लिए तो जुगाड़ कर लिया, पर मिहिर का क्या होगा, जो अब तक आँख-मिचौली ही खेल रहा है? एक बात बता दूँ, इस काम के लिए भी हमारे पास भगवान् कृष्ण हैं।" संदीप ने शामिल होते हुए कहा।

"तुम दोनों गलत कह रहे हो। यह काम भगवान् कृष्ण का नहीं, भगवान् शिव का है। क्या तुम्हें नहीं लगता कि ज्योति पार्वती की तरह है, जो शिव का पीछा कर रही है?" मिहिर ने भी मजाकिया माहौल में खुद को शरीक करते हुए कहा। भगवान् शिव का नाम आते ही मिहिर एक तरंग में आ जाता था, जो बेशक आस्था, संदेह, भक्ति और तर्क से परे थी।

"और सैंडी, तू अपनी बता!" मिहिर ने पूछा।

"भगवान् राम, एकनिष्ठ पत्नीव्रता।" उदय उसी उमंग में बोला।

"मैंने कहा न कि हिंदू धर्म में सबका ध्यान रखा गया है। कई बार तो मैं सोचता हूँ कि हमारे देवताओं के समूह अनदेखे देवताओं का वर्णन करते हैं या मानवता की भिन्नता का? हर तरह के चरित्र को इंगित करने वाले देव

शामिल हैं हिंदू पुराण–विद्या में।" मिहिर दर्शन में उतर रहा था।

"यार, यह तो आसान सी बात है। भगवान् खुद अपना परिचय नहीं दे सकते, इसलिए यह काम उन्होंने इनसानों को सौंप दिया है।" उदय ने ईश्वर पर फिर से ताना कसा।

"उदय भगवान् से अपना हिसाब बराबर करने में कभी पीछे नहीं हटता।" संदीप ने इस सत्र के अंतिम शब्द कहे।

रात के सन्नाटे में उनकी मस्ती की गूँज थी। उन्होंने अपने नए फ्लैट में कदम रखा और सोने चल दिए।

□

सपने की ओर उन्मुख

जब इस तिकड़ी का फ्लैट पूरी तरह से व्यवस्थित हो गया तो वे अपने सी.एस. सपने को साकार करने की दिशा में अग्रसर हो चले।

"मुझे नहीं लगता कि हम नियमित रूप से पी.जी. की क्लासेस अटेंड कर पाएँगे। इसमें बहुत टाइम बरबाद होगा। हमें कोई तरीका खोजना होगा।" मिहिर ने चाय की चुस्की लेते हुए कहा। वे तीनों आगेवाले कमरे में बैठे चाय का मजा ले रहे थे।

"मुझे भी चिंता हो रही है। फ्लैट ठीक करने में इतना समय लग गया और अब यह पी.जी. की क्लासेस।" उदय ने सुर-में-सुर मिलाया।

"हाँ, थोड़ा संतुलन बनाना पड़ेगा। वैसे भी हमें न्यूनतम आवश्यक हाजिरी पर ध्यान देना है।" संदीप ने मिहिर और उदय की बात को संतुलित करते हुए कहा। संदीप एम.ए. पूरा करने के लिए थोड़ा गंभीर था।

"मुझे पता है कि हमें अटेंडेंस चाहिए। मुझे चिंता यह है कि शॉर्टकट में पी.जी. कैसे निपटाया जाए?" मिहिर जानता था कि संदीप इस मामले में क्या कहेगा!

"इसकी चिंता मत करो। मैंने पहले ही हंसराज कॉलेज के दोस्तों से बात कर ली है। वे लोग एम.ए. को पूरी गंभीरता से ले रहे हैं। उनके पास सीनियर्स के ताजे नोट्स हैं।" उदय अपनी चिर-परिचित शैली में बोला, मुश्किल को यों झटके में आसान करने वाला आत्मविश्वास।

"यह निर्णय बेहतर रहा कि हमने आधुनिक के बजाय मध्यकालीन

इतिहास में विशेषज्ञता को चुना। वरना हम तो स्वतंत्रता संग्राम पर होनेवाले आधुनिक शोध को खोज-खोजकर पगला जाते। स्वतंत्रता संघर्ष के राष्ट्रवादी नजरिए को लेकर काफी हलचल है। लोग लगातार विपरीतात्मक तथ्यों की खोजबीन कर रहे हैं, ताकि यह साबित किया जा सके कि कितने सारे स्थानीय संघर्ष अज्ञात रहे, जिन्होंने स्वतंत्रता संग्राम में अहम भूमिका निभाई थी और गांधीजी उनके बारे में जानते तक नहीं थे। इस नए ज्ञान ने गांधीजी के परम प्रभाव को संतुलित करके आँकने का सिलसिला शुरू कर दिया। इस शोध के तहत स्थानीय तहसीलों और थानों में भी अभिलेखों की खोजबीन हो रही है।" संदीप ने उत्साहपूर्वक कहा और मिहिर को अपने साथ बहस के लिए उकसाया।

"मॉडर्न हिस्टरी में हमें इसी बात से परखा जाएगा कि हमने ऐसे कितने शोध-पत्रों का हवाला दिया?" उदय ने भी संदीप के मत में हामी भरी।

"पर स्वतंत्रता संग्राम सी.एस. परीक्षा का भी एक बड़ा हिस्सा है। अगर इतिहास ऑप्शनल को एक ओर छोड़ दें तो जी.एस.(जनरल स्टडीज) में मध्यकालीन इतिहास तो चाहिए ही नहीं। कई बार मुझे लगता है कि हमें मॉडर्न हिस्टरी लेना चाहिए था, क्योंकि वह तैयारी सी.एस. और हिस्टरी ऑप्शनल दोनों के ही काम आ सकती थी।" मिहिर के दिमाग में फिर से परीक्षा का भूत सवार हो रहा था।

"नहीं, सी.एस. की परीक्षा में इतिहासकार बनने की कतई जरूरत नहीं। कहते हैं कि उत्तर सादा, सरल, सटीक और एन.सी.ई.आर.टी. की लाइन पर होना चाहिए और इसका मतलब होगा, राष्ट्रवादी नजरिया! इस विधा में गांधी की किसी भी तरह की आलोचना अनादर से कम नहीं मानी जाती।" संदीप ने बहस को आगे बढ़ाया।

"हाँ, यह लिखने का साहस कौन कर सकता है कि गांधी जितने श्रेय के हकदार थे, उन्हें उससे ज्यादा दिया गया! सबाल्टर्न अध्ययन सबसे लेटेस्ट सनक है। सच यही है कि किसी भी परंपरा को चुनौती देने का अपना रोमांच है, क्योंकि इस सनसनी के खरीदारों को सामने आने में देर नहीं लगती।"

उदय ने पूरे अधिकार से कहा। मिहिर और संदीप दोनों जानते हैं कि उदय के परिवार में पहले से सिविल सर्वेंट हैं, इसलिए वह भी सिविल सर्विस के उपासकों के पायदान पर आगे ही है।

"पर नए तथ्यों से डरना कैसा? वे गांधीजी की छवि को धूमिल नहीं कर रहे। ऐसे सामान्य स्थानीय संघर्षों के सामने आने से यह तथ्य कभी नहीं बदलेगा कि गांधीजी महानतम नेता थे, जिन्होंने देश की स्वतंत्रता के संग्राम में सबसे अहम योगदान दिया। वो न होते तो संग्राम इतना व्यापक और शक्तिशाली न हो पाता कि अंग्रेजों को खदेड़ पाता! पर इसका यह मतलब कतई नहीं कि सबाल्टर्न संघर्ष प्रभावी न रहे होंगे। हो सकता है, उनके बिना फिनिशिंग लाइन हम पार ही न कर पाते। इतिहास का सही और संतुलित आकलन होना चाहिए।" मिहिर ने आवेग में कहा।

"इस बात में भी तो रुकावटें हैं!" उदय ने बीच में कहा।

"लेकिन सिविल सर्विस की परीक्षा को देश में सबसे ज्यादा प्रतिष्ठित माना जाता है। क्या यह प्रचलित धारा के विपरीत जाने वाले शोध और तथ्यों को नकारेगी? खासतौर पर तब, जब वे ठोस तथ्यों पर आधारित हों? इतिहास कुछ खास लोगों की बपौती नहीं हो सकता और इसे भी दूसरे विज्ञान और अनुशासनों की तरह समय के साथ विकसित होना होगा। नए तथ्यों की खोज अपने साथ नए सच लाती है। मैं मानता हूँ कि यदि कोई किसी एक सत्य पर केंद्रित होता है तो वह केवल ऐसे ही तथ्यों की खोज में रहता है, जो उसी सत्य को बल देते हैं।" मिहिर हमेशा अपने उत्तरों में नए विचारों को आगे लाने को लालायित रहता था।

उदय को चिंता है कि मिहिर और संदीप की यह लंबी चलने वाली बहस उनका समय बरबाद कर रही है। "मेरे प्यारे दोस्तो, मुद्दे से मत भटको। चीयर्स टू बिपिन चंद्र! गांधी पूँजीपतियों के नेता थे, गांधी ने स्वतंत्रता संग्राम को अपने अधीन रखा, आम लोगों का स्थानीय संघर्ष इत्यादि इन सभी चीजों को इस थ्योरी के नीचे दबा दो कि गांधीजी स्वाधीनता संग्राम को सामाजिक वर्गों की आपसी दरार और हिंसा से बचाना चाहते थे, ताकि उसकी धार में

पैनापन आए। क्या तुम गांधीजी को नीचा दिखाकर यह कहने का साहस रखते हो कि उन्होंने आंदोलन इसलिए स्थगित किया, क्योंकि वे स्वाधीनता संग्राम पर अपना नियंत्रण खोने से डर रहे थे? राष्ट्रवादी लाइन पर चलो और सुरक्षित रहो।" संदीप का इतिहास के लिए जुनून धाराप्रवाह शब्दों में प्रतिध्वनित हो रहा था।

"अगर यह सच भी है, तो भी मेरी नजर में इससे गांधी की महानता पर कोई फर्क नहीं पड़ता। आखिर वे एक इनसान ही तो थे। एक मनुष्य में शक्ति और अधिकार की भावना सहजात होती है। हो सकता है कि इसी शक्ति के मद में आकर उन्होंने आंदोलन को स्थगित किया हो! हम हर महान् आदमी को संपूर्ण क्यों देखना चाहते हैं? हम गांधीजी को भगवान् बनाने पर क्यों तुले हैं? भव्य को भगवान् बनाने की लालसा हमारा पीछा नहीं छोड़ती। भगवान् न मिलने पर हम अपने ही लोगों के बीच भगवान् खोजकर रोमांचित हो जाते हैं।" मिहिर अपनी चिर-परिचित संजीदगी के साथ बोला।

"तो तू गंभीरता से इस बात को स्थापित करने पर केंद्रित है कि गांधीजी ने जान-बूझकर अपने प्रभाव के अधीन स्वाधीनता संग्राम को रखना चाहा?" उदय ने पूछना चाहा, वह स्वयं को बहस में घुसने से नहीं रोक पाया।

"तू समझ नहीं रहा कि मैं क्या कहना चाह रहा हूँ? उदाहरण के तौर पर सुभाष चंद्र को अतार्किक रूप से एक ओर किनारा कर दिया गया था या नहीं, यह तो इतिहास ही जाने, पर बहस जारी रहनी चाहिए। यही विकास की माँग है। मैं बोस बनाम गांधी, निरंकुश रूप से आंदोलनों को वापस लेने वगैरह से परे, सादा शब्दों में अपनी बात रखता हूँ—गांधी, जो भी हो, हमेशा देश के सबसे बड़े नेता रहेंगे।" मिहिर का लहजा निश्चयात्मक था।

उदय बहस का नतीजा निकालने को बेचैन है। "बौद्धिक पहल अपनाते हुए समय बरबाद करने से सावधान! खैर, मध्यकालीन इतिहास ही तय हो गया है और मैंने उसके लिए नोट्स का भी जुगाड़ कर लिया है।"

मिहिर अब भी सोच रहा है, 'सफलता की तरह कुछ भी सफल नहीं होता। जो लोग सी.एस. के इस भँवर को पार कर चुके हैं, उनकी तो इस

परीक्षा के कला और विज्ञान के मामले में तो सुननी ही पड़ेगी, उदय को गंभीरता से लेना पड़ेगा।'

उदय संदीप को देख रहा है, "एम.ए. करने के लिए मेरा फंडा साफ है। हमें पास तो करना ही है। हाजिरी आराम से पूरी होगी और उससे परे कक्षाओं में जाना बेकार है। वह तो उन लोगों के लिए है, जिनके लक्ष्य की एक सीढ़ी एम.ए है।"

संदीप के भाव उदय की पेशकश से मेल नहीं खा रहे, उसने कहा, "हाँ, हम कुछ जरूरी क्लासेज अटेंड कर सकते हैं, जो विषय हमारे लिए नए हैं, जैसे पश्चिम एशिया का इतिहास।"

उदय ने हँसते हुए व्यंग्यपूर्वक उत्तर दिया, "यह अपने एम.ए. से निकलने वाला नहीं है भाई। पश्चिम एशिया!"

"ठीक है, कुछ क्लासेज और फिर नोट्स! अधिकतर पेपर्स के लिए आधा दिन बहुत है। एम.ए. के पेपर सामान्यतया दोपहर में होते हैं।" मिहिर ने संदीप और उदय के बीच मध्यस्थता की।

"परीक्षा के दूसरे ऑप्शनल विषय के लिए क्या योजना है?" मिहिर ने उदय से पूछा।

"मैंने पब्लिक एडमिनिस्ट्रेशन चुना है। मेरे भाइयों के पास स्टडी मैटेरियल भी है।" उदय ने आत्मविश्वास से कहा।

"मैं तो एंथ्रोपोलॉजी और जियोग्राफी के बीच अटक गया हूँ।" मिहिर असमंजस में था। "इस समय तो कुछ समझ नहीं आ रहा। हम कुछ महीनों में ही किसी नए विषय को ग्रैजुएशन स्तर पर कैसे पढ़ सकते हैं, जिसे तीन साल में पूरा किया जाता है? क्या तुमने सिलेबस देखा है? क्या यह डरावना नहीं लगता?"

"तभी तो इस परीक्षा को महासागर कहा जाता है, जंगली भी, समझ आया?" उदय ने माहौल को हलका करना चाहा।

"मुझे लगता है कि भूगोल ले सकते हैं। मेरे दो दोस्तों ने अपने मेंस भूगोल से दिए थे। शायद उनसे हमें मदद मिल सकती है।" संदीप ने कहा।

मिहिर उदय के चुटकुले के बाद से थोड़ा शांत हो गया था। वह बोला, "सुनने में तो सही लग रहा है। नक्शों में पूरे नंबर आ सकते हैं और भूगोल तो स्कूल में भी मुझे अच्छा लगता था।"

"ठीक है, इस फैसले के लिए इंतजार कर सकते हैं। प्रीलिम्स का क्या करेंगे? यह तो लुभावना खतरा है। मुझे पता है, बहुत सारे लोग प्रीलिम्स में ही लुढ़के हैं। मिहिर, इतना दूर भी क्या जाना, के.एम.सी. के रोहित सिंह को ही लो! लिखने में महारत हासिल थी उसे, और हम उसके नोट्स को तरसते थे, पर वह मेंस तक ही पहुँच ही नहीं सका।" संदीप के शब्दों से माहौल फिर संजीदा हो चला था।

"मैंने इसके लिए रणनीति तैयार की है। मेरा कजिन कहता है कि प्रीलिम्स की तैयारी के लिए ग्रुप स्टडीज अच्छी रहती है। हम ग्रुप में नोट्स बनाने के लिए पाठ्य-पुस्तकें बाँट लेंगे और जितना भी संभव हो सके, टेस्ट पेपर हल कर लेंगे। इस तरह प्रीलिम्स में आनेवाले सारे कठिन विषयों को काबू कर सकेंगे। मुझे तो यह तरीका कमाल का लग रहा है। तुम क्या बोलते हो?" उदय ने उत्साहित होते हुए पूछा।

"मेरे हिसाब से भी यह आइडिया व्यावहारिक है। कम-से-कम मुश्किल चीज आसान तो दिख रही है। बस, थोड़ा जुगाड़ लगाना होगा। लोगों के शामिल होने से काम करने का दबाव भी बना रहेगा, जो बेहद निर्णायक है ऐसे भँवर को पार करने के लिए।" मिहिर ने भी हामी भरी।

"हाँ, यह तो बढ़िया रहेगा।" संदीप ने खुशी से कहा। उसे इस तरह के प्रयोजन में एम.ए. पर ध्यान देने का मौका भी दिखाई दे रहा था।

"तो हमें पुस्तकें बाँटने और नोट्स तैयार करने से शुरुआत कर देनी चाहिए। हमारे घर के पीछे, 860 नंबर फ्लैट में हमारे कॉलेज का एक लड़का रहता है, जो पटना बिरादरी से है, वह भी सी.एस. वाला है, उसके साथ वालों ने इस साल मेंस लिखे हैं, वे भी हमारे साथ शामिल होना चाहेंगे।"

"तो आज शाम ही सबमें काम बाँट देते हैं।" मिहिर ने बेताबी दिखाते हुए प्रस्ताव रखा।

"हाँ, हम प्रीलिम्स टाइप ऑब्जेक्टिव नोट्स से शुरू करेंगे, जो ग्रुप स्टडी के पहले सबमें बाँटे जा सकते हैं। पहले हम उनको घोटेंगे और फिर प्रैक्टिस टेस्ट करेंगे।" उदय ने कहा।

"जनरल स्टडीज का क्या होगा? तुझे सुधीर की पार्टी वाला राजीव वर्मा याद है? उसने कहा था कि हमें दुनिया की हर विषयवस्तु का ज्ञान लेना होगा।" मिहिर ने याद दिलाया। "मुझे लगता है कि इंटरमीडियट तक जो गणित और विज्ञान पढ़ा था, वही काम आ जाएगा। इतिहास और भूगोल को एन.सी.ई.आर.टी. से पढ़ सकते हैं। भारतीय संविधान के लिए हमारे पास डी.डी. बासु है। हम जरूरी आलेख अखबारों से निकालकर, आपस में बाँटकर पढ़ सकते हैं। एन.बी.टी. की हैंडबुक से कला और साहित्य के लिए मदद मिलेगी और बाकी सब पूरा हो जाएगा।"

"'द हिंदू' जरूरी है। मैंने सुना है कि इसमें विज्ञान, तकनीक और अर्थव्यस्था पर कमाल की स्पेशल सामग्री होती है।" संदीप ने कहा।

"हम फिर से ग्रुप स्टडीज कर सकते हैं। ये जी.एस. के लिए भी काम करेगी।" उदय बोला।

"हद हो गई, डिनर का टाइम हो गया। गांधी बाबा की इतनी सी चर्चा भी हमें बेसुध कर सकती है। ये तो हमेशा सोम छलका देते हैं। बहादुर किधर रह गया?" उदय ने पूछा।

"नहीं-नहीं, वह जरूर आएगा। उसको पहले 960 का काम पूरा करना होता है। उनके घर मेहमान आ रहे थे, इसलिए उन्हें रात का खाना जल्दी चाहिए था।" संदीप ने बताया।

"अगर वह नहीं भी आया तो चिंता की क्या बात है? मैगी और अंडे जिंदाबाद!" मिहिर बोला। "मुझे लगता है कि हमें रेड्डी की गाइड के लिए बतरा चलना चाहिए। वैसे भी शाम की सैर का टाइम हो गया है। बहादुर तो जानता ही है कि चाभी किधर पड़ी होती है।"

"हाँ, बहुत हो गया। चलो, बतरा चलकर थोड़ा बर्डवॉचिंग भी कर लें।" उदय ने बेताबी से उठते हुए जोश में कहा।

"चलो चलें, बहादुर इनको ठिकाने लगा देगा।" संदीप ने बिस्तर पर पड़े चाय के प्यालों को देखते हुए कहा।

"हाय मि. टाइडी! आप तो चिड़ियाओं को ताड़ने के लिए बिल्कुल तैयार होकर आए हैं।" संदीप ने मैगजीन स्टॉल पर पान की दुकान के पास खड़े सुधीर को देखकर पुकारा।

"हैलो यारों! ये जगह कैसी लगी तुम सबको? सब सेट हो गया?" सुधीर ने मिहिर और संदीप से पूछा।

"हाँ, लगभग हो ही गया। तुम्हारी तैयारी कैसी चल रही है?" संदीप ने पूछा।

"मैं अभी आया।" उदय गली के दूसरी ओर कुछ लड़कों को देखकर उनकी तरफ लपका। "अजीत दिख रहा है। मैं उससे मिलकर अभी वापस आया। यह ए.आर.एस.डी. का लड़का है, जिसके बारे में बताया था। मैं उससे ग्रुप स्टडी में शामिल होने की बात करूँगा।"

"ठीक है।" सुधीर बोला। "अभी के लिए सी.एस. छोड़ों और जरा मौज लो।" सुधीर ने एम.एन. की स्थानीय लड़कियों की ओर संकेत किया। उनमें एक लंबी सी लड़की, पटियाला सलवार-सूट डाले हुए, बेहद सुंदर दिख रही थी। आँखें काजल से और बड़ी और परिभाषित लग रही थीं, और वह लोगों के अपनी तरफ आकर्षण को भाँपती हुई सजग थी। उसके चेहरे से सुर्ख हया छलक रही थी। चेहरे पर पड़ रही स्वर्णिम नियोन लाइट से उसकी सुंदरता को स्वर्गिक आभा मिल रही थी। मिहिर की आँखें भी बीच-बीच में उसकी ओर अनायास चली जातीं।

"सच्ची, इस दुनिया की नहीं लगती।" संदीप ने मिहिर की ओर मुखातिब होते हुए कहा। "मिहिर, क्या कहता है? कुछ तो हलचल हो रही होगी!" संदीप के चेहरे पर एक शरारती मुसकान चमक उठी।

"इसको तो छोड़ ही दो, ज्योति जैसी लड़की के पहल पर भी पूरी तरह नहीं पिघल पाया। बेचारी अपनी ओर से कितनी हिम्मत दिखाती! पता नहीं, इसके साथ कुछ गड़बड़ तो नहीं?" सुधीर ने चुटकी लेते हुए ताना कसा।

"फिर से शुरू मत करो। हम दोबारा ज्योति पर आ गए? तुम लोग उसके पीछे ही पड़ गए हो।" मिहिर ने सचेत होते हुए अपने जाने-पहचाने शर्मीले लहजे में कहा।

मिहिर बहुत ही जटिल तरीके से अपनी इच्छाओं को वश में रखता है। अकसर लड़कियाँ उसकी ओर आकर्षित होती हैं और वे पहल भी करती हैं, पर वह कभी अपनी स्वयं की कैद से निकल नहीं पाता। वह तय नहीं कर पाता कि वह स्वभावगत असमर्थ है या उसका अहं केवल लड़कियों के उसकी ओर खिंचे चले आने मात्र से ही संतुष्ट हो जाता है? वजह चाहे जो भी हो, कई बार उसे अपने खुद के स्वभाव से परेशानी होती है।

"यह अजीत है, मेरा पटना वाला दोस्त, जो मेरे मोहल्ले में ही रहता था। यह आलोक है, जिसने सिविल सर्विस मेंस लिखा है। अब ये हमारे साथी होने वाले हैं।" उदय ने अपने बुलंद अंदाज में दोस्तों को आपस में मिलवाया।

"हम लोग तो हया में डूबी सुंदरता में खोए हुए थे।" सुधीर बोला।

"मेरे बिना!" उदय ने मुड़कर उस लड़की को तिरछी नजर से देखा, पूरा सावधानी कि वो उसकी निगाहों को भाँप ना ले। उदय भी वह है, जो लड़कियों के आगे ही रहना पसंद करता है, पीछे नहीं, पर हाँ, मिहिर से अलग वह आकर्षण को अंजाम देने की कला में माहिर था।

"अरे, उधर देखो। उस लड़की के साथ बाइक पर वही आई.आई.टी. वाला छोकरा है। कुछ दिनों पहले किसी और के साथ था, कोई लोकल थी। इस साल पहले ही प्रयास में आई.ए.एस. में आ गया। ज्यादा बोलता नहीं है, अपने आप में ही रहता है, एम.एन. बस स्टॉप के पास वाले घर में सबसे ऊपर बरसाती में अकेला रहता है। मैं तो मान गया यार, लड़की और आई.ए.एस. एक साथ चला रहा है! इसे जरूरत से ज्यादा सैंटी मामलों में पड़ना पसंद नहीं है।" अजीत बोला, उसके चेहरे के भाव कह रहे थे कि काश, वह उसकी जगह होता!

"दोनों दुनिया एक साथ मुकम्मल!" संदीप ने अपने संजीदा प्रेम-प्रसंग को ध्यान में रखते हुए कहा।

जब संदीप, अजीत और आलोक उदय से बात करने लगे तो सुधीर मिहिर को ग्रुप से अलग ले जाकर बोला, "इस लड़के के बारे में क्या बोलता है?" उसने खोई हुई आँखोंवाले एक लड़के की ओर इशारा किया, जिसे देखकर लगता था मानो वह एम.एन. के इस आजादी और खुलेपन से ओत-प्रोत माहौल से चौंधियाया हुआ था।" तुझे क्या लगता है, यह अभी क्या सोच रहा होगा? 'मैं अपने लक्ष्य पर टिका हूँ। मैं माता-पिता को धोखा नहीं दे रहा, उनका पैसा बरबाद नहीं कर रहा। मैं अपने आप को वश में रखना जानता हूँ, वगैरह?' नहीं! वह सोच रहा है कि वह लड़की उसके साथ होती तो वह भी चरम सुख प्राप्त कर लेता! उसकी भूखी नजरें सबकुछ खोलकर बयान कर रही हैं। कुछ ही दिनों में पंडितजी अपनी टिक्की कटवाकर, बूट कट डेनिम और चुस्त टी-शर्ट में दिखेंगे, तब हाईएंकल बूट्स के साथ नई वेश-भूषा में इनकी शान ही निराली होगी। मैं तो अभी से इसके चेहरे पर वह भाव पढ़ पा रहा हूँ, इस सपनों से रोशन दुनिया में खोकर मुसकरा रहा है! क्या तुझे लगता है कि ये पंडित कभी सी.एस. देवता के ध्यान में खुद को रमा सकेगा?" मुखर्जी नगर महत्वाकांक्षा और माया दोनों से रोशन था, कितनी ही महत्वाकांक्षाएँ माया के वश में होकर भटक गईं!

"और तू? भगवान् जाने कौन सी माटी का बना है, अपने आगे रखे थाल को ठुकरा देता है!" सुधीर अपनी चिर-परिचित दबी हुई मुसकान के साथ बोला।

मिहिर ने अपने और पंडित के बीच साम्य को पहचानने की कोशिश की, 'क्या मैं भी अपने लिए कुछ ऐसा ही उत्तेजक घटते हुए नहीं देखना चाहता? पर मेरे मामले में मेरी उलझन आड़े आ जाती है।'

"ये असहाय प्रजाति बाइकवाले लड़के से ईर्ष्या करती है और इनमें से अधिकतर बिहार से आए हैं, जो इस बढ़ती हुई अर्थव्यवस्था को सहारा दे रहे हैं।" सुधीर ने तरह-तरह की दुकानों की ओर इशारा किया।" मैं तो ऐसे कइयों को जानता हूँ, जो न इधर के रहे और न उधर के! दोनों ही जहान गँवा दिए और खाली हाथ वापस लौटे। तुम्हें पता है कि हम अपनी जरूरतों से परंपराएँ

बनाने में उस्ताद हैं और इस तरह यह निर्वासन भी पागलपन बन जाता है। उसके बेटे ने दिल्ली जाकर सिविल सर्विस जीत लिया–यह कुछ ऐसा ही है, मानो गणेश हर जगह दूध पी रहे हों! इसके गणेश ने दूध पीया है तो मेरे गणेश भी पी लेंगे!"

मिहिर सुधीर की बात सुनकर सोचने लगा, 'क्या पंडितजी कभी सिविल सर्विस की परीक्षा पास कर सकेगा?' मिहिर ने उसे सुधीर के बताए साँचे में ढालना चाहा, पर एक बड़ी सी 'न' उसके जेहन में कौंध गई।

"अभी जिस तरह से तू बोल रहा है, ऐसा लग रहा है कि जैसे तुझे अपने ऊपर बड़ा घमंड है! मैंने आज तक किसी लड़की को तेरे साथ नहीं देखा, या तू भी राज छिपाकर रखता है?" मिहिर ने बात सुधीर की ओर मोड़ दी।

"नहीं, अब तक कोई नहीं है। मैं किसी लड़की के प्यार में पागल नहीं हो सकता। बेशक, मौका मिला तो थोड़ा बहुत टाइमपास करने में हर्ज नहीं।"

'सुधीर अपनी छवि को कुछ ज्यादा ही बढ़ा-चढ़ाकर आँक रहा है।' मिहिर यह सोचे बिना नहीं रह सका।

सुधीर, मिहिर और दूसरे लड़के अपनी बातचीत के दौरान ही अपने ठिकानों की ओर चल दिए।

"तू चल। मैं अभी आता हूँ। स्टोर से थोड़ा सामान लेना है।" मिहिर बोला।

मिहिर ग्रुप में वापस जाते हुए सोच रहा है, 'महत्त्वाकांक्षा और उसकी प्राप्ति के लिए जुनून, पर साथ में परिवार से दूर निरंकुश आजादी और यौन इच्छाएँ, दृढ़ता को कायम रखना मुश्किल साबित हो सकता है, पर मुझे मेरी महत्त्वाकांक्षा तक जाने के रास्ते में कोई रुकावट नहीं चाहिए।'

उसके दिमाग में विचारों का कारवाँ फिर से निकल पड़ा।

पहला विचार

मेरे पिता बरामदे में बैठे ट्यूशन पढ़ा रहे हैं, ताकि चार पैसे हाथ आ सकें। उन्हें दिल्ली हमारी पढ़ाई के लिए पैसा भेजना है। वे तनख्वाह से

पर्याप्त पैसा नहीं बचा पाए, क्योंकि उन पर माता-पिता और भाइयों की जिम्मेदारी थी!

दूसरा विचार

मेरी बड़ी बहन शादी की उम्र को भी पार कर चली है। पिता के पास उसके ब्याह का पैसा नहीं है। माँ को हमेशा यही चिंता रहती है कि वे अपने हाथों बेटियों को विदा कर सकेंगी या नहीं, और बेटे का जीवन सँवरेगा या नहीं? मैंने मरीन इंजीनियरिंग कॉलेज का अपना दाखिला भी छोड़ दिया। सीतागढ़ में सबको मुझसे बड़ी उम्मीदें हैं। सीतागढ़ की दुनिया बहुत छोटी है और सभी माँ को जानते हैं। इसलिए समाज की चिंता उन्हें सताती रहती थी।

तीसरा विचार

मेरे पिता का नाम और उनकी सामाजिक उपलब्धि के हिसाब से खुद को बनाना होगा। इसलिए मुझे पूरी दृढ़ता से सी.एस. के रास्ते पर बढ़ना है, ताकि परिवार का नाम रख और बढ़ा सकूँ। महत्त्वाकांक्षा हासिल करके अपने माता-पिता के बलिदानों को सार्थक करना होगा।

चौथा विचार

मैं अपने साथियों के लिए रोल मॉडल हूँ, जो मेरा पीछा करते हुए दिल्ली तक आए। उन्हें लगता है कि मेरी सोहबत इन पर भी असर कर सकती है। इस तरह मुझे अपनी ख्याति और लोगों की मुझसे उम्मीद, दोनों की खातिर सी.एस. हासिल करना ही होगा।

धीरे-धीरे मिहिर, उदय और संदीप, तीनों पढ़ाई में लग गए। वे अपनी बनाई रणनीति पर चल रहे थे। शाम की चाय के दौर उनके लिए बहुत मायने रखते थे। वे उस दौरान ही अपनी तैयारी का लेखा जोखा करते, प्रगति से अपने संतोष को आँकते। इस तरह लगभग एक महीना बीता गया।

"बिपिन चंद्र कहाँ तक आए?" उदय ने मिहिर से पूछा।

"मैं आधे रास्ते तक ले आया उनको। और आगे तक आ जाता, पर सबाल्टर्न नजरिए को जानने की खुजली हो रही थी, इसलिए सुमित सरकार शुरू कर ली। स्वाधीनता संग्राम मुझे हमेशा ही आकर्षित करता आया है।"

"तू अपना बता, सैंडी?" उदय हिसाब लेने के मूड मैं था।

"सही कहूँ तो कुछ ज्यादा नहीं पढ़ सका। 'थ्री ऑथर्स' में मध्यकालीन इतिहास के दो चैप्टर्स किए हैं।" उसका जवाब सुनकर उदय या मिहिर को हैरानी नहीं हुई।

मिहिर मुसकराया, "सैंडी का ध्यान अपने एम.ए. पर है।"

"सैंडी! ऐसा करने की इजाजत नहीं है।" उदय चिंतित प्रतीत हो रहा था।

"तुम दोनों मेरी बात सुन लो। हमें अपने एम.ए. के लिए केवल पश्चिम एशिया नहीं, बल्कि प्राचीन सभ्यताओं को भी देखना होगा। हमने पहले इसे नहीं पढ़ा है।" संदीप ने कहा। वह अपनी आवाज में अपनी झेंप नहीं छिपा सका।

"कोई बात नहीं, यह अपने एम.ए. के जुगाड़ में ही लगा है।" उदय थोड़ा उत्तेजित हो चला था।

मिहिर बारी-बारी से संदीप और उदय को देखने लगा, "मैं इसे अकसर दौलत राम के गेट से बाहर आते देखता हूँ और इसके पास नोटबुक होती है। बाहर आकर यह 'दीवार' के बच्चन स्टाइल में सिगरेट जलाता है और अच्छी पढ़ाई की संतुष्टि को अपने सिगरेट के छल्ले से अभिव्यक्त करता है।" मिहिर बोला। उदय और मिहिर दोनों ही उस दिनचर्या के लिए चिंतित हैं, जो उन्होंने मिलकर तय की है।

"हम अपने नोट्स तैयार करने में जितना पिछड़ेंगे, अपनी ग्रुप स्टडीज से उतना ही दूर होंगे।" उदय ने गंभीरता से कहा। "ठीक है, 15 सितंबर को डेडलाइन रखो। चाहे जो भी हो, नोट्स तब तक पूरे हो जाने चाहिए।"

"पक्का।" संदीप झट से बोला, वह जानता है कि परीक्षा की तैयारी ही उन्हें पास लाई है और अगर मिलकर न चले तो यह ईश-निंदा से कम नहीं होगा।

"मुझे एक खास ऐलान करना है। मिहिर पहले से ग्रुप स्टडी में है। इस तरह वह दो बार तैयारी कर लेगा।" संदीप ने रहस्यमयी मुसकान से कहा।

"तू कहना क्या चाहता है?" मिहिर ने चकराकर पूछा।

"बाजार में खबर फैली हुई है। मैं तो सिर्फ संदेश लेकर आया हूँ। कहते हैं कि मिहिर और ज्योति अब एक हो गए हैं। वे मिलकर सेंट्रल रेफरेंस लाइब्रेरी में तैयारी करते हैं।" संदीप ने मजाकिया ढंग से उदय को देखा।

"मिहिर! यह कैसा राज है? ठीक है, अब तैयार रहना, तू अब हमेशा इस जासूस की निगरानी में रहेगा।" उदय ने तफरी लेते हुए कहा।

"सवाल ही पैदा नहीं होता! हवा में तीर मत चलाओ। बस, वह भी वहीं पढ़ने आती है, इतनी सी बात है। हमने तो आपस में कभी बात तक नहीं की, एक साथ पढ़ना तो दूर रहा। अगर यूँ ही बात करनी है तो अलग बात है, तुम्हारा मन जरा बहल जाएगा।" मिहिर के गालों की लाली शब्दों को झुठला रही थी।

वह सोचने लगा, 'मैं सच कह रहा हूँ या झूठ बोल रहा हूँ? जाने क्यों एक साथ न रहने पर भी साथ होने का अहसास होता है। मैं उससे बात करना भी चाहता हूँ और नहीं भी करना चाहता। मैं उसे जानना चाहता हूँ और नहीं भी जानना चाहता।' मिहिर फिर से मोनालिसा रंग में रँग गया।

"लगता है कि मिहिर खुद से ही लड़ रहा है। सीन चालू होता है!" संदीप पूरे शरारत के मूड में है और अपनी अदाकारी दिखाने का मौका ढूँढ़ रहा है। मिहिर सोच रहा है कि अब क्या आनेवाला है सामने? संदीप बोलना आरंभ करता है, "हमारा भाई जानलेवा तरीके से तैयार होकर लाइब्रेरी के लिए निकलता है; वहाँ पहुँचकर ऐसी कुरसी पर बैठता है, जो काफी हद तक उसके लिए ही तय हो चुकी है और अध्ययन शुरू करता है। आधे घंटे बाद वह सामान समेटता है और झल्लाहट में बुदबुदाते हुए बाहर निकलता है। 'नहीं! नहीं! नहीं! यह मुझे क्या हो रहा है? मैं इसके आकर्षण में उलझ रहा हूँ और यह मेरी एकाग्रता भंग कर रही है। मैं अब और सहन नहीं कर सकता। मैं कल से लाइब्रेरी नहीं आनेवाला।' वह खीझते हुए अपना बैग नीचे

फेंक पैर पटकता है। ऐसा पिछले वीरवार को हुआ था, पर लाइब्रेरी मिशन अब भी जारी है।"

मिहिर मारे शर्म के चुप है और संदीप उसकी सकुचाहट का भरपूर मजा ले रहा है। वह उससे एम.ए. पर उसके कटाक्ष का बदला लेने के मूड में है।

"तुझे कैसे पता? क्या तू उस जगह था?" मिहिर उलझन में पड़ गया। उदय अब तक चुप बैठा था, वह बोला, "मिहिर, अभी नहीं तो कभी नहीं। बस, छोटी सी डुबकी लगा और बिना किसी सेंटीमेंटल हादसे के बाहर आ जा। यह एक अनुभवी शख्स की राय है, जो बिना किसी साइडइफेक्ट के कामेच्छा पूरी करने में माहिर है। इस इलाज से बड़ा फायदा होता है। सैंडी का प्रकार अलग है, उसे सेंटीमेंटल होने से ही आनंद मिलता है।"

संदीप बोला, "चलो, इसके मिशन पर साथ चलते हैं।"

"इससे पहले तुझे बताना होगा कि तुझे यह सब कैसे पता है? क्या संजीत था?"

"हाँ, तेरा हंसराज वाला दोस्त।" संदीप ने खुलासा किया। "पर मेरे मुखबिर को कोई नुकसान नहीं होना चाहिए। यही इस खेल का नियम है।"

उदय उत्साहित होकर उछला और बोला, "अब तू बच नहीं सकता। तुझे सबकुछ बताना ही होगा।"

मिहिर बोला, "पर साँस तो लेने दो।"

"ठीक है, ठीक है।" उदय ने उसे छेड़ते हुए कहा।

"तू पहले से जानता है कि के.एम.सी. में क्या हुआ था! और अब भी वही सिलसिला जारी है। वह मेरे पीछे पूरे एक सप्ताह तक लाइब्रेरी आने लगी। ऐसा लगता है कि हम दोनों ही मौन आकर्षण में बँधे हुए हैं। लाइब्रेरी में वह काँच के पार्टीशन के पार, अंदरवाले हिस्से में बैठती और मैं अपनी पुस्तकों के साथ-साथ उसे मुझको देखते हुए भी देखता हूँ। वह मुझे मजबूर करती थी कि मैं भी उसे देखूँ! मानो वह मुझे न देखने पर फटकार रही हो! जब वह मुझे अपनी ओर देखते हुए पाती तो अचानक अपनी पुस्तकों में देखने लगती। जब मैं टस-से-मस न होता तो वह एक से दूसरे शेल्फ तक

जाकर पुस्तक खोजने का बहाना करती और पास से निकलते हुए मेरी मेज से अपनी लंबी स्कर्ट का स्पर्श कराते हुए निकलती। उसके परफ्यूम की खुशबू के एक झोंके से मेरा ध्यान टूट जाता और वह मुझे एक विचित्र से आकर्षण से भर देती। उसने कॉफी पीने का समय भी मेरे समय से मिला लिया था। कुल मिलाकर, उसने लाइब्रेरी में मुझ पर जादू-सा कर दिया था और उस दिन मैं उसी वजह से क्रोध और लाचारी में बाहर निकल आया था।" मिहिर ने शरमाते हुए कहा।

"हद है यार! अगर मेरे साथ कभी कुछ ऐसा होता तो मैं तो उसे कभी न जाने देता। तू तो नसीब वाला है।" उदय ने आवेग में कहा।

"छोड़ इसे, यह नहीं बदलने वाला। यह नॅरसिसिस्ट टाइप बंदा है।" संदीप ने उदय की तरफ मुखातिब होते हुए बोला।

मिहिर सोचने लगा, 'काश, मैं अपनी इच्छा से हार पाता! क्या मैं सैंडी और उदय की तरह संतुलन नहीं बना सकता? सैंडी ने अपने भावों का प्रबंधन कर लिया है और उदय को बिना किसी साइडइफेक्ट के इच्छा पूरी करने में महारत हासिल है।'

□

निर्वासन में 'हैरीज'

रणनीति बनाना जितना आसान होता है, उतना ही मुश्किल होता है उस पर अमल करना। तैयारी की रणनीति की कड़ी दिनचर्या धीरे-धीरे तिकड़ी की मस्ती को निगल गई; आने वाली प्रीलिम्स परीक्षा की छाया उनके पूरे जीवन पर छा गई। सितंबर बीतने को है। अजीत के घर पर ग्रुप स्टडीज शुरू हो गई, यह चुनाव अपने आप ही बिना किसी योजना के हो गया।

मिहिर, उदय और संदीप दोपहर की झपकी और चाय के बाद अजीत के घर पहुँचे। पहला दिन विषयों की दिनचर्या और तैयारी के तरीके पर केंद्रित रहा। पहले कुछ सप्ताह में गहन अध्ययन चला और फिर छह दिन के सप्ताह में हर दिन को एक विषय दिया गया, जिसके बाद प्रैक्टिस टेस्ट होने थे। आलोक, जो पहले प्रीलिम्स में सफल हो चुका था, उसने तैयारी के तरीके पर कुछ विशेष ज्ञान दिया। उदय इस उमंग में है कि ग्रुप स्टडीज का आइडिया उसने दिया और सबके बीच इसको लेकर एक उत्साह का भाव है। एक लक्ष्य पर मिलकर चलने की भावना ने उन्हें एक सूत्र में पिरो दिया है।

"मुझे लगता है कि आज के लिए बहुत हुआ। कल से हम प्राचीन इतिहास शुरू कर सकते हैं। पहले जो कर लिया है, उसको दोहराएँगे, फिर सप्लीमेंट करेंगे।" आलोक ने कहा।

"अब थोड़ी चाय और घर के बने पोहे और चने दाल की मिश्रित नमकीन हो जाए।" अजीत ने एक अच्छे मेहमाननवाज की भूमिका निभाते हुए कहा।

अगले दिन वे फिर से समय पर जमा हो गए। उनकी पढ़ाई पूरे जोश से चल पड़ी।

अब प्रैक्टिस टेस्ट सेशन की शुरुआत हुई।

"सिंधु घाटी सभ्यता की नवीनतम साइट कौन सी है?" आलोक ने ग्रुप से पूछा। पहले अजीत की बारी आई, जो आलोक के बगल में बैठा था। उदय उसके दूसरी ओर बैठा है। अजीत उसकी ओर झुका हुआ है, आलथी-पालथी लगा रखी है और कान हथेली पर टिका है, भौंले उत्सुकता में जुड़ी हुई हैं। कुल मिलाकर ऐसे व्यक्ति की तसवीर है, जो अनंत को ताकते हुए ब्रह्मांड में सही उत्तर की खोज कर रहा है।

अजीत मध्यम कद का साँवले रंग का है। भारी नितंब और मोटे पेट के कारण थुलथुल लगता है। वह हलकी सी हकलाहट को छिपाने के लिए कुछ खास शब्दों पर ज्यादा जोर देकर बोलता है—

"लोथल?" अजीत ने अपने जाने-पहचाने अंदाज में 'ल' कहा।

"नहीं, राखीगढ़ी।" सबने एक साथ कहा।

धीरे-धीरे लड़कों को अहसास हुआ कि अजीत थोड़ी देर पहले ही याद की गई बातें भी भूल जाता हैं। उसकी तंद्रा, उसका गलत उत्तर और परिणामतः उसकी हीन भावना उसे लोगों के परिहास का पात्र बनाती है।

"याद नहीं आ रहा, अजीत जवाब दे सकता है"-ग्रुप को ब्रेक चाहिए हो तो अकसर यही कहा जाने लगता है। उदय तंद्रा में डूबे अजीत की अच्छी नकल उतार लेता है, जिससे माहौल मजाकिया हो उठता है।

"क्या हुआ? मैं जानना चाहता हूँ।" अजीत जानता है कि वे उसका मजाक उड़ा रहे हैं, पर असहजता को दूर करने के लिए वह अनजान बनकर पेश आता है।

हालाँकि, मिहिर संवेदनशील है। जब भी अजीत का मजाक उड़ाया जाता तो मिहिर के हृदय में एक चुभन-सी होती है।

"बहुत हो गया। काम पर वापस आओ, आलोक! हम किस जगह थे?" मिहिर सबका ध्यान अजीत से हटाना चाहता है और अजीत उसकी

हमदर्दी अच्छी तरह समझता और सराहता है। वह किसी दिन मिहिर से अकेले में मिलना चाह रहा था।

"मुझे नहीं पता कि क्या करना है? या तो पढ़ाई दिमाग में जाती नहीं या फिर तुरंत बाहर निकल जाती है।" अजीत ने एक दोपहर मिहिर से कहा, उस दिन अचानक ही वे दोनों अकेले मिल गए थे।

"यह तो कई लोगों के साथ होता है। हो सकता है कि तुम्हें कई बार दोहराने की जरूरत हो, ताकि याद रह सके।" मिहिर ने अजीत को दिलासा दिया।

"पर यह तो हमेशा से ऐसा ही है। यही वजह है कि परीक्षा में कभी अच्छे अंक नहीं आए। कई बार लगता है कि दीवार पर सिर पटककर भगवान् को जी भर के कोसूँ! अजीत ने भावुक होते हुए कहा।

"कौन कहता है कि पिछली परीक्षाओं के अच्छे अंक का मतलब सी.एस. में सफलता है? मैं तुम्हारे जैसे कई लोगों को जानता हूँ, जिन्होंने सी.एस. पार किया है। जुनून के बल पर इनसान बड़ी-से-बड़ी कमियों पर जीत प्राप्त कर लेता है।" मिहिर ने गंभीरता से अपनी बात रखी।

"कम-से-कम वे लोग मेहनत करने पर कुछ तो याद रख पाते होंगे। वे मेरी तरह तो नहीं होंगे। शायद मुझे कंपनी सेक्रेटरी ही करना चाहिए था।"

"तुमने उसके लिए भी नाम लिखवाया था?"

"हाँ, मैंने ए.आर.एस.डी. कॉलेज से बी.कॉम. किया है। 12वीं कक्षा के बाद मेरे पिता ने दिल्ली आने के लिए मना लिया। अगर तुम्हारी दिलचस्पी मेरी कहानी सुनने में हो तो मैं सुनाना चाहूँगा।"

"क्यों नहीं, मैं सुन रहा हूँ।" मन की गलियों में भटकनेवाले मिहिर के लिए अजीत के मानसिक लोक में प्रवेश का अवसर कम रोमांचक नहीं था।

"हम पाँच भाई और दो बहनें हैं और मैं सबसे छोटा हूँ। मेरा बड़ा भाई मुझसे बारह साल बड़ा है। वह जयप्रकाश नारायण के चलाए 'जे.पी. आंदोलन' का हिस्सा बन गया था। तुम बिहार से हो, इसलिए समझ सकते हो कि 'जे.पी. आंदोलन' का कितना व्यापक प्रभाव था! पूरा बिहार उसके प्रभाव

में था और फिर वह दिल्ली तक आ गया। यह एक छात्र आंदोलन था। तुम्हें उसका नारा याद होगा—'पूरा अनाज, पूरा काम, नहीं तो होगा चक्का जाम!' छात्रों ने बेरोजगारी और भ्रष्टाचार के खिलाफ मुहिम छेड़ दी थी। उसी भावना में बहकर उसने अपना कॅरियर खो दिया और अपना ग्रैजुएशन तक पूरा नहीं कर सका। कक्षाओं और कॉलेज का बहिष्कार करने वाले छात्र कहीं के नहीं रहे, कोई पेपर नहीं हुआ और शैक्षिक सत्रों का कोई अर्थ नहीं रह गया था। मेरे पिता ने कहा कि मुझे दिल्ली जाकर ग्रैजुएशन पूरा करना चाहिए। मैं एक औसत छात्र था। मेरे पिता उदास थे कि उनके दूसरे बेटे कुछ खास नहीं कर सके, इसलिए वे चाहते थे कि मैं कुछ कर दिखाऊँ। यही वजह है कि मैं यहाँ हूँ। मैंने अपनी सीमाओं को समझते हुए कंपनी सेक्रेटरीशिप कोर्स के लिए नामांकन कराया, पर इस जगह आकर पता चला कि सारी जनता तो सिविल सर्विस की पुजारी है। मैंने खुद को अकेला महसूस किया, इसलिए आलोक के साथ रहने लगा। उसे देखकर मैंने भी अपना मन सी.एस. के लिए बनाया। इस तरह मैं तुम्हारे साथ हूँ, हमेशा की तरह खुद से जूझ रहा हूँ।"

"यह अच्छी बात है कि तुम सी.एस. के लिए कोशिश कर रहे हो। तुम्हारा कोई नुकसान नहीं होगा। तुम्हारा डिप्लोमा इंतजार कर सकता है। पर अगर इस समंदर में उतरे हो तो थोड़े दिन तसल्ली से तैरो।" मिहिर ने अजीत को पूरी हमदर्दी से उत्साहित किया।

मिहिर सोचने लगा कि उसकी सलाह में ईमानदारी थी या फिर वह करुणा में बहकर अजीत को सिर्फ झूठी दिलासा ही दे रहा था? मिहिर ने इस दुविधा से बचने के लिए खुद को इस सोच से तुरंत बाहर निकाला।

"ठीक है, अब मुझे चलना चाहिए। तुम्हारा बहुत समय ले लिया। मेरे मन की बात सुनने के लिए मेहरबानी, पर निश्चित हीद मैं पहले से बेहतर महसूस कर रहा हूँ, हालाँकि, कुछ भी नहीं बदला। दोपहर को मिलते हैं।" अजीत बोला और चल दिया।

मिहिर के जेहन में अजीत कि बातें अभी भी सैर कर रहीं थीं। उसकी सोच जा ठहरी बिहार से दिल्ली छात्र-प्रवास के प्रमुख कारणों पर। मिहिर के

मन में कुछ झलकियाँ उभरने लगीं। जब वह छोटा था तो उसने सीतागढ़ की सड़कों पर छात्रों की भीड़ को नारे लगाते हुए सुना था—'पूरा अनाज, पूरा काम, नहीं तो होगा चक्का जाम।' सड़कों पर दिखने वाले छात्रों की संख्या बढ़ती जाती थी। मिहिर को लगता था कि उनके अंदर आक्रोश कम था और वे सभी एक तरह के हिस्टीरिया से अभिभूत होकर आंदोलन में कूद पड़े थे। जयप्रकाश नारायण ने इंदिरा गांधी के राज में भ्रष्टाचार और प्रजातंत्र की गिरती सेहत के मुद्दों पर एक विशाल आंदोलन खड़ा कर दिया था। मिहिर ने अपने पिता से ये सब जाना था। मिहिर को आज भी याद है, जे.पी. ने दो विशाल सार्वजनिक सभाओं का आयोजन किया था। उसे अहसास हुआ कि अजीत जैसे कई लोग अब दिल्ली में हैं, क्योंकि बिहार में समस्याएँ हैं। बिहार जे.पी. आंदोलन के बावजूद अब भी देश में सामाजिक और आर्थिक पिछड़ेपन का प्रतीक बना हुआ है—गरीबी, निरक्षरता, इंफ्रास्ट्रक्चर और शिक्षा का अभाव। बिहार के छात्र शर्म से अपनी पहचान छिपाते हैं, जबकि इसमें उनका कोई दोष नहीं है। अपने ही देश में पिछड़े हुए प्रवासी कहलाते हैं। मिहिर को अचानक बेतिया का संतोष याद आया, वह के.एम.सी. में उसके साथ पढ़ता था, वह कहता था कि वह पंजाब से था; उसने दाखिले के फॉर्म पर भी अंबाला में रहने वाले अपने मामा का पता लिखवा रखा था। इस संदर्भ में मिहिर के जेहन में कुछ दिनों पहले की एक छोटी सी घटना उभर आई।

मिहिर, उदय और संदीप देर रात सोने के बाद बाहर से आते तेज शोरगुल के कारण नींद से जाग गए। 'तुम हरामी बिहारी सारे बदतमीज और अशिष्ट होते हो।' संदीप ये अल्फाज सुनते ही तैश में आ गया और चिल्ला पड़ा, "कौन हम बिहारियों को इतनी निडरता से गलिया रहा है ? मैं जरा बाहर जाकर देखता हूँ।"

"रुक, मैं भी तेरे साथ आता हूँ। देखूँ तो कौन है ?" उदय भी टी-शर्ट के बाजू मोड़ते हुए बोला, ताकि डौले दिख सके।" मिहिर, तू भी चल, बिहारियों की इज्जत दाँव पर है।"

"जरूर।" मिहिर ने अपना संजीदा रोष दिखाते हुए कहा।

वे बाहर गए तो देखा कि उनके साथवाले घर की बालकनी में एक अधेड़ आदमी, पहले तलवाले घर का दरवाजा पीट रहा था। तभी उसी बरामदे में उनके मालिक का बेटा सोनू भी नीचे आ गया।

"ये गुलाटी अंकल हैं। हमारे पासवाले घर में ही रहते हैं। यह पक्का खड़ूस है, हमेशा भँवे चढ़ाकर रखता है।" सोनू ने उन्हें बताया।

"हाँ, मैंने इसे शाम को भी घर के सामने खड़ा देखा था।" संदीप गुस्से से बोला।

तभी उस घर से एक लड़के ने दरवाजा खोला और बाहर आया।

"जी अंकल? क्या हुआ? आप चिल्ला क्यों रहे हो?" दो और लड़के घर से बाहर आ गए।

"चिल्ला रहा हूँ? मैं? हरामी बिहारियो! खुद को देखो! सारी रात इतनी तेज म्यूजिक चलाकर क्या समझ रहे थे कि बाकी दुनिया मर चुकी है?" वह आदमी अब भी तिरस्कारपूर्ण स्वर में चिल्ला रहा था।

"अंकल, जरा सँभलकर बात करो। बिहार को बीच में मत लाओ और ऐसी अभद्र भाषा का प्रयोग मत करो। कल रात हमारे घर पार्टी थी। ऐसा रोज-रोज नहीं होता।" लड़कों ने अपना आपा बनाए रखा।

"तुम्हारे माँ-बाप ने इतनी दूर तुम्हें पढ़ने के लिए भेजा है या पार्टी करने के लिए? तुम बिहारी बच्चे माँ-बाप का पैसा बरबाद करते हो। बिहार में लोग बच्चों को तमीज नहीं सिखाते। क्या कह रहे थे, मैं सँभलकर बोलूँ? हो ही तुम सब गाली खाने लायक!"

संदीप भी बहस में कूदने को तैयार था, पर उदय और मिहिर ने उस समय के लिए उसे रोक लिया।

"अंकल, बहुत हो गया। हम और बकवास नहीं सुनेंगे। वह लड़का आगे आया तो उसके साथियों ने रोक लिया। हमें पता है कि हम क्या कर रहे हैं! आपको हमारी पढ़ाई के लिए उपदेश देने की जरूरत नहीं है। मुझे पहले ही दिल्ली पुलिस बल में ए.सी.पी. चुन लिया गया है। अगर म्यूजिक से आपको परेशानी हुई है तो सॉरी! पर हमें भी तो आपकी वजह से कितना कुछ

सहन करना पड़ता है। आपके बच्चे रोज सड़क के बीच में क्रिकेट खेलते हैं। आप लोग सड़कों पर ही जन्मदिन और शादी की पार्टी करते हो और घंटों रास्ता बंद कर देते हो, पर हम क्या कुछ कहते हैं? इनसान की फितरत ही ऐसी होती है, हमें दूसरों को असुविधा देने पर बुरा नहीं लगता, पर कोई हमें असुविधा दे तो हम सहन नहीं कर पाते।"

"तुम बिहारी किसी की नहीं सुनते। अगर हम तुम्हारे खिलाफ खड़े हो गए तो?" उस आदमी ने धमकी दी और एकदम आगे बढ़ा।

"अंकल, ये गालियाँ बकना बहुत हो गया।" संदीप अपनी बालकनी से चिल्लाया। "यह मत समझना कि हम आपके इलाके में हैं। जहाँ तक बिहारियों के पढ़ने का सवाल है, आप जिन ए.सी.पी. और डी.सी.पी. से डरते हो, उनमें से ज्यादातर बिहारी ही हैं। सुना नहीं आपने? यह लड़का भी दिल्ली पुलिस में चुना गया है। अब यह फिर से यू.पी.एस.सी. के लिए बैठ रहा है और अगर आई.पी.एस. चुना गया तो फिर मोटा बाँस···" उसने हाथ के क्रोधूर्ण इशारे से अपनी बात पूरी की।

तब तक और लोग भी जमा होने लग गए।

"एक बात बता दूँ, दिल्ली की लड़कियाँ तुम्हारे मुंडों से नहीं, बिहारियों से आकर्षित होती हैं, वह भी ऐसे, जैसे लोहे की कतरन चुंबक की ओर खिंची आती है।" उदय ने अपनी दबंग शैली में मुसकराते हुए हाथों से ऐसे संकेत किए, जिससे और लोगों का ध्यान भी उसकी ओर आकर्षित हो।

"अंकल, हम लोग बिहार बनाम दिल्ली की जंग नहीं लड़ने आए, पर आप हमें हरामी बोलकर चोट पहुँचा रहे हो।" मिहिर ने कहा। वह ऐसे मौकों पर भी तार्किक और दार्शनिक तरीके से अपनी बात रख रहा था।

वह आदमी लड़कों के गुस्से से बौखला गया, पर अब भी झुकने को तैयार नहीं था, "अगर इतने समझदार और पढ़ाकू हो तो दिल्ली क्यों भागे आए?"

लड़के यह बात सुनकर फक्क-से रह गए।

मिहिर ने झट से कहा, "अंकल, क्या आपको नहीं पता कि आपकी तो

पूरी कॉलोनी ही रिफ्यूजी कॉलोनी है? सरकार ने आपको यह जगह रहने के लिए मुफ्त में दी थी। आप सब उस पंजाब से इधर क्यों भाग आए, जो अब पाकिस्तान में है? आप लोग जैसे विभाजन के बाद होने वाले दंगों से जान बचाने के लिए भाग आए, उसी तरह हम भी बिहार में शिक्षा में अव्यवस्था से बचकर कॅरियर बनाने के लिए भाग आए। दिल्ली उतनी ही हमारी है, जितनी आपकी है, समझे?"

मिहिर की बात सुनकर उदय और संदीप को लगा कि उनकी वाजिब जीत हुई। तब तक दूसरों को लगने लगा कि मामला बढ़ रहा है, इसलिए उनके बीच कानाफूसी होने लगी। "छोड़ो इनको। ये लोग पढ़ने आए हैं। कभी-कभार मस्ती करने में क्या हर्ज है! ये भी तो हमारे ही बच्चे हैं।" एक समझदार बूढ़े ने कहा।

लड़के भी अब थोड़े शर्मिंदा-से दिखे, उन्होंने भीड़ को परे हटाते हुए कहा, "सॉरी, हम किसी के दिल को चोट नहीं पहुँचाना चाहते थे, पर इन्होंने हमें भड़का दिया।"

वे तीनों अपने कमरों की ओर चले और संदीप ने दुःख भरे स्वर में कहा, "हमारे बिहार की हालत इतनी दयनीय क्यों है? हम वहीं पले-बढ़े। जब कोई बिहार को कोसता है तो लगता है कि मेरे घर और स्कूल को गाली दी जा रही है।"

"मैं भी अपने ही लोगों को पहचान छिपाते देख उदास हो जाता हूँ। बिहारियों के मन में कितना दर्द छिपा है कि वे खुद को 'हैरीज' कहते हैं!" उदय बोला।

मिहिर एक गहरी सोच में डूब रहा था। वह फिर से बिस्तर में घुस गया; किंतु नींद आने के बजाय अचानक मंडल कमीशन उसके दिमाग में कौंध गया। उसकी रात विचारों से जलने लगी और कुछ समय बाद इसी कौतूहल के बीच नींद के आगोश में मिहिर की चेतना लुप्त हो गई।

□

ज्वलंत इच्छा

मिहिर सोकर उठा तो शरीर और मन दोनों ही थके हुए थे। वह अकसर बदलते मौसम में ऐसा महसूस करता था। आनेवाली गरमियों का अजीब सा सन्नाटा और हलकी बसंती हवा उसे उदास कर देती थी। उसे लगता था कि सर्दियों की मौत पर बसंत किसी शोकगीत की तरह है।

यह सुबह दूसरी सुबहों से ज्यादा उदास थी। मिहिर स्वयं से बात करने लगा, 'एम.ए. की परीक्षा पास आ रही है और उसके तुरंत बाद सी.एस. प्रीलिम्स है। केवल यही एक प्रयास है, जो ओ.बी.सी. आरक्षण से मुक्त है। अगले साल से सर्विस मुझसे और परे हो जाएगी और मेरे लिए सफलता की संभावना कम होती जाएगी। वैसे भी मैं पहली कोशिश में सी.एस. क्रैक नहीं कर सकता। मेरे लिए तो यह अनुभव लेने जैसा है। ओह, मैंने तो अभी मेंस के लिए दूसरा ऑप्शनल भी नहीं चुना!'

एम.ए. की परीक्षा, प्रीलिम्स और मंडल कमीशन के लागू होने की सोच के बीच मिहिर अपने मन की गहराइयों में उतर गया। उसने तय किया कि आज वह लाइब्रेरी में जाने के बजाय बिस्तर में ही रहेगा। मन में अतीत के और भी दृश्य रौशन हो रहे हैं। उसका आर्ट्स फैकल्टी में जाना, कैंपस की हवा में गूँजते नारे— "आरक्षण नहीं प्लीज! कृपया हमें न बाँटें, जाति की राजनीति बंद करो!" अचानक कुछ ही समय में अजीब सी भगदड़ मचने का शोर मचा। मिहिर भी अन्य छात्रों की तरह उत्सुकतावश उस ओर चल दिया। अचानक एक लड़का आग की लपटों में घिरा देखा। "अरे! ये तो देशबंधु

कॉलेज का राजीव है!" कुछ लोग चिल्लाए। वे पानी और कंबल लेकर दौड़े। मिहिर ने घबराकर खुद को भीड़ से अलग किया, उस नजारे ने उसे झकझोर दिया, उसकी तबीयत खराब लगने लगी। जब वह पीछे जा रहा था तो उसने सुना, "ये आग मैरिटोक्रेसी और हमारी महत्त्वाकांक्षाओं की चिता है।" जब मिहिर बाहर जाने लगा तो गेट पर एक लड़का उसे रोककर बोला, "तुझे पता है, मेरा साथी फ्लाइट से अपने घर जाता है और मैं सेकेंड क्लास में बर्थ के लिए जूझता हूँ और उसे आरक्षण की सुविधा मिल रही है? क्या ये अंधे हैं?" उस रात मिहिर सो नहीं सका, भय और घृणा से मिले एक भयानक अहसास में वह घुटने लगा। वह रात अभी भी यदा-कदा मिहिर के दिल को चीरते हुए उसके मन को अंधकार में डुबो देती है।

आज सुबह जब आरक्षण के डरा देने वाले नतीजे सामने हैं तो मिहिर को एंटी-रिजर्वेशन मुहिम से दूर होने की शर्मिंदगी हो रही है। वह सोचने लगा, 'हम तब तक किसी मुद्दे में नहीं शरीक होते, जब तक वह स्वयं पर आकर नहीं पड़ता।' मिहिर ने बाह्य दुनिया के सारे दरवाजे बंद कर लिये और अपनी ही सोच में खोया हुआ सोता और जागता रहा।

"अरे, तू अभी तक लाइब्रेरी के लिए तैयार नहीं हुआ?" उदय ने दोस्ताने अंदाज में मिहिर का ओढ़ना खींचकर उतार दिया।

"नहीं, मैं आज नहीं जा रहा।" मिहिर अलसाई-सी आवाज में बोला, मानो शब्द नींद में लिपटे हों!

"क्या तबीयत ठीक नहीं है?" उदय के हाथ में नाश्ते की प्लेट थी।

"हाँ, तबीयत कुछ ठीक नहीं लग रही। मार्च अकसर मेरे साथ ऐसे ही पेश आता है। पैरों और हाथों में पसीना आने से शरीर में नमक का संतुलन बिगड़ता है और मैं कमजोरी महसूस करता हूँ। ऐसा हर साल होता है, चिंता की बात नहीं है। नमक-चीनी की शिकंजी पीने से आराम हो जाता है।" मिहिर ने शरीर को थोड़ा उठाकर तकियों की टेक लेते हुए कहा।" तू क्या कर रहा है?"

"मैं आज एम.ए. के नोट्स के लिए हंसराज कॉलेज जा रहा हूँ।" उदय

मिहिर के पास कुरसी पर बैठते हुए बोला।" सैंडी पहले ही निकल गया है, शायद क्लास गया होगा।"

"सैंडी के क्लास नोट्स से कोई मदद नहीं मिलने वाली।" मिहिर ने ताना कसा।

"वह एम.ए. से हटने को तैयार नहीं, पर शुक्र है, उसने प्रीलिम्स वाला काम तो पूरा कर दिया।" उदय ने कहा।

"मुझे लगता है कि अब सारी तैयारी एक साथ करनी चाहिए।" मिहिर बोला।

"मैंने इतिहास पूरा कर लिया। हम लोग स्टेट्स और बारहवीं के गणित के साथ शुरू कर सकते हैं। अखबार के नोट्स तो ले ही रहे हैं और मेरे एक कजिन ने एन.सी.ई.आर.टी. भूगोल और भारत के संविधान के वस्तुनिष्ठ टाइप नोट्स भी दिए हैं। होली के बाद हम अपने इतिहास की ग्रुप स्टडी में सामान्य ज्ञान को भी शामिल कर लेंगे। सामान्य ज्ञान के लिए प्रैक्टिस टेस्ट के लिए रेड्डी गाइड ठीक रहेगी। हमने बारहवीं में विज्ञान पढ़ा है, वो ज्ञान जी.एस. में काम आ जाएगा। ज्यादा चिंता मत करो। हम लोग होली के बाद पूरे जोश से तैयारी शुरू कर देंगे।" उदय के चेहरे पर आत्मविश्वास की आभा निखर आई।

उदय ने होली का नाम लिया और मिहिर की उदासी तत्काल उत्साह में बदल गई।

"भगवान् जाने, इस नई जगह पर होली कैसी मनेगी?" मिहिर ने आशंका जताते हुए कहा।

"यार! दिल्ली वाले और हम प्रवासी मिलकर खूब हुड़दंगी होली करेंगे। तू चिंता मत कर! हैरीज इसे मिलकर मनाते हैं। बहुत सारे समूह एक साथ निकल जाते हैं और सारे रंगों से सराबोर बतरा पर मिलते हैं। नाच, गाना, सोमरस और उस हुड़दंग में शामिल कुड़ियाँ! हम होली की आड़ में जी भरकर आँखें सेंकते हैं।" उदय ने अपना अनुभव जोशीले अंदाज में साझा किया।

"फिर तो लोकल कुड़ियों के साथ चक्कर चलाने वालों के मजे हो जाते होंगे!"

"यार! तू भी मजे ले सकता है। हम तेरा चक्कर पूरा करने के लिए ज्योति को यहीं बुलवा लेंगे।" उदय के चेहरे पर चिर-परिचित शरारती मुसकान थी।

"दोबारा नहीं। क्या ज्योति के अलावा और कोई नाम याद रहता है तुम्हें?" मिहिर ने अपनी सुर्ख शर्म से उबरते हुए कहा।

"ठीक है, अगर ऐसी बात है तो तेरे मन में होली की मस्ती के लिए ज्योति के अलावा कोई और नाम है तो बता दे।"

मिहिर बस, हलके से मुसकराया।

"ठीक है सुन, मेरे पास तुझे बताने के लिए कुछ दिलचस्प है।" उदय ने कहा। मिहिर का कौतूहल जाग गया। "पटना का एक लड़का है, मुकेश। यहीं पास में ऊपर वाले तल पर रहता है। काफी पैसे वाला आलीशान टाइप है। वह इस जगह पर अपनी महत्त्वाकांक्षा की वजह से नहीं, बल्कि अपने पिता की हैसियत की वजह से है। उसका अपनी मकान मालकिन से चक्कर चल रहा है। वह औरत अपने छोटे बच्चे के साथ अकेली रहती है। उसका पति दुबई में है और कहते हैं कि उसका वहाँ किसी मुसलमान औरत से चक्कर चल रहा है। ये लोग बहुत अमीर हैं और वह मुकेश को अकसर तरह-तरह के उपहार भी देती रहती है। क्या नसीब है, मानो उसे मस्ती लेने के लिए उपहार मिल रहे है!" उदय की मस्ती में ईर्ष्या स्पष्ट थी।

"औरत भी कम नसीबवाली नहीं है। उसके पास सबकुछ है। शादी की वित्तीय सुरक्षा और वह भी अपनी आजादी खोए बिना, जोकि शादी का पहला आहार होता है, ममता, आजादी और इच्छापूर्ति। इन सब का संगम बिना अंत: कारण में कचोट के कितना नशीला होगा!" मिहिर ने एक लंबी सी आह भरी।

"अरे, मुझे तो देर हो गई। तुझे शिकंजी देने के बाद निकलता हूँ। मुझे यकीन है कि यह किस्सा सुनकर तेरे अंदर मची हलचल तुझे राहत देगी।"

"नहीं-नहीं, शिकंजी मैं खुद ही बना लूँगा।"

"अरे नहीं यार, तू रुक, मैं अभी बनाकर लाया।"

मिहिर किचन में उदय को उसके लिए शिकंजी बनाते हुए सुन रहा था। वह यह सोचकर द्रवित हो गया कि उदय को इतनी गप्पों के बाद भी याद रहा कि मुझे शिकंजी से आराम आएगा। उदय की दोस्ती भरी यह भावना मिहिर को गुदगुदाकर निकल गई।

अब उदय के जाने के बाद मिहिर का मन उस मकान मालकिन के खयालों में खो गया। घर में अकेला मिहिर, इच्छा के आवेग में तड़पने लगा। एकांत उसके मन को वासना से भरपूर कल्पना में उतरने को उकसा रहा था। वह सोचने लगा कि मुकेश और उस औरत के बीच जिस्मानी संबंध कैसे होते होंगे? एक अकेले घर में एक परिपक्व स्त्री की सिसकारियों के बीच एक जोशीला नौजवान और एक-दूसरे के लिए उनकी दीवानगी! वह अचानक एक अजीब से अहसास से घिर गया। रोमांच ने उसके ऊपर अपना साम्राज्य कायम कर लिया और ओढ़ने के भीतर मिहिर ने अपनी वासनाओं को पूरी तरह से प्रवाहित होने दिया।

जब मिहिर उस आवेग से मुक्त हुआ तो फिर से उदासी ने उसे घेर लिया। उसने अपनी डायरी में तत्काल लिखा, "मैं पूरी तरह से विचार-मुक्त हूँ, स्थिर हूँ, पर गहरी उथल-पुथल में स्थित स्थिरता। कामवासना से भरपूर धारा प्रवाहित होकर एक मधुर धुन में बदल रही है। यह क्षण निश्चेष्ट है और मैं जीवंत। यह दो विश्वों के बीच एक अवर्गीकृत क्षण है।" यह लिखने के बाद मिहिर पुराने पन्नों को फिर से देखने लगा और उसे लेखक बनने का सपना यथार्थ की परिधि के अंदर आता हुआ महसूस हुआ। कामुकता के रोमांच ने रचनात्मकता के रोमांच को रास्ता दिया। मीमांसा फिर जाग उठी।

एक संतुष्ट अलसाई सुबह से उठने के बाद मिहिर को तत्क्षण लगा कि अब उसे सी.एस. की दुनिया में वापस आ जाना चाहिए। सुबह के काम से निपटकर उसने अपने लिए नाश्ते में चाय और अंडे बनाए। फिर वह अखबार खोजने लगा, जो अब उसके लिए एक पवित्र ग्रंथ हो गया है। उसकी सलवटों और सिगरेट की गंध से पता चला कि संदीप उसे चाट चुका था। 'एस.एल.आर. और सी.आर.आर. में कटौती, ताकि निर्माण क्षेत्र को पर्याप्त

पूँजी मिल सके। निर्यात को बढ़ावा देने के लिए टैक्स हॉलीडेज। सी.एस. की अभ्यस्त आँखें प्रमुख खबरों पर दौड़ने लगीं। उन्हें पढ़ते हुए उसे गांधी का ध्यान आ गया और उसे जनता के लिए उत्पादन और पूँजी उत्पादन के बीच का एक संतुलित मार्ग और इस संदर्भ में स्वराज्य और अंत्योदय का खयाल आया। उसे लगा कि वह फिर से गहरी सोच में भटक रहा था, इसलिए उसने अपनी सोच को लगाम दी। सड़क पर चहल-पहल थी और लोग बाइक, साइकिलों और रिक्शों पर आ-जा रहे थे। वह देख सकता है, पास के स्कूल में कक्षा में बैठे बच्चे दिख रहे हैं। उसे अपना दिनचर्या भंग करने पर खेद होने लगा। एक दोषपूर्ण अहसास की चुभन से उसका मन अशांत हो उठा। स्वयं से वार्त्तालाप चल पड़ी—'आज मन जो महसूस कर रहा है, उसे चुनौती देना वाजिब ना होगा। आज यह स्वच्छंद विचरण करना चाहता है और कभी-कभी रुटीन से हटकर अपनी इच्छाओं को राह देना कोई इतना भी संगीन गुनाह नहीं है। मैं होली के बाद फिर से पूरे जोश से सी.एस. में डूबूँगा। बस, तीन दिन की तो बात है।'

अचानक झटके से दरवाजा खुला और मिहिर अपनी तंद्रा से बाहर आ गया।

"मैं तुझे सुबह ही बताने वाला था कि इस बार की होली में खूब हुड़दंग होगा। वापसी में कुछ होली के दीवानों से मिला। वे बिहारी होली का पूरा मजा लेना चाहते हैं। इस बार तो माहौल को मदहोश बनाने के लिए हमारे पास 'जुम्मा चुम्मा' भी है।" उदय ने अपनी बुलंद आवाज में ऐलान किया।

□

जुम्मा चुम्मा होली!

"ओए, वे लोग आ गए क्या?" मिहिर घर के पिछवाड़े की ओर छुपने बढ़ा।

"रंग से डरता है? होली किसलिए होती है? बाहर आ!" उदय कुरते की बाजू मोड़ते हुए स्फूर्ति में आ गया।

"सैंडी, बाथरूम से बाहर आ जा। वे लोग इंतजार कर रहे हैं।" मिहिर ने संदीप को उकसाया। फिर थोड़ी ही देर में उसने उदय को देखा, उसके चेहरे पर इतना रंग लगा हुआ था कि उसके चेहरे के रंगों के बीच आँखें तक नहीं दिख रही थीं।

"तुम दोनों बाहर निकलों। मिहिर, बीयर का कार्टन रसोई से बाहर ले आओ।" उदय ने सुधीर का स्वागत करते हुए कहा।

"जल्दी करो। हमें इस बार सारे मुखर्जी नगर को रँग डालना है, कोई ना छूटे आज!" सुधीर पहले से ही दीवाना हो चुका था।

सुधीर के साथ तीनों बाहर निकले और बीयर का कार्टन ठेले पर रख दिया। उस पर पहले से नाश्ते का सामान और स्टिरियो लदा था। होली के लिए वह ठेला खासतौर पर किराए पर लिया गया था। वे लोग बारी-बारी से उस छकड़े को खींच रहे थे। उनके दल में बृजेश भी शामिल था, जो इस काफीले का नेता और शराबी दल का मुखिया भी था। उदय के पास रंगों के पैकेट थे और उन तीनों के लिए डिजाइनर होली टोपियाँ भी थीं। संदीप अचानक बोलने लगा, "होली है भई, होली है, बुरा न मानो होली है!" वह

हर ओर मुट्ठी भर-भरकर गुलाल बिखेर रहा था। तीनों जल्द ही होली के रंग में आ गए। मौज, रंग और बीयर का एक मादक मिश्रण। भीड़ में कुछ समझ नहीं आ रहा था कि कौन किसे रंग लगा रहा है? मिहिर, संदीप और उदय रंग को गहरा करने के लिए बीयर-पर-बीयर चढ़ा रहे हैं। संदीप भागकर गया और बृजेश को हटाकर ठेला खींचने लगा। काफिले में लोग जुड़ते जा रहे थे।

एक चौराहे पर वे लोग लड़कियों के दल से मिले। उनके दल में छात्राएँ और स्थानीय लड़कियाँ थीं, जो अपने जानकार किराएदारों की सहेलियाँ थीं। वे होली की वजह से लड़कों से मिल रही तवज्जो के नशे में चूर थीं। उन्होंने लड़कों को कनखियों से देखा; कुछ को आशिकी के लिहाज से देखा गया और कुछ मामले आकर्षण और संबंध के थे। वे लोग लगभग साथ-साथ ही चल रहे थे और लड़कों के लिए यह सुरूर भी किसी मदिरा से कम न था। लड़कियाँ रंगों से सराबोर हैं, उनके कपड़े बदन से चिपककर एक हो चुके थे, जिससे उनके शरीर का सौष्ठव झाँक रहा था और लड़के तरंगों में डूब रहे थे। थोड़ी देर बाद संदीप और उदय एक साथ जुटे, संदीप धुत्त हो चुका था, वह बोला, "उदय अपनी संजना को याद कर रहा है। वह पूरी तरह से भावुक हो गया है।" फिर वह चिल्लाया, "तू तो खुद को भावनाओं का शासक कहता था, आज कैसे भावुक हो गया?" फिर वह मिहिर की ओर मुड़कर बोला, "यही तेरी किस्मत होगी। सोम चाहिए तो दिमाग पर दिल का कब्जा होने दे।"

उनका दल अपने ठिकाने पर आ गया था। बतरा, यह सबका पक्का अड्डा था। रेस्तराँ चिकन, मटन, बिरयानी और पनीर के साथ लैस है। दलों के नेता भीड़ के बीच आ गए हैं और यह समझा जा सकता है कि इसके आगे काफिले की कमान उनके पास होगी। उदय और संदीप बीच में हैं, वे बच्चन के हिट गीतों पर दीवानों की तरह झूमते हुए नाच रहे हैं। बीयर का दौर अभी भी जारी है। मिहिर, अजीत और आलोक परिधि पर खड़े तालियाँ बजाते हुए कूल्हे भर हिला रहे हैं।

उस भीड़ के बीच भी मिहिर खयालों में खोया है—'ये सारे सोमरस

के सुरूर में झूम रहे हैं। ये लोग सूफी हैं, जो एक ही दैवीय शक्ति, सिविल सर्विस, की खोज में निकले हैं। इनमें महादेवता सी.एस. को रिझाने के अनुष्ठान की काबिलियत एक नशीला आत्मसंतोष भर रही है। वे सोम, कर्म, धर्म और बच्चन के मिश्रित मद में चूर हैं।'

अचानक मिहिर को अपनी बाजू पर एक स्पर्श महसूस हुआ। अजीत उसे भीड़ से बाहर खींच रहा था। मिहिर ने देखा कि वह थोड़ा संजीदा है। वह बोला, "मिहिर, चाहे जो हो, एक बार सी. एस. की दुनिया में कदम रखने के बाद मैं इसे हासिल करके ही रहूँगा।" वह अचानक एक कायर सिपाही से वीर योद्धा बन गया। मिहिर सोचने लगा, 'अजीत, मद में चूर है, इसलिए उसके भीतर की अभिलाषा यथार्थ बोध को चीरकर उभर आई है; कितना मधुर अहसास होगा, जब चेतना स्वप्न से ओत-प्रोत हो जाती है! पर जब मद टूटने पर यथार्थ बोध फिर से फैलेगा, तब?'

अजीत अचानक गाने लगा, "जुम्मा चुम्मा दे दे, गॉड सी.एस. दे दे, गॉड सी.एस. दे दे, दे दे!"

□

भूपर्यटक प्रो. कपूर

होली के बाद सारी दिनचर्या फिर से क्रमबद्ध हो गई। हर बीतते दिन के साथ परीक्षा की तैयारी गंभीर होती जा रही थी, क्योंकि प्रीलिम्स की आहट सुनाई पड़ने लगी थी।

"पश्चिम एशिया के लिए कोई विशेष क्लास ले लें क्या?"

"हर साल प्रो. कपूर अपने छात्रों का विशेष ध्यान रखते हैं। वे जानते हैं कि पश्चिम एशिया मुश्किल है। इस तरह हमारी सिरदर्दी कम तो जरूर होगी।" संदीप ने प्रस्ताव रखा।

"प्रीलिम्स की भसड़ के बीच?" उदय ने खिसियाकर पूछा। मिहिर ने हामी भरी।

"पर मैं बता रहा हूँ, पश्चिम एशिया को अनदेखा करने का खतरा मोल मत लो। तुम दोनों भी तो एम.ए. पूरा करना चाहते हो न?" संदीप उन्हें सी.एस. से झकझोरकर दूसरी सच्चाई भी दिखाना चाह रहा था।

"ठीक है, मैंने पिछले साल के प्रश्न देखे थे। सैंडी बहुत गलत नहीं बोल रहा है, थोड़ा गंभीर तो होना होगा। हमें इसके सामाजिक–धार्मिक हिस्से को थोड़ा गहराई से जानना होगा।" मिहिर उदय की तरफ देखकर बोला।

उदय मुसकराया; हालाँकि, सी.एस.की तैयारी के बीच एम.ए. के बढ़ते हुए दखल ने उसकी चमक को इन दिनों फीका कर रखा था। "तो आखिर में, हमें बरमूडा और पनामा हैटवाले काउबॉय को झेलना ही पड़ेगा। कैलिफोर्निया यूनिवर्सिटी से आकर प्रोफेसर कपूर लड़कियों को अपनी अमेरिकी वेश

भूषा से रिझाने में लगे रहते हैं। उन्हें पता है कि वेस्ट अब भी ईस्ट को बेहद आकर्षित करता है।"

"हाँ, सभी जानते हैं कि प्रो. कपूर लगातार नए शिकार की खोज में रहते हैं।" संदीप ने शरारती मुसकराहट ओढ़े हुए कहा, "कहते हैं कि स्पेशल क्लास भी उनकी स्पेशल इच्छाओं को संतुष्ट करने का एक माध्यम हैं।"

"क्या मैंने सही नहीं कहा था, पलक झपकते ही शासन बदल जाता है, यहूदियों को हटाया जाता है और वे फिर से आँख झपकते ही वापस आ जाते हैं। यहूदी, ईसाई और बाद में इसलाम कई तरह के वंशों और धर्मों के बीच जंग जारी है, कुल मिलाकर दिमाग को दही बना देता है।" पश्चिम एशिया की पहली क्लास से बाहर आते हुए संदीप बोला।

फिर वे तीनों समोसे और कॉफी के लिए कैंटीन गए। संदीप सिगरेट पीते हुए मुसकराहट के साथ धुँओं से संतोष के छल्ले बना रहा है। वह खुश है कि उदय और मिहिर एम.ए. की ओर भी ध्यान दे रहे हैं।

"अरे देखो, प्रो. अली!" मिहिर बोला।

"जब तक संदीप या मिहिर कुछ कहते, प्रो. अली ने उन्हें देख लिया था। वे संदीप और मिहिर को अच्छी तरह जानते हैं, क्योंकि वे के.एम.सी. में पढ़ाते हैं।

"नमस्ते सर!" वे तीनों एक साथ बोले।

"खुश रहिए! कैसे हो तुम लोग?"

"बढ़िया सर, ये उदय है। आप इस जगह कैसे?" संदीप ने कहा। इस बीच उदय ने समोसों और कॉफी का ऑर्डर दे दिया था।

"मुझे मेरी थीसिस के सिलसिले में डॉ. रफीक के साथ चर्चा करनी थी। तुम तो जानते हो कि मैं इन दिनों पी-एच.डी. कर रहा हूँ।" प्रो. अली ने कहा।

"जी सर, याद है। बड़ा दिलचस्प विषय है, मुगल शासनकाल में सामाजिक-धार्मिक नीतियाँ।" मिहिर आदरपूर्ण मुसकराहट के साथ बोला।

"सर, क्या आपको नहीं लगता कि अगर कट्टर औरंगजेब न होता तो उदारवादी अकबर का इतना नाम न होता?" संदीप ने मौका देखते ही वाद-विवाद चालू कर दिया।

प्रो. अली तत्काल बोले, "उदारवादी और धर्म-निरपेक्ष अकबर? डी.यू. वालों, तुमसे यह उम्मीद नहीं थी! मैं तो तुम्हें इतिहास के ऐसे होनहार छात्र समझता था, जो इसके विभिन्न पक्षों का सम्मान करते हैं!"

मिहिर बोला, "सर, यह सिविल सर्विस की तैयारी का असर है। यह खुद को एन.सी.ई.आर.टी. के नजरिए से इतिहास पढ़ने का प्रशिक्षण दे रहा है और राष्ट्रवादी दृष्टिकोण पर चल रहा है।"

प्रोफेसर सिविल सर्विस के बारे में सुनकर उदास हो गए, क्योंकि वे भी तीन बार परीक्षा में बैठ चुके थे। होनहार होने के बावजूद कभी बात नहीं बनी, क्योंकि इतिहास में ही अच्छे अंक नहीं आते थे। वे बोले, "पर मैंने कभी इतिहास को इतिहास की तरह पढ़ना नहीं छोड़ा। उदारवादी, धर्म-निरपेक्ष अकबर पर वापस आते हैं। मिहिर, इसके विपरीत तर्क दो।"

"सर, उसने पानीपत की दूसरी लड़ाई के बाद हेमू को मारा। चित्तौड़गढ़ किले को अधीन करने के बावजूद हिंदुओं का नर-संहार किया, ओडिशा, अहमदाबाद, कश्मीर और काबुल को जीतने के लिए 'दीन-ए-इलाही' के फलसफे के बावजूद हिंसा का आश्रय लिया। वह मूलतः एक साम्राज्यवादी था, जो अपने साम्राज्य का विस्तार चाहता था।"

"पर हम फिर भी अकबर को धर्म-निरपेक्ष क्यों कहते हैं? संदीप, तुम्हारी बारी?" प्रो. अली बोले।

"उसने अपने विस्तार की योजना को कार्यरूप देने के लिए पड़ोसी हिंदुओं को प्रसन्न किया और अपने साथ मिलाया। उसने जजिया कर हटा दिया, शांतिपूर्ण सह-अस्तित्व को बढ़ाने के लिए 'दीन-ए-इलाही' और 'सुलह-ए-कुल' को आरंभ किया।" उदय मनोयोग से सुनते हुए प्रो. अली को अपने जुड़ाव से प्रभावित कर रहा था। कॉफी खत्म हो चुकी थी और समोसों को किसी ने हाथ भी नहीं लगाया था।

"फिर भी, अकबर अपने पिछले और आने वाले शासकों से अलग है, क्योंकि उसने उदारवाद को साम्राज्यवादी लक्ष्यों को साधने के लिए प्राथमिकता दी, उदारवाद को अपना पहला अस्त्र बनाया। पर जहाँ जरूरत

पड़ी, हिंसा करने से बाज नहीं आया। मैं तुम्हें बताता हूँ, मेरे गहन शोध के हिसाब से कई दिलचस्प नजरिए उभरे हैं।" प्रो. अली लंबी चर्चा के लिए तैयार दिख रहे थे। "इतिहास में आप अपनी मरजी से अपने लिए तथ्य चुन सकते हैं। अगर आप चाहते हैं कि अकबर को धर्म-निरपेक्ष दिखाना है तो आप 'दीन-ए-इलाही' वगैरह को चुन सकते हैं और अगर आप उसे कट्टर साम्राज्यवादी दिखाना चाहें तो उसके हिंसात्मक पहलू को दिखा सकते हैं। राष्ट्रवादी इतिहासकारों को मध्यकालीन दौर में एक मॉडल की आवश्यकता थी, जो आधुनिक समय में धर्म-निरपेक्षता और उदारवाद को प्रोत्साहित करने के लिए एक प्रेरणास्रोत बन सके। इसलिए एन.सी.ई.आर.टी. ने अकबर को उदार दिखाया। सादे शब्दों में, आप अकबर के धर्म-निरपेक्ष होने के पक्ष और विपक्ष, दोनों के लिए ही तर्क दे सकते हैं।" प्रो. अली ने कहा। वे यह देखकर खुश थे कि लड़के सबकुछ कितने ध्यान से सुन रहे थे।

उदय ने मिहिर से हौले से कहा, "इसमें इतनी बड़ी क्या बात हैं ? हम तो अपने रोजमर्रा के जीवन में भी यही करते हैं। स्वयं को सही साबित करना!" उदय ने घड़ी देखते हुए एक बेचैन मुसकान दी।

प्रोफेसर अली भाँप गए कि उन लोगों को देर हो रही है। "मैंने तुम्हारा सी.एस. का बहुत सारा समय ले लिया, पर हमेशा याद रखना कि इतिहास में पूरी तरह वस्तुनिष्ठ होना, मरीचिका के पीछे भागने जैसा है। यह व्याख्या से जुड़ा विषय है और ये तुम डी.यू. वालों से बेहतर कौन जान सकता है? उम्मीद करता हूँ कि तुमसे फिर मुलाकात होगी। कक्षाओं से परे जाकर होनहार युवाओं से खुली बातचीत करने का अपना ही आनंद है।"

"होनहार युवा? क्या बकवास है! हमारी तो वाट लगी पड़ी है। अगले मंगलवार से हमारे साथ और अति होने वाली है। पहला एम.ए. पेपर ही 'साम्राज्यवाद का उत्थान और अवसान' है।" उदय को प्रो. अली के जाते ही खुलकर बात करने का मौका मिल गया।

"तुमने ठीक कहा। हमें जल्दी वापस चलना चाहिए।" मिहिर बोला।

"अरे यार, मेरे फोटोकॉपी किए हुए नोट्स क्लास डेस्क पर ही रह गए।

वे जरूरी हैं। चल, लेकर आते हैं।" उदय बोला।

"पर अब तक तो कक्षाओं मैं ताले लग गए होंगे!" संदीप बोला।

"शायद कोई मिल जाए!" उदय कक्षा की ओर चला तो वे दोनों भी साथ चल दिए।

उदय ने देखा कि कक्षा के दरवाजे बंद थे, पर बाहर से ताला नहीं था। उसने उन्हें खोलना चाहा तो पता चला कि अंदर से कुंडी लगी हुई थी। "चल, वापस चलें। कल सुबह देख लेंगे।" मिहिर बोला।

"रुक यार! अंदर से कुछ आवाज आ रही है। लगता है, अंदर कोई है।"

"शेरलॉक होम्स! स्टाफ ही होगा। खटखटाकर अपने नोट्स माँग ले।" संदीप बोला।

"हमें इतनी क्या पड़ी है?" मिहिर ने पूछा।

"अरे, ये तो भारी सुर में अंग्रेजी बोल रहा है कोई।" उदय पीछे हटने वाला नहीं था। उसने बंद खिड़की के सुराख से अंदर देखने की कोशिश की। भीतर झाँकने की कोशिश बेकार गई। फिर उदय रोशनदान के पास कुरसी खींचकर लाया, पर वह नीची पड़ रही थी।

"हममें से कोई उस ऊँचाईं तक नहीं पहुँच सकता, मेरी ऊँचाई भी कम पड़ेगी, हम अपनी पढ़ाई का समय नष्ट कर रहे हैं।" मिहिर ने उदय को फटकारा।

"मुझे काम पूरा करने दे। मुझे यकीन है कि तुझे रुकने पर पछतावा नहीं होगा।" उदय मसखरेपन से बाज आने वाला नहीं था।

अब मिहिर को भी जिज्ञासा हुई और वह खिड़की के पास आ गया। उसे एक लड़की का स्वर सुनाई दिया।

"अच्छा, एक-दूसरे के कंधों पर खड़े होकर वहाँ तक पहुँचते हैं, शायद बात बन जाए!" संदीप ने नाटकीय ढंग से कहा।

"पर मैं सबसे ऊपर रहूँगा।" उदय बोला।

"उदय मेरे कंधों पर खड़ा हो सकता है।" संदीप झट से तैयार हो गया।

"वाह, क्या नजारा है! बिना आग के धुआँ नहीं उठता।"

"तेरे वजन से मेरी हालत पस्त हो रही है, जल्दी बता, क्या नजारा है?" संदीप खीझकर बोला।

"काउबॉय प्रोफेसर कुमार दिव्या के साथ हैं। दिव्या उनकी जाँघ पर बैठी है। पश्चिम एशिया को गोली मार, प्रो. कपूर तो पूरे ग्लोब की सैर कर रहे हैं, दिव्या के बदन का शायद ही कोई अंग उनके हाथों और चुंबन से बच पा रहा है।" उदय रोशनदान से चिपका था।

"अगर उदय नहीं हटता तो तू हट जा और इसे रोशनदान से लटकने दे। पुश-अप मारता रहेगा, लटके-लटके।" मिहिर का मन भी शरारती हो चल था।

उदय नीचे उतरा तो संदीप की बारी आई। फिर मिहिर ने भी नजारे का मजा लिया।

प्रो. कपूर मेरी बारी आने तक चालू थे। "यार, इन्हें डर नहीं है कि कोई बाहर से ताला लगा देगा?' मिहिर सोच में पड़ गया।

"स्टाफ के हाथ गरम कर दिए होंगे। क्या छलावा है! स्पेशल कोर्स की स्पेशल क्लास! उन्होंने हाल ही में मसीहाई धर्मों के बारे में पढ़ाया था और अब धर्म पढ़ाने के बाद काम की शिक्षा दे रहे हैं।" उदय दबे अट्टहास के साथ बोला।

"यह वही दिव्या है, जिसे उन्होंने उसके शोध के लिए यू.एस.ए. स्पॉन्सरशिप दिलवाने का वादा किया है।"

वे लोग सारा दिन इस घटना को याद कर मजे लेते रहे। पर पहला पेपर सिर पर था, इसलिए तीनों ने अपना ध्यान फिर से पढ़ाई पर केंद्रित किय।

"मैं बतरा जा रहा हूँ। घर कॉल करना है। एक सप्ताह से बात नहीं हुई।" उदय ने डिनर के बाद कहा।

"ठीक है।" मिहिर बोला।

"इस दौरान हम लोग थोड़ा टहल सकते हैं। फिर बैठेंगे पढ़ाई करने।" संदीप ने मिहिर से कहा।

"जब भी सी.एस. की तैयारी करता हूँ तो एम.ए. सताने लगता है। इधर

कुआँ और उधर खाई!" मिहिर ठिठोली करते हुए बोला। हास्य विपत्ति को आसान करने का एक प्रभावकारी अस्त्र है।

"ज्यादा मत सोच। हम सब एक ही नाव पर सवार हैं।"

"पर आज दोपहर की घटना परेशान कर रही है। वह काउबॉय कैसानोवा का जीवन जी रहा है।"

जब वे दोनों टहलकर घर आए तो उदय कुछ उदास दिखा।

"सब ठीक है न?" संदीप ने पूछा।

"क्या हुआ? तेरे उदास होने से सब उदास होते हैं।" मिहिर ने उदय को मित्रता की पुचकार दी। पर उदय उदास ही रहा।

"ठीक है, चिंता मत करो। बस, मन थोड़ा हताश है।" उदय ने झूठी मुसकान ओढ़ते हुए कहा।

"बता तू, कुछ तो गड़बड़ है!" संदीप ने उदय को उकसाया।

"दोस्तों से कुछ नहीं छिपाते।" मिहिर बोला।

"मैंने माँ से बात की। कल वे बड़ी बहन के घर गई थीं, मेरी भाँजी की सगाई थी। सारा परिवार इकट्ठा था; उनकी चारों बहनें भी वहीं थीं। मेरे सारे कजिन सर्विस में हैं। आई.ए.एस., आई.पी.एस., रेवेन्यू, रेलवे आदि। उन्होंने बताया कि उनकी बहनें बात कर रही थीं कि उनके खानदान में एक और नौकरशाह का नाम जुड़नेवाला है। मेरी मम्मी ने कहा कि उन्होंने भी मेरे भावी प्रीलिम्स में पास हो जाने की डींग हाँकी। उनकी सारी उम्मीदें मुझसे हैं। जब से पापा गए हैं, उन्होंने ही हम सब को सँभाला है, वह नौकरी भी करने लगीं। आज मन पर बड़ा बोझ है। मैं माँ के लिए सिविल सर्विस हासिल करना चाहता हूँ।" उदय भावुक हो चला।

"चिंता मत कर। तू जरूर सफल होगा। सी.एस. का रास्ता दिमाग में अंकित है और तू तो इसके गुर हम सबों से ज्यादा जानता है। तू तो हम लोगों में जोश फूँकता है।" मिहिर बोला और संदीप ने उदय के कंधे पर दोस्ती का हाथ रखा।

"मैं ठीक हूँ। मैं नोट्स और बाकी चीजें सहेजता हूँ।" उसने नोट्स के

तीन ढेर बनाए और उसे सबके लिए करते देख–देखकर मिहिर दोस्ती की भावना से लबालब हो गया। वह सोचने लगा, 'हम सभी सिविल सर्विस की प्रतियोगिता में हैं, पर फिर भी हमारे पास जो भी है, सब आपस में बाँट रहे हैं, स्पर्धा की भावना से बिल्कुल परे। उदय सी.एस. अपनी माँ के लिए चाहता है, संदीप को अपने पिता तथा अपर्णा के लिए चाहिए और मुझे? अपने पिता, परिवार या समाज के लिए? संदीप और मैं उदय को सी.एस. के लिए परेशान देखकर चिंतित हुए। वह हमारे लिए आत्मविश्वास का दूसरा नाम है। हम उसकी बनाई रणनीति पर चल रहे हैं। उसके बताए नोट्स से पढ़ रहे हैं। वह कोचिंग क्लासों का प्रबंध देख रहा है और एम.ए. के प्रयासों को सीमित करने की सफल कोशिश कर रहा है, ताकि सी.एस. की तैयारी को वो प्रभावित न कर पाएँ। वह संदीप के बार–बार एम.ए. की ओर भाग जाने की प्रवृत्ति और जुनूनी बहसों को सीमित रखता है। मेरे दार्शनिक मन को भटकन से वापस राह पर लाने की कोशिश करता है। वह जो खुद सही समझता है, वही करता है; अपनी इच्छाओं को खुलकर प्रकट करता है; संजना से अपने खुले रिश्ते के बारे में खुलकर बात करता है। उसे अपना आकर्षक व्यक्तित्व गौरवपूर्ण ढंग से दिखाने से कोई परहेज नहीं है। वह आत्मविश्वास की प्रतिमूर्ति है, जो हमेशा स्वयं पर नियंत्रण रखता है। इसके विपरीत, मुझे हमेशा अपनी योग्यता और गुणों पर संदेह होता है। मैं सोचता हूँ कि सी.एस. की पहली कोशिश को अनुभव के तौर पर लेना चाहिए, पर अगले साल मंडल–आरक्षण के कारण हमारे लिए रिक्तियाँ कम होंगी। उदय तो पहले ही प्रयास में सफल होना चाहता है। उसकी सकारात्मकता लोगों का दिल जीत लेती है। आत्मविश्वास वाकई आकर्षण की आत्मा है।'

□

कृष्ण का आह्वान

"हे भगवान्! एक बार ये पेपर हो जाए तो चैन-ही-चैन होगा।" मिहिर हाथ में पकड़े नोट्स मेज पर पटकते हुए वेस्ट एशिया पर गुस्सा उतारने लगा। यह सब कितना उथल-पुथल और कोलाहल से भरा है; यहूदी अपने घरों से विस्थापित हुए, कभी न खत्म होने वाला विस्थापन! और उनके ऊपर शासन हुआ कभी असीरिया का, कभी फारस, कभी बेबीलोन, और फिर रोमन साम्राज्य का।

"मैं खुश हूँ, कल इससे निजात मिलेगी, जैसे यहूदियों को मिस्र से रिहाई मिली। पर अगर यही पेपर अगले साल दोबारा देना पड़ा तो वाकई इससे बुरा कुछ नहीं हो सकता।" उदय ने कहा।

"पर यहूदियों पर तरस आता है। उन्हें हमेशा के लिए 'देश निकाला' मिला और प्रजातंत्र, मानवतावाद, मानव अधिकार और शांति के बड़े-बड़े दावों के बावजूद उन्हें अपने लिए अभी तक घर नहीं मिला।" संदीप बोला।

"तुम लोग फिर से वाद-विवाद करने लगे। मुझे चिंता हो रही है कि पेपर में कैसे और क्या लिखना है? हमने यह सब अपनी ग्रैजुएशन में भी कभी नहीं पढ़ा था।" उदय बोला।

"मैं सी.एस. की बात कर रहा हूँ। मेंस में अराफात बनाम शेरॉन करेंट अफेयर्स का बड़ा हिस्सा होगा, क्योंकि फिलिस्तीनी संघर्ष अब भी गरम है।" संदीप बोला, वह खुश है कि उसे अपने इतिहास के वाद-विवाद के लिए सी.एस. का सहारा मिल गया है।

"संदीप जब तक अपने मन की नहीं कर लेता, उसे चैन नहीं आता। मैं देख सकता हूँ कि इसके दिमाग में यहूदी घूम रहे हैं। अगर बात को कम शब्दों में कहना हो तो यहूदियों के पास कॉन्स्टेंटाइन जैसा राजा नहीं था, जो उनके धर्म को शक्तिशाली बना पाता, उसका भरपूर प्रसार, प्रचार करता। उसने ईसाई धर्म को राजकीय धर्म बना दिया, जिससे उसको भरपूर बल मिला।" मिहिर ने अपने दिमाग की हलचल के बीच अपनी टिप्पणी दाग दी।

उदय अचानक बोला, "इसका मतलब कि उनके भगवान् को अपकीर्ति से बाहर आने के लिए किसी राजा की आवश्यकता पड़ी!" उदय ईश्वर पर निशाना साधने का कोई मौका हाथ से जाने न देता।

"हाँ, असल में उनके पास सेंट पॉल जैसे प्रचारक भी नहीं थे, जो यूरोप से भी परे धर्म का प्रचार कर सकते थे।" संदीप भला बहस में कैसे पीछे हटता। वह तो खुश था कि उदय इस चर्चा में रस ले रहा था।

मिहिर ने ध्यान दिया कि इस बात को सुनकर उदय मुसकरा रहा है।

"तुम्हें नहीं लगता कि धार्मिक साम्राज्यवाद का अलग से अध्याय होना चाहिए?" मिहिर उदय से मुखातिब था।

"तुमने ठीक कहा। यह साम्राज्यवाद है। यहाँ तक कि ईश्वर-पुत्र जीसस को भी अपनी सीख के प्रसार के लिए मनुष्य पर निर्भर होना पड़ा, वो सीख, जो मूसा के नियमों से बहुत अलग नहीं थी।" संदीप बोला।

"जब हम इजराइल बनाम फिलिस्तीन पढ़ेंगे, तब इसके बारे में बात होगी। अभी तुरंत आने वाले कल पर ध्यान दें। हमें सैंडी के क्लास नोट्स देखने होंगे, समय कम रह गया है।" उदय ने बहस को समाप्त करते हुए कहा।

एम.ए. के पेपर पूरे हुए और संदीप ने कक्षा से बाहर आते हुए मिहिर और उदय को देखकर इशारा किया कि बुरी तरह से वाट लगी है।

"यार, चार शॉर्ट नोट्स में से ढाई ही किए।" संदीप गुस्से से बोला।

"हद है! पिछले साल के पेपर भी देखने चाहिए थे। मैंने सुना कि दो प्रश्न तो उसमें से ही दोहराए गए। मसीहाई धर्मों का महत्त्व हमारे नोट्स में

नहीं था।" मिहिर ने चिंतित होते हुए कहा।

"पर हमने वेस्ट एशिया को आधे से ज्यादा समय दिया। ऊपर से कई क्लासेज भी अटेंड कीं। सुना है कि पेपर तो ये काउबॉय दिल खोलकर जाँचता है। वैसे भी उसे स्पेशल क्लास का मजा मिल चुका है; हो सकता है कि इच्छा-तृप्ति से खुश होकर हमारा बेड़ा पार कर दे!" संदीप ने फिर से मसखरी से फिक्र को धुएँ में उड़ाना चाहा।

"देखो, सुधीर द ग्रेट आ रहे हैं।" संदीप ने इशारा किया।

"अब पेपर की बातें बंद करो। आज शाम की बीयर पार्टी का क्या करना है?" सुधीर पार्टी के लिए बेचैन दिखाई दिया।

"बेशक, हमारे घर आ जा। हमने सैंडी के किशोर के गानों के साथ बीयर और चिकन प्लान किया है। राजन को भी ले आना।" उदय ने हमेशा की तरह खुशमिजाजी से कहा।

वे लोग कैंटीन गए तो उदय ने किसी की तरफ देखकर हाथ हिलाया।

"तुम लोग चलो, मैं अभी आया।" वह उस ओर चल दिया।

"आह, ये तो संजना है।" मिहिर बोला।

"यह तो ऐसे पेश आ रहा है, मानो प्रीलिम्स है ही नहीं! देखो तो, खुले साँड़ की तरह चल रहा है।" संदीप ने मुसकराते हुए कहा।

"अपर्णा का ध्यान आ गया?" सुधीर के चेहरे पर वही दबी मुसकान बिखर गई।

"नहीं यार! पंद्रह दिन में एक मीटिंग का कोटा तय है।"

"पर तेरी सारी मुलाकातें एक जैसी नहीं होतीं। उस मीटिंग का क्या, जो हमें यहूदियों की तरह देश निकाला' दे देती हैं?" मिहिर भी मजाकिया माहौल में शामिल हो गया।

"होगी, फिर से होगी, जल्दी होगी।" संदीप दबंग हो उठा।

उदय और संजना भी वहीं आ गए।

"यह संजना है। राजनीति विज्ञान में एम.ए. कर रही है। लाइब्रेरी से पुस्तकें लेने आई थी। तुम सबसे मिलना चाहती थी। ये मेरे दोस्त है—संदीप,

मिहिर और सुधीर।" उदय ने सबसे मिलवाया।

"यह अकसर तुम्हारी बातें करता है।" संदीप ने संजना से कहा।

"मेरी बात करता है? उदय? यकीन नहीं आता, पर···।" संजना ने मुसकराकर शरमाते हुए उदय को देखा।

"तुम इस टाइप के लोगों को नहीं जानतीं।" संदीप ने मिहिर और उदय की ओर इशारा किया। "क्यों, तुमसे शायद खुल के नहीं कह पाता हो। पर याद रखो, मेरा मानना है कि ईगोइस्ट लोग थोड़े कमजोर होते हैं, अगर कोई इनका प्रशंसक हो जाए तो ये आसानी से उसे जाने नहीं देते। अगर तुम इनकी ईगो को तुष्ट न करो तो ये तड़पने लगते हैं। इन पर ध्यान देते रहो तो फिर ये शेर बिल्ली बन जाएँगे।"

"और तू अपने बारे में बता?" उदय बोला। "क्या तुझे अच्छा नहीं लगता कि कोई तुझसे आकर्षित हो या प्रशंसा करे? तारीफ और तवज्जो तो सबको पसंद आती है।"

"पर मैं इस मामले में बौद्ध हूँ, पैर जमीन पर रहता है मेरा, और मध्यम मार्ग अपनाता हूँ। मैं अपने अहं के कारण दूसरों की सहनशक्ति को नहीं परखता। मैंने बिना किसी अहं के पहले-पहल की मुलाकातों को संबंध में बदल दिया।"

"आह, तुम लोग बच्चों की तरह लड़ रहे हो! हम सब सोच और व्यक्तित्व में एक-दूसरे से अलग होते हैं, फिर ये बहस क्यों?" संजना ने सबको शांत किया।

"नहीं, नहीं! हमारे बीच यह बौद्ध बनाम निरंकुश बनाम साम्यवादी बहस आम बात है। यही तो हमारी दोस्ती की सुंदरता है, अलग हैं एक-दूसरे से, लेकिन साथ हैं एक-दूसरे के।" मिहिर की चिर-परिचित गहनता उसके चेहरे पर बिखर गई।

सबने नोक-झोंक के बीच कॉफी पूरी की और संजना चलने को तैयार थी। उदय संजना को बस स्टैंड तक छोड़ने गया और उन्हें वहीं इंतजार करने को कहा।

"एक बात पूछनी थी। आज तुम इतनी खोई-खोई क्यों हो ?" उदय ने संजना से पूछा।

"नहीं, कुछ खास नहीं।"

"बताओ भी, क्या हुआ ? मुझे साफ दिख रहा है।"

"मेरी बस आ गई है, यह निकल गई तो दूसरी बस मिलनी मुश्किल होगी।" संजना बोली। "आज तुम्हारे दोस्तों से मिलकर अच्छा लगा। तुम्हारे प्रीलिम्स के बाद मिलते हैं। तुम पढ़ाई में लगे हो और मुझे भी जे.आर.एफ. (जूनियर रिसर्च फेलोशिप) की तैयारी करनी है।"

"ठीक है, कॉल करना।"

वह बस में चढ़ी और उदय उससे हाथ छुड़ाकर जाने को मुड़ा।

तभी उसे संजना की आवाज सुनाई दी।

"उदय!" वह हैरानी से मुड़ा तो वह वहीं खड़ी थी।

"मुझे लगा कि तुम्हें बता देना चाहिए।"

"बेशक! क्या हुआ ?"

"मेरी छोटी बहन किसी के साथ भाग गई। वह उसके साथ हंसराज कॉलेज में था। वे शादी करना चाहते थे, पर मेरे माता-पिता को इस शादी से इनकार था, क्योंकि हम पंजाब के ब्राह्मण हैं और वह मोना पंजाबी है। घर में तनाव का माहौल है।"

"कुछ पता है कि वह किस जगह हो सकती है ?"

"पापा का कहना है कि चिंता करने को कोई जरूरत नहीं; बहुत गुस्से में हैं।"

"पंजाब जैसी जगह पर भी जाति की समस्या है ? यह तो विकसित राज्य है। दोनों एक-दूसरे को पसंद करते हैं और जब तक कोई बड़ी परेशानी न हो, तो यही अपने आप में उनके साथ होने की पूरी वजह है।"

"घर जाने का मन नहीं हो रहा। बहन के साथ सबकुछ बाँटती थी, हर तरह के अहसास! अब घर में दम घुटता है।"

"मानता हूँ। माता-पिता के साथ कितनी भी करीबी हो, पर उनसे अपनी

सारी बातें नहीं कह सकते।"

"जब तुम लोगों को साथ देखा तो लगा कि इस तरह आजाद होकर जीना कितना अच्छा लगता होगा!"

"क्या तुम थोड़ी देर रुक सकती हो? वे लोग इंतजार में हैं, उन्हें बताकर वापस आता हूँ।" उदय बोला।

"नहीं-नहीं, मुझे वापस जाना है। मम्मी को चिंता होगी। इन दिनों मुझ पर भी शक करने लगे हैं ये लोग।"

"पर तुमने तो बस छोड़ दी?"

"कोई नहीं, अगले स्टैंड से डी.टी.सी. ले लूँगी। बस, तुमको बताकर मन हलका हो गया। तुम्हें किसी बात के लिए इनकार नहीं कर सकती।" संजना एक भीनी मुस्कान के साथ बोली, आँखों में नमी की चमक थी।

उदय एक विचित्र से आकर्षण, स्नेह और अधिकार के मिले-जुले भाव से घिर गया। वह खुद को एक साथ मजबूत और कमजोर महसूस कर रहा था। उसके लिए भावात्मक जुड़ाव से दूर रहने का संकल्प उस क्षण चुनौती बनता जा रहा था। वह संजना को कुछ कहे बिना देखता रहा। वह 'बाय' करके मुड़ी और चल दी, पर उसने मुड़कर फिर से उदय को देखा। उस एक क्षण में वे एक साथ विदा भी हो रहे थे और मिल भी रहे थे।

"क्या उसके साथ अगली डुबकी की तैयारी चल रही थी? बस, हम तेरे ही पीछे आ रहे थे।" संदीप बोला।

पहली बार उदय को संदीप की इस तरह की बात थोड़ी नागवार गुजरी, जेहन में एक खट्टापन छोड़ते हुए उदय अपनी भावनाओं को काबू करने की कोशिश कर रहा था। उसे खुद से लड़ना पसंद था।

"कोई इमोशनल मामला है? तू सेंटी लग रहा है।" सुधीर बोला, पर उदय उत्तर नहीं देना चाहता था।

शाम को उन्होंने एम.ए. के पेपर समाप्त होने की खुशी में जाम उठाए। बहादुर को पैसे देकर देर तक रोक लिया गया। इसके अलावा सुधीर, अजीत और आलोक भी शाम में मस्ती घोलने आ गए।

"तू दोपहर को क्या कह रहा था? तू बौद्ध है, जो मध्यम मार्ग अपनाता है? ईगोइस्ट कमजोर होते हैं।" उदय ने संदीप पर कटाक्ष किया।

"बिल्कुल।"

"तब तो तेरे तर्क के हिसाब से कृष्ण कमजोर थे! वे भी ईगोइस्ट थे, क्योंकि उनका अपनी भावनाओं पर वश था, रिश्तों को भी अपने लक्ष्य के हिसाब से चलाते थे और अपनी इच्छाओं को अपनी शर्तों पर जीते तो थे ही। उन्होंने राधा से प्रेम किया, पर विवाह रुक्मिणी से किया, असंख्य गोपियों की बात तो छोड़ ही दो। उनसे ज्यादा शक्तिशाली तो कोई भी नहीं है। महाभारत जैसा महायुद्ध भी उन्होंने अपनी ही शर्तों पर चलाया।

जबकि बौद्ध तो बोरिंग होते हैं, जब ये मध्यम मार्ग की बात करते हैं तो ये इश्कबाजी से मिलने वाले मजे नहीं ले सकते। किसी लड़की को अपनी शर्तों पर जीतने का नशा तू क्या जाने?" उदय ने अपनी दबंग शैली में अपना विपरीतात्मक तर्क रखा।

"पर क्या तुझे नहीं लगता कि यह रासलीला का संबंध प्रेम तक पहुँचना चाहिए और फिर रिश्ते मैं तब्दील होना चाहिए? यही तो शांति की चाबी है। ऊपर से दूसरों को कष्ट भी नहीं होता है। कृष्ण को रासलीला और प्रेम दोनों सँभालने में बहुत तनाव का सामना करना पड़ा होगा।" संदीप ने मुसकराते हुए उदय को देखा, जो कृष्ण पर अपने तर्क को ज्यादा ही दूर तक खींच ले गया था।

"बिल्कुल नहीं, कृष्ण और तनाव? किस आत्मविश्वास से अपनी मरजी चलाते रहे, और दुनिया को व्यावहारिक दर्शन से परिचित कराया, जीने का सही अंदाज! अगर लक्ष्य और मंशा सही है तो झूठ, बदला, धोखा सब जायज है! पता है ना कि भीष्म, द्रोणाचार्य और जयद्रथ को कैसे छल से मारा?" उदय ने बीयर की एक लंबी घूँट गटकते हुए कहा। "वैसे भी सिंह राशिवाले शेर होते हैं, वे तनाव देते हैं, लेते नहीं। जन्माष्टमी कब आती है?" उदय कृष्ण की राशि से अपनी राशि मिलाते हुए दमक उठा।

"पर कृष्ण वास्तविकता से परे मिथ्या है, यथार्थ नहीं।" संदीप ने फिर अपना इतिहास का ज्ञान बघारा।

"अपने ज्ञान को बढ़ाओं। बेत द्वारका की खुदाई और खोज के बारे में पता नहीं तुझको? दूसरे तथ्य भी खोज लिये गए हैं, जो कृष्ण के होने का ऐतिहासिक प्रमाण हैं। वह इतिहास का एक हिस्सा थे। यदि वे भगवान् होते तो मैं उनका नाम ही न लेता। तुझे पता है, ईश्वर मुझे आकर्षित नहीं करता।"

"तुम दोनों ने चुप न होने की ठान ली है।" मिहिर बीच में आ गया।

"नहीं-नहीं, इसमें तो बहुत मजा आ रहा है। इतिहास का अध्ययन भी हो रहा है साथ-साथ।" सुधीर अपनी दबी हुई मुसकराहट के साथ बोला और राजन ने भी सहमति में सिर हिलाया। राजन उदास है कि मेंस में सफल नहीं हो पाया। आलोक का भी यही हाल है।

"अभी मेरी बात खत्म नहीं हुई। सैंडी को तो मैं बौद्ध भी नहीं मानता, मध्यम का मतलब है, दो के बीच होना, तुम तो एक ही राह पर जमे हो, प्रेमिका को ही पत्नी बनाने पर तुले हो! तो दूसरी कहाँ है?"

उदय का तर्क सुनकर सबके बीच भारी ठहाका गूँज उठा।

संदीप तब भी नहीं सँभला, हालाँकि, वह जानता है कि उदय की बुद्धि फिर जाए तो वह तर्क को कहीं भी खींच ले जा सकता है। "यार! तू समझा नहीं। यहाँ मध्यम मार्ग से मतलब प्रेम और रिश्ते के बीच का मार्ग है और मैं मध्यम मार्ग को अपनाते हुए उसी लड़की से विवाह करूँगा, जिससे प्रेम करता हूँ।"

मिहिर आगे आ गया, उसे लगा कि इस तरह तो यह बहस चलती रहेगी। "मैं एक बात बता देता हूँ। उदय गुस्सा इसलिए है कि तुमने उसे संजना के सामने कमजोर कहा। इसी का बदला ले रहा है। मैं तुम्हें इसका एक किस्सा सुनाता हूँ। पिछले घर में एक बार यह अपने साथ रहने वाले बृजेश से लड़ाई कर गुस्से में घर से बाहर निकल गया। बृजेश ने अकेलेपन का फायदा उठाते हुए गुस्से में उसके बिस्तर पर अपनी वासना को प्रवाहित किया। उदय को वापस आकर पता चला तो यह बोला तो कुछ नहीं, पर अगले रविवार, जब बृजेश दोपहर को अपने अंकल के घर से वापस आया तो उसने दरवाजा खटखटाया, दरवाजा नहीं खुला। कुछ देर बाद उदय ने दरवाजा खोला। बृजेश

अंदर गया तो संजना को अपने बिस्तर पर देखकर दंग रह गया। साफ दिख रहा था कि वे दोनों कामुकता में लिप्त थे और वासना को वैसे ही प्रवाहित किया गया था। तो दोस्तो! यह उदय है, कृष्ण का परम भक्त, यह सही मायनों में महाभारत की तरह बदला लेना जानता है।"

हॉल में फिर से ठहाके गूँजने लगे।

उस समय संदीप को वह दिन याद आया, जब वे प्रो. अली से मिले थे, जब उदय ने कहा कि लोग किसी तरह ऐसे तथ्यों का पता लगा लेते हैं, जो उनके विश्वास, व्यवहार और कर्मों को सही ठहराते हों। संदीप का बहस करने का जोश जाता रहा।

शाम बीयर और गप्पों के बीच आगे बढ़ी। संदीप ने किशोर के गानों से समा बाँधा और फिर अजीत की नकल उतारी गई। डिनर के बाद सब अपनी-अपनी राह चलने को तैयार हुए।

"आज से बीस दिन बाद हम प्रीलिम्स के सामने होंगे।" सुधीर की एक बात ने सबका नशा हिरन कर दिया।

पार्टी खत्म हुई और विदा लेने का समय था। वे सी.एस. के बारे में बातें करते हुए बाहर निकले। तिकड़ी सुधीर, राजन, अजीत और आलोक को विदा करने के बाद अंदर वापस आ गई।

□

सी.एस. पर चढ़ाई

प्रीलिम्स से पहले का दिन था। तीनों अपने सारे नोट्स, पुस्तकें, अखबार और पत्रिकाओं को खँगाल रहे थे। अचानक उन्हें लगा कि दिमाग से सब बाहर निकल रहा है! उन्हें लगा कि एक ही दिन में सबकुछ दोहराना मुश्किल है। उन्हें घबराहट होने लगी। तब उन्होंने तय किया कि वे उस बड़े दिन से पहले आराम करेंगे और बतरा तक सैर करने निकलेंगे। पर तीनों के दिमाग इस तरह प्रीलिम्स पर केंद्रित थे कि बतरा भी उसे मोड़ न सका।

"मुझे लगता है कि हमें वापस जाकर झट से थोड़ा करंट अफेयर्स देखना चाहिए।" मिहिर बोला।

"बिल्कुल नहीं। अब कुछ नहीं, वरना अनायास घबराहट बढ़ेगी।" उदय की निश्चितता कायम रही।

मिहिर, उदय और संदीप बतरा से लौटकर अपने निश्चित समय से पहले ही सोने गए, पर नींद से संघर्ष करते रहे। रात के दौरान मिहिर और उदय ने एक-दूसरे से दो बार पूछा कि क्या उठने का समय हो गया था? संदीप गहरी नींद सोया। उस रात की कई सुबहें हुई।

"हाहाहा!" मिहिर ने संतोष की साँस ली।

"मुझे लगता है कि परचा ठीक ही हुआ।" संदीप ने खुशी से कहा।

"आशा से बेहतर ही हुआ है।" उदय ने सिर हिलाते हुए कहा।

"हालाँकि, कुछ सवाल अनपेक्षित थे, हम शाम को स्कोर चेक कर सकते हैं। काश, उड़कर घर चला जाता, आज तो जान ही निकली पड़ी है।" उदय ने आह भरते हुए कहा।

"तुझे अपनी उड़ान के लिए सोमरस नहीं मिलने वाला।" संदीप बोला।

"मुझे लगता है कि हम एक ऑटो तो ले ही सकते हैं। बस लेने का मन नहीं हो रहा।" मिहिर बोला।

सारे एम.एन. के छोकरे अपना अंतिम स्कोर देखने के लिए एक जगह जमा हुए। यह प्रक्रिया किसी खुदाई से कम न थी, पाँचवीं कक्षा की एन.सी.ई.आर.टी. तक मामला पहुँच गया। कुछ गलत होने का मतलब था, सबकुछ गलत होना। किसी प्रश्न का संदेहपूर्ण उत्तर का सही हो जाना, यानी ईश्वरीय चमत्कार। तीनों इस मैराथन के बाद आशान्वित हो उठे।

"हद हो गई, मुझे तो लगा था कि पर्चे के बाद चादर तानकर सोना है, पर नींद ही नहीं आ रही।" उदय ने घंटे भर करवट बदलने के बाद कहा।

मिहिर दूसरे कमरे से बोला, "उत्तेजना नींद निगल लेती है।"

संदीप बोला, "हमें आज सोमरस ही सुला सकता है।"

"उसके लिए तो कल का दिन मुकर्रर है। मेरे पुराने ठिकाने पर चलेंगे। अगर सोमरस के आगोश में जाना है तो वह सबसे सही जगह है। बृजेश से बेहतर कौन सोमपान करा सकता है!" उदय ने पहले ही सब तय कर रखा था।

"पर अब तो तुम दोनों साथ नहीं रहते।" संदीप ने आशंका जताई।

"हाँ, पर बचपन की यारी कभी टूटती है क्या?" उदय थोड़ा भावुक हो चला।

"इसका मतलब हम महफिल की तैयारी के झमेले से बच गए। उसका कुक बढ़िया स्नैक्स भी बनाता है।" मिहिर उत्साहित था।

अगला दिन आराम का दिन था। तीनों ने आभास सिंह की मेंस के सामान्य ज्ञान की कोचिंग में नाम लिखवाने का निर्णय लिया। उदय ने उनकी मंजूरी ले ली और बस, दाखिले की औपचारिकता ही शेष रह गई थी। फिर शाम का खयाल उन्हें गुदगुदाने लगा।

उदय ने कहा, "बृजेश मस्त है। कोई बड़ी आकांक्षा नहीं पालता, दूसरों की खुशी जी भरकर मनाता है, हर किसी को दिल खोलकर खिलाता है, वह

शराब के साथ महफिल का रंग जमाने में माहिर है।"

"तो तुझे यकीन है कि पहली बार में सी.एस. का काम तमाम होगा?" बृजेश ने अपने लिए बीयर का तीसरा गिलास ढालते हुए कहा।

"दो गिलास बीयर से मेरा कुछ नहीं बनता। प्रीलिम्स का तो अभी आधा सफर भी नहीं हुआ।" उदय ने बृजेश से कहा।

"यानी प्रीलिम्स का नशा सिर पर चढ़ाने के लिए कई गैलन बीयर चाहिए!" संदीप एक लंबी मुसकराहट के साथ बोला। वह अपना गिलास खाली कर और बीयर ढालने लगा था।

"पर छोटी सफलता के लिए इतना काफी है।" मिहिर ने ये कहते हुए अपना गिलास खाली कर दिया।

"छोटी! उनसे पूछो, जिन्हें यह सफलता नहीं मिल पातीं! पहला कदम छोटा नहीं होता। बुनियाद का पत्थर किसी को नहीं दिखता।" बृजेश का दर्शन मिहिर के दर्शन से टकराया।

उदय पहले ही बता चुका था कि बृजेश पार्टी एनिमल था। वह सबकुछ थोड़ा-थोड़ा जानता था, जैसे—शेरो-शायरी, कविता, कमाल की हास्य कला, संगीत में दखल, खासतौर पर गजल। वह साल्सा से लेकर सड़कछाप डांस तक कर लेता था। बुद्धिजीवी जमावड़े पर काबू पाने के लिए करेंट अफेयर्स की पूरी जानकारी रखता था। बृजेश ने अपने व्यक्तित्व को इस तरह गढ़ा था कि वह प्रचुर मात्रा में सोम पैदा कर सके। वह अति आत्मविश्वास से भरपूर, एक ऐसा बातूनी इनसान है, जो कई बार दूसरों को आकर्षित करने के चक्कर में उन्हें विकर्षित कर जाता था। अति सर्वत्र वर्ज्यते! उसके इस बड़बोलेपन से उदय अकसर भड़क जाता था। दोनों की जुबानी जंग फिर देखने लायक होती थी।

तो पार्टी देर रात तक जारी रही। जब सब पर सोम की मदहोशी छा गई, तब जाकर डिनर परोसा गया। फिर विदा लेने की बारी आई। तीनों हलके से डगमगाते हुए बाहर निकले।

"एक बात बता दूँ, मैं जानकर बाथरूम नहीं जाता, ताकि बीयर पीने के

बाद खुले में मूत्र विसर्जन करते हुए आजादी महसूस की जा सके, यह एक अतुलनीय रोमांच है।" उदय की आवाज मदहोश थी। तीनों ने इस अदभुत आजादी का मजा लिया। सफलता की आशा और बीयर के कॉक्टेल के मद में चूर वे अंततः अपने फ्लैट पहुँच गए।

अगले दिन संदीप ने ऐलान किया, "तुम दोनों आज दोपहर मूवी देखने जा रहे हो। तुम्हारी भाभी आ रही है।" वह हमेशा सबको बिल्कुल वक्त पर ही बताता था, क्योंकि उसे लगता था कि उसका प्लान बदल सकता है। और इसका एक बड़ा फायदा ये भी था कि वह उन दोनों की शरारत का शिकार ज्यादा समय तक होने से भी बच जाता। कई बार तो मिहिर और उदय को समय काटने के लिए बी ग्रेड मूवी भी देखनी पड़ती। पर दोस्ती में ऐसी दिक्कतें भी दिलकश लगती हैं।

"प्रीलिम्स का जश्न मनाना है? नतीजे तो अभी आए नहीं। पर तू भी कमाल है, इधर परीक्षा खत्म और उधर भाभीजी का पदार्पण!" उदय ने संदीप की चुटकी ली।

"आज देखने लायक कोई मूवी नहीं है।" मिहिर ने संदीप को छेड़ने के लिहाज से कहा।

"तुम दोनों बड़े मौकापरस्त हो। ठीक है, जितना जी चाहे मुझे परेशान कर लो, मेरी बारी भी आएगी।" संदीप भावुक हो गया। फिर मिहिर की ओर मुड़कर बोला, "बतरा पर 'खिलाड़ी' लगी है और उस दिन तू कह रहा था कि तुझे यह गाना बड़ा पसंद है, 'वादा रहा सनम, होंगे जुदा न हम। चाहे ना चाहे जमाना।' तूने कहा था कि इसका गायक तुझे किशोर कुमार की याद दिलाता है।"

"वाह, क्या बात है! तू चाहता है कि तेरी प्रेम-कहानी के लिए यह गीत गाया जाए! चलो, राँची में इसके बड़े भाई और अंकल को कॉल करो। वे लोग यह गाना सुनने के लिए सही रहेंगे।" उदय ने ठहाका लगाया।

"ठहर जा, तू अपनी संजना को आने दे।"

"वह तो आज ही आ रही है। पूरा दिन साथ रहेंगे।" उदय ने संदीप के

आगे बृजेश के कमरे की चाबी नचाते हुए कहा, "जब भी बृजेश बाहर जाता है तो चाबी उदय को दे देता है, ताकि वह संजना के साथ समय बिता सके।"

"कितना चालाक निकला!" संदीप ने मिहिर से कहा, "पर मिहिर, तेरा क्या?"

"कोई बात नहीं। मैं सुधीर के साथ रहूँगा। वैसे भी 'हारीज' के बारे में उसके प्रवचन बहुत दिनों से नहीं सुने।" मिहिर ने कहा, पर दिल में एक कसक सी कौंध गई थी।

"आह, किसे पता था कि तू भी आज व्यस्त है!" उदय ने संदीप से कहा, उसे मिहिर को अकेले छोड़ने में बुरा लग रहा था।

सब तय हो चुका है। संदीप अपर्णा से अपने फ्लैट में मिलेगा, उदय संजना से बृजेश के फ्लैट में मिलेगा और मिहिर सुधीर के साथ रहेगा। संदीप रसोई में खास खाना तैयार करवा रहा था और उदय बाथरूम में था। मिहिर बिस्तर पर बैठा अखबार पढ़ते हुए सोच रहा था—'जब संदीप और अपर्णा कामुकता की लहरों में गोते लगा रहे होंगे तो यह बिस्तर उनके संगम का साक्षी होगा।' दिमाग में इस तरह का दृश्य कौंध जाए तो रील चलनी बंद ही नहीं होती। कई और चित्र दिमाग में तैरने लगे—'उदय और संजना, मुकेश और उसकी मकान मालकिन, बतरा की सैर के दौरान एक अफगान युवती का मिहिर को चाहत भारी नजरों से ताड़ना और फिर ज्योति! काश! मैं भी ज्योति की तरफ कदम बढ़ा पाता और उदय और संदीप की तरह कर्तव्य और इच्छा के बीच संतुलन साध पाता! पर अगर कहीं भावनाओं के भँवर में उलझ गया तो?'

मिहिर बहादुर और उदय के जाने के बाद आखिर में निकला। उसने संदीप और अपर्णा को अंदर छोड़कर बाहर से ताला लगा दिया। उसने चाबियों को अंदर खिड़की पर रख दिया।

वह सुधीर के पास गया तो वह राजन के साथ हॉल में था।

"हाय सुधीर! हाय राजन!"

"हाय मिहिर! तेरी ही बात कर रहे थे। संदीप और उदय किधर हैं?" सुधीर ने पूछा।

मिहिर ने रहस्यमयी मुसकान दी।

"भाभीजी?" सुधीर ने अपनी दबी मुकसराहट के साथ पूछा।

"लगता है कि तू प्रीलिम्स के बाद चैन से जी रहा है? मेंस की कुछ परवाह है?" मिहिर बोला।

"मैंने दूसरे ऑप्शनल के लिए भूगोल लेना तय किया है। तू अपना बता?"

"मैं एंथ्रोपोलॉजी ले रहा हूँ और संदीप भी यही लेगा। उदय ने पब्लिक एडमिनिस्ट्रेशन एड. सोच लिया है और हमसे बेहतर स्थिति में है।" मिहिर मेंस के लिए चिंतित है कि दो ऑप्शनल के साथ बाकी सब कैसे सँभालना है?

"हम बस, एक दिन सी.एस. की सोच से निकले और लगता है कि सदियाँ बीत गईं!" सुधीर बोला।

"तुम लोग सही पटरी पर हो। एक शाम न पीनेवाले नशेड़ी ऐसा ही महसूस करते हैं। ऐसा जुनून ही तो सी.एस की माँग है।" राजन बोला।

मिहिर राजन की ओर मुड़ा, "मैं ऑप्शनल के लिए कैसे तय करूँ कि इतनी सामग्री में से क्या पढ़ना है?"

"तुझे उनमें बहुत अंतर नहीं दिखेगा, इसलिए जो भी पढ़ रहा है, उस पर ही केंद्रित रह।" राजन ने सलाह दी। "मिहिर के मन में अब भी संदेह है। उसे लगता है कि कोचिंग संस्थान और स्टडी मैटेरियल ही केवल सी.एस. में सफल होने का साधन नहीं हो सकते।"

राजन मिहिर के मन के संशय को भाँप गया।

"तू इस साल कैसे इंप्रूव कर रहा है? क्या तूने सोचा कि पिछले साल क्या कमी रह गई थी?" मिहिर ने राजन से पूछा।

राजन बोला, "जब इतना लंबा सिलेबस काबू करना हो तो सुधार की कोई सीमा नहीं होती। अपनी जानकारी को बढ़ा सकते हैं, नोट्स में सुधार कर सकते हैं और टेस्ट सीरीज का अभ्यास कर सकते हैं। जो लोग पहली बार में ही सफल होते हैं, उनके लिए क्या कह सकते हैं? उनका ज्ञान तो तीसरी

या चौथी बार मेंस की परीक्षा देने वालों के ज्ञान से निश्चित ही कम होगा। सफलता के लिए सिर्फ ज्ञान काफी नहीं। मैं तुम्हें असंख्य उदाहरण दे सकता हूँ कि जो विचित्र हैं।"

"तो कहते हैं, बस, प्रवाह में बहते रहो और कोई फॉर्मूला मत खोजो, क्योंकि ऐसा कोई फॉर्मूला है ही नहीं। क्या हिंदू कॉलेजवाले सुधांशु को जानते हो ? वह हमसे थोड़ा सीनियर था, इतिहास का टॉपर। चारों बार मेंस नहीं पार कर सका। फिर राजीव वर्मा, तुम तो उसे जानते हो। और रोहित सिंह ? वह तो प्रीलिम्स ही नहीं पास कर सका। बगल के ही फ्लैट में दरभंगा यूनिवर्सिटी का एक संस्कृत ग्रैजुएट था, हिंदी और मैथिली ही जानता था और सादी अंग्रेजी भी नहीं बोल सकता था। पिछले साल ही आया था। हिंदी मीडियम में ही परीक्षा लिखी, इतिहास और संस्कृत लेकर, और पहले ही प्रयास में सी.एस. भेद दिया, 237वाँ रैंक हासिल किया। और पता है, उसके इंटरव्यू में 250 में से सिर्फ 80 ही मार्क्स थे।" सुधीर ने मिहिर को शांत करने के लिए कहा।

"तू गया वाले लड़के को भूल रहा है। बौद्ध धर्म के प्रभाव में आकर उसे प्रबोधन हुआ कि अगर वह पाली साहित्य ऑप्शनल के रूप में लेगा तो उसे सी.एस. में मोक्ष मिलेगा। उसने लिया और पहले ही प्रयास में आई.ए.एस. में चुना गया।" राजन बोला।

"और वह बाइकवाला याद है ? जिसे हमने उस दिन बतरा पर लड़की के साथ देखा था, अरे जिस दिन उस भौचक पंडित पर शोध किया था हमने ?" सुधीर हँसते हुए बोला।

"अभी तो तू बता रहा था कि दरभंगा वाला संस्कृत में बाजी मार गया और अब पंडित को याद करके हँस रहा है ?" मिहिर कहना चाहता था कि छवि भी अकसर धोखा दे जाती है, कौन, कब क्या कर जाए!

उन लोगों ने लंबी गप-शप के बीच चाय-नाश्ता किया। मिहिर ने घड़ी देखी, ढाई बजे थे, वह अपने फ्लैट के लिए वापस रवाना हुआ।

मिहिर पहुँचा तो दरवाजे पर लगा ताला देखकर हैरान हुआ। उसे लगा कि अपर्णा के पीछे के दरवाजे से जाने के बाद संदीप ने आगे वाला दरवाजा

खोल दिया होगा। मिहिर को आया जानकर, संदीप ने खिड़की से देखकर कहा, "आधे घंटे बाद आना, अभी कहीं ओझल हो जा।" इससे पहले कि मिहिर कुछ पूछता, संदीप ने कहा, "मैं बाद में सब बता दूँगा, अभी कुछ मत पूछ।" संदीप घबराया हुआ सा लग रहा था।

मिहिर यों ही भटकता रहा और वापसी में उदय से मिला। "तू इस समय बाहर क्यों भटक रहा है?" उदय ने मिहिर से पूछा।

"पता नहीं क्या हुआ है?" मिहिर ने उदय को सारी बात बताई।

अंततः जब वे फ्लैट में गए तो अपर्णा गिलहरी की तरह झट से बाहर सरक ली। उदय और मिहिर की जिज्ञासा और बढ़ गईं।

उदय ने पूछा, "इधर खड़े होकर जन्मों से प्यासों की तरह पानी गटकने के बजाय पहले बता तो कि हुआ क्या?"

"रुको, जरा साँस-में-साँस तो आने दो।" संदीप पलंग पर पसर गया। दोपहर एक बजे के करीब मैं और अपर्णा खाना खा रहे थे। तभी लगा कि बड़े भैया की आवाज पिछले दरवाजे से आई, मैं घबरा गया, पर लगा कि मन का वहम होगा। फिर आवाज दोबारा सुनाई दी और दिल तेजी से धड़कने लगा। मैंने अपना पूरा ध्यान पिछले दरवाजे पर लगा दिया। 'क्या संदीप कहीं बाहर गया है?' भैया की आवाज दुबारा सुनाई दी, बिल्कुल साफ। कोई भ्रम नहीं रहा अब।"

'जी, लगता है कि सारे बाहर गए हैं?' मैंने अजीत की आवाज पहचान ली।

'मुझे अफसोस होने लगा कि अपने घर में अजीत के बारे में क्यों बताया कि वह पड़ोस में पीछे ही रहता है, वरना भैया उससे पूछताछ न करते।'

'क्या मैं जाकर वापस आऊँ या यहीं कहीं इंतजार कर लूँ?' भैया ने पूछा।

'क्या संदीप को आपके आने का पता था?' अजीत ने पूछा।

'नहीं, मैं तो स्कूल के बच्चों के साथ मसूरी के दौरे पर था। हम लोग दिल्ली में रुके हैं। रात की गाड़ी थी और मुझे लगा कि मिलने का समय नहीं

मिलेगा, इसलिए उसे बताया ही नहीं।' भैया ने कहा।

'तभी मुझे लगा कि वे जानकर बताकर नहीं आए, ताकि मेरी जासूसी की जा सके।'

'आप इतनी दूर से आए हैं, मेरे कमरे में चलें। चाय पीकर जाएँ। मैं पिछला दरवाजा खुला रखता हूँ। अगर उनके आने की आहट होगी तो पता चल जाएगा।' अजीत शिष्टाचार दिखाने में थोड़ी भी कोताही नहीं कर रहा था।

"मैं अपने मन में अजीत को कोस रहा था और तुम लोगों का बेसब्री से इंतजार कर रहा था। अपर्णा पिछले दरवाजे से नहीं जा सकती थी, क्योंकि उस ओर भैया थे। मैं सोनू को भी नहीं बोल सकता था। तभी मिहिर आया। मैंने डर से उसे जाने को बोल दिया कि कहीं भैया ही सामने न आ जाएँ!

"जब मैंने उन्हें अजीत को बोलते सुन लिया कि 'मैं अब निकलता हूँ', तब कहीं चैन-में-चैन आया। डर की कई आँखें होती हैं, इसलिए उनके जाने के बाद भी मैं कुछ समय चौकन्ना रहा। तभी तुम लोग आ गए। अब पता चला कि खुद को निडर मानना और परिस्थिति आने पर निडरता दरशाने में कितना अंतर होता है।"

उदय पागलों की तरह हँसने लगा।

"बड़ी काली जुबान है तेरी। तूने ही सुबह कहा था न कि भैया को बुला लेते हैं!" संदीप के चेहरे पर मुसकराते हुए गुस्से का मनोरंजक भाव उभर आया।

"अगर ऐसा है तो फिर हम यकीनन आई.ए.एस. में चुने जाएँगे, क्योंकि मैंने यह भी कहा है। खैर, बड़ी भूख लगी है, संजना को जाना था जल्दी, लंच नहीं कर पाए। देखें, कुछ बचा है तो खा लें।"

"जाकर खा ले। हमने तो कुछ नहीं खाया।" संदीप बोला।

"तुम दोनों खाओ। मेरा लंच तो सुधीर के साथ हो गया।" मिहिर बोला।

"तुमने क्यों नहीं खाया? भाभीजी के लिए तो पनीर बनवाया था। उन्हें खाली पेट वापस भेज दिया?" उदय ने हास्यपूर्ण कटाक्ष किया।

"जान के लाले पड़े थे, ऐसे में पनीर किसे सूझता!"

"पर उम्मीद है कि तुमने हॉरर शो शुरू होने से पहले अपना काम पूरा कर लिया होगा।" उदय और मिहिर पर एक साथ शरारती हँसीं छा गई।

"क्या हुआ, मेरे प्यारे संतुलनवादी बौद्ध? क्या तेरे प्यार और परिवार के बीच का मध्यम मार्ग निकालना इतना कठिन साबित हो रहा है?"

"ओह, छोड़ इसे। यह पहले ही इतना परेशान है।" मिहिर ने हमदर्दी से कहा।

"हमेशा मध्यम मार्ग संभव नहीं होता।" संदीप हताश होकर बोला।

"यही वजह है कि कृष्ण को रुक्मिणी का अपहरण करना पड़ा विवाह करने के लिए, और अपनी बहन का अपहरण करवाना पड़ा, ताकि वह अर्जुन से विवाह कर सके। कुछ फैसले सर्वसम्मति से नहीं लिये जा सकते, क्योंकि सबकी रजामंदी हमेशा संभव नहीं। कृष्ण इतने व्यावहारिक थे, जिंदगी जीने के सारे फलसफे पता थे उन्हें।" मिहिर अपनी चिर-परिचित शैली में दर्शन पर हाथ साफ करने से बाज नहीं आया।

□

पश्चिम एशिया और प्रीलिम्स की सफलता

लड़कों ने मेंस की तैयारी शुरू कर दी थी। तीनों ने जनरल स्टडीज (जी. एस.) की कोचिंग के लिए शाम का सत्र चुना। उदय इतिहास और पब्लिक एडमिनिस्ट्रेशन ऑप्शनल के लिए चुन चुका था। उसने तय किया था कि वह उनसे परे नहीं जाएगा, क्योंकि उसके पास ऐसे नोट्स का भी सहारा था, जो पहले उसके भाई सफलतापूर्वक आजमा चुके थे। मिहिर और संदीप एंथ्रोपोलॉजी से जूझ रहे हैं। वे यूनिवर्सिटी के ट्यूटोरियल, बाजीराव और दूसरी पाठ्य-पुस्तकों से नोट्स बनाने में लग गए। अच्छा-खासा समय और दिमाग लग रहा था। मिहिर अलग-अलग जगह से राय लेने के बाद भी दुविधा में है, जबकि संदीप एम.ए. परीक्षा और जे.आर.एफ. तैयारी के साथ लगातार सी.एस. की लीक से भटकता रहा।

"ओह, हम एम.ए. का रिजल्ट देखना तो भूल ही गए! वह तो कल ही आनेवाला था।" संदीप ने उदय से कहा और मिहिर के भी कान खड़े हो गए।

"फिर तो तू सी.एस. की सही पटरी पर है।" उदय ने बिना किसी बेताबी के कहा।

"मिहिर, तू आ रहा है ?" संदीप ने तैयार होकर निकलते हुए पूछा। तब तक मिहिर बिस्तर में ही था। मिहिर संदीप की बात सुनकर बिस्तर से निकल अपने काम झट से निपटाने लगा।

"तुम भी आते तो सही रहता। हमें आज नहीं तो कल, नतीजे देखने ही होंगे।" संदीप उदय से बोला।

"ठीक है यार, चल।"

"चल देखते हैं कि पश्चिम एशिया ने हमारा कैसा बैंड बजाया है!" मिहिर बोला।

वे तीनों यूनिवर्सिटी कैंपस पहुँचे।

"तुमने हमें सही बुद्धू बनाया।" संदीप नोटिस बोर्ड पर नतीजे पढ़कर चिल्लाया।

"क्या कह रहा है तू?" मिहिर ने पूछा, उदय कुछ विस्मित सा दिखा।

"पश्चिम एशिया में 55, मिहिर! तूने हमें धोखा दिया।" संदीप उत्तेजित हो गया, हालाँकि, चेहरे पर एक दोस्ताना मुकसराहट थी। आखिर एम.ए. तो उसका गढ़ था।

"मिहिर, सही नहीं किया!" उदय भी झट संदीप के साथ आ मिला।

"पर मैं तो खुद हैरान हूँ।" संदीप ने शायद गलत देख लिया है। मिहिर नोटिस बोर्ड की ओर लपका और उदय उसके पीछे हो लिया।

"मैं तो खुद ही चकरा गया हूँ। यकीन करो।" मिहिर बोला।

"तू हमसे धोखा कर रहा है। चल, अपना राज बता दे जल्दी।" उदय दोस्ताना हक जाहिर करते हुए बोला।

"बहुत हो गया, चलो, अब मेरी बात सुनो।" मिहिर तनावग्रस्त दिखा।

"छोड़ संदीप, इसकी बात सुन। मिहिर, बोल तुझे क्या कहना है? क्या यह हमसे अलग लाइब्रेरी की पढ़ाई का कमाल है?" उदय ने पूछा।

"उम्मीद है कि अब यह कोई तीर–तुक्का टाइप कहानी नहीं सुनाएगा। मुझे पता है कि यह उस तरह का नहीं है, पर¨," संदीप की आवाज एक दोस्ताना मुकसराहट में लुप्त हो गई।

"मैंने लगभग ढाई प्रश्नों के उत्तर तो याद किए हुए लिखे और बाकी सब आपदा प्रबंधन था। मैंने शून्य से तर्क खोजा और उसे उत्तर में फिट कर दिया। हर कोई विपदा में ऐसा ही करता है, पर मुझे लगता है कि परीक्षक को मेरा तर्क और तुक्का यकीनन पसंद आ गया होगा।"

संदीप को अब भी मिहिर की बातों पर विश्वास नहीं हो रहा था। "तूने

धर्म के क्षेत्र में प्राचीन पश्चिम एशिया के प्रभाव के बारे में क्या लिखा? तूने कहा कि वह प्रश्न तैयार नहीं था तेरा।"

मिहिर बोला, "ठीक है, सुन, प्राचीन समय में पश्चिमी एशिया एक ऐसा क्षेत्र था, जो सत्ता के लिए आपस में जूझ रहे साम्राज्यों के बीच हिंसा और विनाश का केंद्र बना हुआ था और इसका प्रभाव पश्चिम में तुर्की से लेकर इजराइल और पूर्व में फारस से लेकर अफगानिस्तान तक फैला था। सत्ता बार-बार असीरिया, बेबीलोनिया और फारसियों आदि के हाथों में आती-जाती रही और बाद में उम्मयाद और अब्बासी जैसे इसलामिक शासक आए, और फिर तो रोमन एंपायर भी आ पहुँचा। लोग हिंसा से तंग आ गए थे, पूरे हताशाग्रस्त, आशाविहीन।

"उसी हिंसा से खौलते पात्र से यहूदी, ईसाई और इसलाम धर्मों का उदय हुआ। जब इनसान ने इनसान की हिंसा की व्यर्थता और विनाश के बारे में सद्‌वचन नहीं सुना तो उन्हें नैतिक व्यवस्था के अधीन करने के लिए दैवीय शक्तियों का आह्वान करना पड़ा। इस प्रकार ईश्वर के दूत या मसीहा की अवधारणा सामने आई, जो लोगों को शांति का संदेश देता है। यहूदी धर्म में ये मसीहा अब्राहम और मूसा, ईसाई धर्म में ईसा मसीह और इसलाम में पैगंबर मुहम्मद हुए। उन्होंने लोगों को संदेश दिया कि ईश्वर अपने राज्य में शांति और भाईचारा चाहता है।

"मैं इसे कुछ इस तरह संक्षिप्त करना चाहूँगा, ये मसीहाई धर्म मनुष्य की शांति और संवेदनशीलता की माँग से उभरे। दूसरे, इन्होंने ईश्वर के ऐक्य पर बल दिया। तीसरे, इन धर्मों ने धर्म को नैतिकता का जामा पहनाया, जैसे ओल्ड और न्यू टेस्टामेंट! मैंने अपने उत्तर में धर्म के उपयोगितावादी दृष्टिकोण को प्रस्तुत किया। लेकिन साथ-साथ इन संदेशवाहकों के दिव्य होने के प्रति संदेह भी प्रकट कर दिया, तार्किक सोच उछल पड़ी थी, क्या करता! मैंने कहा कि ईसा मसीह के जन्म और उनके सूली पर चढ़ाने के प्रमाण तो मिलते हैं, परंतु ऐसे कोई प्रमाण नहीं मिलते, जिसमें उनके रूपांतरण, पुनरुज्जीवन और स्वर्गारोहण की पुष्टि होती हो। न ही मुझे सिनाई पर्वत पर अब्राहम के रूपांतरण

के प्रमाण मिलते हैं। संभवत: मनुष्य ने शांति और नैतिकता को स्थापित करने आए इन महापुरुषों की सार्वभौमिक स्वीकृति हेतु उनको दैवीय जामा पहनाया हो!" मिहिर के चेहरे पर स्वयं से संतुष्टि की आब स्पष्ट निखर आई थी।

"वाह! इसने कितने तार्किक ढंग से अपनी बात कही है, और बात में दम भी है!" संदीप प्रभावित दिखा।

"परीक्षक संशयवादी या नास्तिक होगा, तभी तो इसके उत्तरों के झाँसे में आ गया।" उदय मसखरी करते हुए बोला।

संदीप ने उदय को एक घटना के बारे में बताया। यह तब की थी, जब वे ग्रैजुएशन कर रहे थे। दो प्रश्न तैयारी के बाहर होने के बावजूद मिहिर 58 अंक लाने में सफल रहा। "मुझे आज भी याद है, जो इसने नूरजहाँ के लिए लिखा था। पूछा गया था कि 'मध्यकालीन भारत में नूरजहाँ के शासन के महत्त्व का वर्णन करें।' हमने बेगम को छोड़ दिया था, क्योंकि यही प्रश्न पिछले वर्ष भी आया था। मिहिर ने आगे बढ़कर नूरजहाँ, इसलाम और लिंगभेद पर लिखा। इसने केवल एक लंबा पैराग्राफ लिखा था—जहाँगीर के शासन के दौरान वास्तव में नूरजहाँ ही शासन व्यवस्था सँभालती थी। जहाँगीर की मौत के बाद उसने शहरयार को गद्दी पर बिठाने की योजना बनाई, जो जहाँगीर का सबसे दुर्बल पुत्र था। वह शाहजहाँ को गद्दी पर नहीं चाहती थी, ताकि उसका अपना प्रभाव बना रहे। शाहजहाँ को उसने अच्छी-खासी चुनौती दे डाली। इसलाम में औरतों को मर्दों से कमतर माना जाता है। सामाजिक रूप से भी सामान्यतया नारी की स्थिति मध्यकाल में कमजोर ही थी। नूरजहाँ के लंबे समय तक राज करने और शाहजहाँ से भी आगे निकलने का यह उदाहरण औरतों के स्वाभाविक रूप से कमजोर होने की बात को झुठलाता है। नूरजहाँ और दिल्ली सल्तनत के दौरान रजिया सुल्तान, ये उदाहरण मध्यकालीन भारतीय इतिहास में इस तथ्य को चुनौती देते हैं कि औरतें मर्दों से बुद्धि में कमतर होती हैं। इस तरह इस उदाहरण को इसलाम में लैंगिक भेदभाव को चुनौती और मध्यकालीन भारत में नारीवाद के बीज, दोनों रूपों में देखा जा सकता है।"

"इन सभी मिसालों को देखते हुए लगता है कि मिहिर को ऊँचे अंक

लेने के लिए जानकर कुछ खास सी.एस. विषय नहीं पढ़ने चाहिए और ऐसे ही अपने मन से फट्टेबाजी करनी चाहिए।" उदय माहौल को हलका करने में उस्ताद था।

संदीप सहमत था, "इससे पता चलता है कि आवश्यकता आविष्कार की जननी है और रचनात्मकता संकट की।"

"इतना ही नहीं, आविष्कार को हमेशा सराहा जाता है, चाहे कैसा भी कॉकटेल क्यों न पेश किया जाए!" उदय भी मसखरेपन से निकलते हुए थोड़ा संजीदा हो चला था।

वे फिर से मेंस की तैयारी की दिनचर्या में आ गए। हालाँकि, प्रीलिम्स के नतीजे आने बाकी थे और उसकी बेचैनी जीवन में पार्श्व संगीत की तरह बजती रहती थी।

एक शाम मिहिर, उदय और संदीप बतरा पर थे। वे जी.एस. की कक्षा के बाद जूस पी रहे थे। तभी अचानक एक शोर उठा। उन्हें कई बाइकों के तेजी से स्टार्ट होने की आवाज सुनाई देने लगी। लग रहा था कि जोश से भरे बाइकर किसी खास गंतव्य की तरफ कूच कर चले हैं। तभी उन्हें समझ आया कि प्रीलिम्स के नतीजे आ गए हैं। बाइकर्स ने ज्यादा-से-ज्यादा परीक्षार्थियों के रोल नंबर बिना किसी हिचकिचाहट के ले लिये, ताकि उन्हें उनका परिणाम पता लग सके। सी.एस. के पुजारियों में आपस में कोई भेदभाव नहीं था। सब-सबों की नाजुक हालत के प्रति संवेदनशील, एक-दूसरे के हमदर्द थे।

जो नहीं गए, उनके पास इंतजार के सिवा कोई विकल्प नहीं रहता था। पेट में खलबली और दिल की तेज धड़कनों के बीच कैद वे तनाव में खोए बैठे रहते, मानो उनका अस्तित्व इंद्रियों के अहसास से परे चला गया हो! उस समय कोई भी सोम उन असहाय लड़कों के काम नहीं आ सकता था। ऐसे नाजुक क्षणों में आशावाद को भय निगल जाता है, परीक्षा में गलत हो गए, उत्तर मन में भूत की तरह मँडराने लगते हैं। बेसिर-पैर के डर व्याकुलता को कई गुना कर देते हैं।

पहला ग्रुप अपने साथ दो सफल प्रत्याशियों को लाया और उन तीनों का

डर और भी गहरा हो गया। बाइकर्स हमदर्द और स्नेही हैं और वे सकारात्मक नतीजे बताने के लिए दूर से ही विजयी मुद्रा में आते दिखाई देते हैं। दूसरे कारवाँ ने अचानक बाइकें रोकीं और दस में से छह लोगों का ऐलान किया। उन छह में संदीप, उदय और मिहिर भी शामिल थे।

उन्होंने खुशी से एक–दूसरे को झट से गले लगा लिया। पर अजीत को अपने सामने उदास देखकर उन्होंने तुरंत खुशी के इजहार को नियंत्रित किया, जैसे गुब्बारे से धीरे से निकलती हुई हवा। अजीत सफल नहीं हो पाया था।

"शायद हमें अपने घरवालों को बता देना चाहिए।" उदय बोला।

"हाँ, बिल्कुल।" मिहिर बोला।

"काश, भैया घर न हों, वरना वे झट से मेरी खुशी पर पानी फेरते हुए कहेंगे कि 'ये तो अभी महज प्रीलिम्स है'।" संदीप ने कहा। वे तीनों लंबे–लंबे डग भरते हुए एस.टी.डी. बूथ की ओर चल दिए, खुशी से फूटी ऊर्जा का संचार!

"ये बंदा अपनी बंदी से ही बात कर रहा है, पक्का।" उदय ने बूथ के अंदर खड़े एक लड़के को देखकर बेसब्री से कहा। थोड़े इंतजार के बाद उसने उसे बाहर जल्दी आने का संकेत किया।

वे तीनों जश्न मनाने की तैयारी में थे, बीयर, चिकन और बच्चन की फिल्मों को महफिल में शामिल किया जाना था।

"दरअसल, मम्मी को प्रीलिम्स का नतीजा बताने में हिचक हो रही थी। वे बहुत खुश हो उठीं। अगर मैं मेंस में पास नहीं हो सका तो?" उदय थोड़ा खो–सा गया, भविष्य वर्तमान पर बादलों की तरह छा गया!

"इधर भी यही हाल है। पापा बहुत खुश थे, मगर वे उत्तेजना में भूल गए कि मेरा प्रथम प्रयास केवल अभ्यास और अनुभव के लिए है। पहले पायदान से उम्मीदों का जागना तो स्वाभाविक ही है।" मिहिर भी कुछ उदय जैसा ही महसूस कर रहा था।

"मेरे मामले में तो कहानी ही अलग है। भैया ने कहा कि यह तो केवल प्रीलिम्स का नतीजा है। पापा ने कहा कि मुझे अपने दिल्ली प्रवास का औचित्य सिद्ध करना होगा।" संदीप कहते हुए सोचने लगा, 'काश, मेरा

परिवार छोटी उपलब्धियों पर खुश हो सकता!'

खैर, तीनों अपने-अपने परिवार के साथ खुशी बाँटकर जश्न-मग्न हो गए। तीनों बीयर पीते हुए चहक तो रहे थे, पर अवचेतन मन पर सी.एस. का कब्जा था। मिहिर को अपने इस प्रयास की कोशिशों और काबिलियत पर संदेह था। उदय सबको यकीन दिलाता कि सब सही है। संदीप एम.ए. के लिए गंभीर था, उसे खुशी थी कि सी.एस. में उसके प्रयास की कमी उदय के संगठन से पूरी हो जाएगी।

पर अजीत उदास था, क्योंकि सारा ग्रुप पास हो गया था, अपनी असफलता के अहसास को दूसरों की सफलता और भी हृदायभेदी बना देती है।

"कोशिश पूरी करो या न करो, प्रदर्शन पर्याप्त हो ना हो, नतीजे मन उदास कर ही देते हैं।" मिहिर बोला।

"मिहिर, चिंता मत कर। हम सी.एस. भी जीत ही लेंगे।" उदय ने उत्साह से दमकते हुए कहा।

"पर मैं किसी करिश्मे की उम्मीद नहीं कर रहा।" मिहिर की आवाज में संशय था।

"सी.एस. की दुनिया में ऐसे ही करिश्मे होते हैं।" आलोक ने अजीत के साथ अपार्टमेंट में घुसते हुए कहा, "यहाँ कुछ भी संभव है।"

"अजीत! उदास मत हो। क्या तूने अपने दोस्त की बात नहीं सुनी? मैं भी ऐसे लोगों को जानता हूँ, जो प्रीलिम्स में तीन बार फेल हुए और फिर चौथे प्रयास में सीधा आई.ए.एस.।" संदीप भी दोस्ती की भावना में बह चला!

"हाँ, पर मेरे साथ जिंदगी इतने हसीन हादसे नहीं करेगी, पता है मुझे।" अजीत की आवाज मायूसी में डूब रही थी।

जब वे बच्चन की मूवी देखने लगे तो सोमरस का प्रभाव निखरने लगा। उदय सबसे ज्यादा गटक रहा था। वह अकसर बच्चन को देखते हुए सीमा से परे चला जाता था। मूवी के दौरान बहादुर चिकन परोसनेवाला था। मूवी के बाद डिनर की बारी आई।

"ओ मेरे दिल के चैन-चैन आए मेरे दिल को दुआ कीजिए।" जब वे

डिनर के इंतजार में थे तो सैंडी गाना गाने लगा। उदय पूरी तरह से नशे में आ चुका था। अचानक वह चिल्लाया, "सैंडी, तू जिस चैन की बात कर रहा है, वह किधर है ?" फिर उसने उलटी कर दी।

"हद है, जल्दी पानी लाओ।" संदीप ने उदय को उठाना चाहा, पर वह बिस्तर पर लुढ़क गया था। मिहिर पानी लेने भागा और अजीत उलटी साफ करने लगा।

"इसे लिटा दो, अच्छा लगेगा।" मिहिर ने उदय को जबरन थोड़ा नीबू पानी पिलाया। उसे वह समय याद आया, जब उदय ने उसकी तबीयत खराब होने पर उसे नीबू की शिकंजी बनाकर पिलाई थी, उसके दिमाग में मोनालिसा उभर आई।

"सॉरी!" उदय ने शर्मिंदा होते हुए कहा।

संदीप उदय को सँभालते हुए एक शरारत भरी मुसकान के साथ बोला, "यही वजह है कि मैं कहता हूँ कि बुद्ध का मध्यम मार्ग ही श्रेष्ठ है।"

"असल में, अब भगवान् उदय से गुस्सा हैं। उसने इसे सोमरस के दुष्प्रभाव दिखाने के लिए चुना है।" मिहिर ने माहौल को हलका करना चाहा।

"तुम दोनों उदय की तबीयत का फायदा मत उठाओ। इसे ज्यादा उकसाओगे तो यह कृष्ण का विराट् रूप दिखा देगा।" आलोक भी माहौल को खुशनुमा बनाने की पहल में शरीक हो गया। दोस्ती सबसे खूबसूरत नियामत है, महज गुफ्तगू से गहरे से गहरा गम आसान हो जाता है, दर्द को मुकसराहट के साथ जीने का जज्बा दे जाती है।

लड़कों ने खाना खाने के बाद मूवी बंद कर दी । अजीत और आलोक जाने लगे। उदय बिना खाए सो गया था। मिहिर लेटने गया, पर मन मीठे विचारों से घिरा था, 'दोस्ती का रिश्ता कितना खूबसूरत होता है, एक-दूसरे के लिए कुछ करना बिल्कुल प्रयास रहित महसूस होता है।'

समय के साथ तीनों मेंस की तैयारी में जुट गए। जीवन फिर से एक दिनचर्या में ढल गया।

□

चाहत का एक अनूठा रंग

माना जाता है कि भाग्य जीवन की घटनाओं को पहले से ही तय करके रखता है, पर क्या कभी हम इस पर संदेह किए बिना पूरी तरह से विश्वास कर पाते हैं? लेकिन इस संदेह के बावजूद, नियति अपने अस्तित्व के स्पष्ट संकेत देती रहती है।

मिहिर ने ज्योति को दो सप्ताह पहले देखा था। आजकल उसको लाइब्रेरी में नहीं देखने पर मिहिर को एक अजीब खालीपन का अहसास परेशान कर रहा था। आज का दिन भी ऐसा ही था और अब कुछ विपरीत हो रहा था, अब ज्योति की अनुपस्थिति मिहिर की सी.एस. की तैयारी की लय को भंग करने पर तुली थी।

"हाय, आजकल लाइब्रेरी सेशंस कैसे चल रहे हैं?" संदीप ने मुसकराते हुए पूछा। वह उसे चाय की टपरी पर मिला।

"ठीक ही हैं। पर मेंस ने दिमाग पर कब्जा कर रखा है। तीन महीनों में इतना कुछ पढ़ना मुश्किल है।" मिहिर जानता है कि संदीप का इशारा कहीं और था।

"मेरा मतलब है कि लाइब्रेरी में किसी को मिस तो नहीं कर रहा?" संदीप ने शरारत से पूछा।

"फिर से वही राग अलापना शुरू! मुझे पता है, तू ज्योति की बात कर रहा है।" मिहिर ने उसकी शरारती निगाहों से बचने के लिए अपनी नजर चाय पर फेर ली।

"अरे ठहर! चल, मैं मान भी लूँ कि तू उसके लिए कुछ महसूस नहीं करता, पर ऐसे मौकों पर तो अजनबी भी सहानुभूति जताते हैं।" संदीप के शरारती भाव में संजीदगी का पैठ हो रहा था।

"कैसे मौके पर?" मिहिर ने अधीरता से पूछा।

"उसके पिता नहीं रहे। मुझे 'फुटबॉल' ने थोड़ी देर पहले बताया।" संदीप नवीन की बात कर रहा था, वह ठिगने कद का थुलथुल-सा लड़का, जो लड़कियों को हर तरह की मदद देने के लिए हमेशा तैयार रहता था। वह लड़कियों के बीच बने रहने की अपनी लालसा के लिए लोकप्रिय था। लड़कियाँ उससे अपना-अपना काम निकलवातीं—नोट्स जेरॉक्स कराना, कॉफी मँगवाना, मूवी और रेस्तराँ जाने के लिए कंपनी की रिक्तता को पूरा करना इत्यादि। इसी तरह उसे लड़कियों का साथ मुहैया हो जाता था। लड़के अकसर उसे मजाक में 'कृष्ण कन्हैया' कहते। संदीप अकसर कहा करता था, "कोई चेहरे के भाव पढ़ने में इतना जाहिल कैसे हो सकता है? 'फुटबॉल' को समझ नहीं आता कि लोग उसका मजाक उड़ा रहे हैं। किसी लड़की से हाथ मिलाने को भी नमक-मिर्च लगाकर ऐसे सुनाता है, मानो उसके साथ उसका रोमांस चल रहा हो!"

संदीप मिहिर के चेहरे के भावों को ध्यान से पढ़ रहा था। यह खबर सुनकर मिहिर जिस तरह चुप हो गया, उससे स्पष्ट हो रहा था कि ज्योति से उसका मन कितना बँध गया था।

"हाँ, ऐसे मौके पर तो हर कोई सहानभूति पाने का हकदार है। और सहानुभूति देना इंसानियत का तकाजा भी है।"

"पर तेरा चेहरा तो उसके लिए तेरी भावनाओं को साफ बयाँ कर रहा है। क्यों नहीं स्वीकार लेता? जीवन में आ रही कुदरती नियामतों को चुनौती नहीं देनी चाहिए। थोड़ा नियंत्रण व्यवस्था लाता है, पर अति-नियंत्रण अव्यवस्था। तू इतिहास का विद्यार्थी है, साम्यवादी मत बन, अपनी दूसरी इच्छाओं को भी राह दे। तू इतना डरा हुआ क्यों है? तू सी.एस. पर पूरी तरह से केंद्रित है और तू अपनी चाहत और महत्त्वाकांक्षा के बीच संतुलन क्यों नहीं बना सकता है?

दुर्बल लोग अपने भावों से लड़ते हैं; सशक्त लोग जीवन में विभिन्न भावनाओं और लक्ष्यों के बीच सामंजस्य स्थापित करने की चुनौती स्वीकारते हैं।" संदीप की अभिव्यक्ति गंभीरता से ओत-प्रोत थी, जिसमें दोस्ती के भाव का रंग निखर रहा था।

मिहिर अब भी संशय में था, पर आज संदीप की बात उसके मन में घर बनाने की कोशिश कर रही थी।

वे अपनी चाय पी रहे थे।

"फैसला तुझे ही करना है, पर मुझे लगता है कि तुझे कम-से-कम उससे मिल तो लेना ही चाहिए।" संदीप ने चलते-चलते कहा।

मिहिर लाइब्रेरी वापस जा रहा था, पर वह अचानक रुका और पी.जी. कक्षाओं की ओर चल दिया। वह जानता है कि फुटबॉल वहीं लड़कियों के साथ गप्पें मार रहा होगा। वह पहली मंजिल पर गया तो फुटबॉल तीन लड़कियों के साथ दिखा।

"हैलो!" रश्मि ने आवाज दी। कक्षा में मिहिर के साथ कुछ ही लोगों की दोस्ती थी।

"हाय!" फुटबॉल बोला, उसने भी मुड़कर मिहिर को देखा। उसे अपने दल में किसी दूसरे लड़के की मौजूदगी नागवार गुजरती थी। अगर उसके दल की कोई भी लड़की किसी दूसरे लड़के से बात करे, और खासतौर पर मिहिर से बात करे तो वह असुरक्षित महसूस करने लगता था। पर ज्योति किसी तरह उसके स्वामित्व भाव से निकल चुपचाप मिहिर से मन मिलाने में कामयाब रही और यह बात वह भी जानता था।

"हे, बड़े समय के बाद मिले हो। शायद हम पिछली बार वेस्ट एशिया क्लास में मिले थे।" रश्मि उत्साहपूर्वक बोली।

"पता है, पिछले सप्ताह ज्योति के पापा नहीं रहे।" फुटबॉल ने मिहिर को बताया, वह दिखाना चाहता था कि उसे ज्योति के बारे में कितनी जानकारी है!

"हाँ, सुनकर दुःख हुआ।" रश्मि बोली। "हम लोग पिछले शनिवार उसके घर गए थे।"

ज्योति का जिक्र अचानक बीच में आना, उसके पिता की मृत्यु के दुःख से ज्यादा ज्योति और मिहिर से संबंध रखता था।

"क्या तुम मिले उससे?" फुटबॉल ने मिहिर से पूछा, उसे इस बात की खुशी थी कि मिहिर ज्योति से खुलकर नहीं जुड़ पाया था।

"नहीं, लाइब्रेरी में बहुत दिनों से नहीं दिखी, पर मुझे यह नहीं पता था कि अनुपस्थिति की वजह यह थी।" मिहिर ने चैन की साँस ली कि उसे सारी बात जानने के लिए अपनी ओर से कुछ खास प्रयास नहीं करना पड़ा।

"तुझे उससे मिलने जाना चाहिए। घर में उसकी मम्मी और बड़ी बहन ही रह गए हैं। उसके सारे संगी-साथी हो आए हैं।" रश्मि ने गंभीरता लाते हुए कहा।

"बाकी सब कैसे हैं? मतलब क्लास में और बाकी सारे? क्या प्रोफेसर अब भी सी.एस. वाले छात्रों पर अपने व्यंग्य की दुनाली तानते रहते हैं?" मिहिर ने विषय बदलना चाहा।

"प्रो. शुक्ला तो सी.एस. के बारे में ताना मारने से कभी बाज नहीं आते।" रश्मि बोली।

"फिर हम कर भी क्या सकते हैं? सहायक प्रोफेसर की अस्थायी नियुक्ति की अंधी गलियों में भटकते रहें और बार-बार एक-एक साल काम करने की लीज लेते रहें? और ये तब भी, जब नेट या जे.आर.एफ. पास कर लिया हो! इन्हें शिक्षकों के चयन का सिस्टम बदलना होगा, पर ये शायद चाहते ही नहीं कि शिक्षा के क्षेत्र में काबिलियत सामने आए।" मिहिर की अभिव्यक्ति में आवेश था।

"यह सच है। हर कोई जानता है कि पी.एच.डी. के लिए गाइड खोजना कितना मुश्किल है; चापलूसी, निजी संबंध। और जाने दो, जितना कम कहा जाए, उतना ही बेहतर होगा।" रश्मि ने भी गुस्से में हामी भरी।

"यह तो एक लंबी सी अँधेरी सुरंग है, जिसके छोर पर कोई रोशनी नहीं दिखती। रोहित सिंह जैसे छात्र स्थायी नियुक्ति के लिए अब भी संघर्ष कर रहे हैं। और जरा उनके बारे में तो सोचो, जिनको एडहॉक का टैग तक नहीं

मिला! वे हर साल कोशिश करते रहेंगे और जे.आर.एफ. की 5 साल की सीमा समाप्त होने पर एक गहरी-सी खाई में जा गिरेंगे। इन लोगों ने तय कर दिया है कि सी.एस. का छँटा हुआ माल ही शिक्षण चलाए।

फुटबॉल मिहिर को अवरोधित करते हुए बोला, "मिहिर अपने पूरे रंग में है। फिर से फिलॉसफी झाड़ने लगा।"

"पर यह सही कह रहा है। हमारी व्यवस्था में ही खामी है।" रश्मि ने फिर से मिहिर की तरफदारी की।

एक लड़की ने घड़ी की ओर इशारा किया कि उन्हें देर हो रही थी।

"अच्छा। मेरी आखिरी बस का टाइम हो गया।" रश्मि बोली।

मिहिर लाइब्रेरी में वापस आ गया, इस सोच से ग्रसित कि ज्योति से मिलने जाने की मानसिक जंग का सामना कैसे करे? उसे लग रहा था कि अगर वह केवल उसका सहपाठी होता तो यह सब करना कितना आसान होता! पर उनके मौन आकर्षण ने सारे मामले को उलझा दिया। वह अपना बस्ता उठाकर पटेल चेस्ट बस स्टैंड के लिए निकल गया। उसका दिमाग ज्योति को सांत्वना देने की असहज सोच में अटक गया था, हालाँकि, ज्योति से मिलने की ललक भी मन में रह-रहकर मचल रही थी। अगर उसकी उलझन इनसानी संवेदना पर हावी हुई तो? मिहिर एक अजीब से ऊहापोह में घिर रहा था।

अंततः उसकी संवेदनशीलता ने निर्णय ले लिया कि वह शनिवार को ज्योति से मिलने जाएगा और तत्पश्चात् वह इसी सोच में कैद रहा। 'मौन की भाषा कितनी शक्तिशाली होती है! ज्योति और मैं कभी आपस में बात तक नहीं करते, पर दुनिया हमारे आकर्षण को बखूबी जानती है। शायद नियति भी चाहती है कि हम मिलें। हम फिर भी नियति पर संदेह करने से बाज नहीं आते। हालाँकि, यह विडंबना है कि इसके लिए ज्योति के पिता की मृत्यु कारण बन रही है। यह एक अजीब सी बेचैनी है। कहीं मैं उसी इच्छा के रास्ते पर तो नहीं जा रहा हूँ, जिस ओर न जाने का संकल्प लिया था मैंने? किस्मत मेरे साथ मोनालिसा खेल खेल रही है। क्या मैं संदीप के मध्यम मार्ग

पर अग्रसर हूँ ? या फिर ज्योति से मेरा संबंध, उदय के संबंधों की तरह होगा, जो कहता है कि भावुक हुए बिना चाहत का मजा ले लो ?'

मिहिर शनिवार की सुबह उठा तो जैसे किसी आवेग में था। उसने अपने काम निबटाए, तैयार हुआ और उसी तंद्रा में ज्योति के घर की ओर चल दिया। उसका दिल ज्योति के घर की तरफ तेज रफ्तार से जा रहा था, पर कदम साथ नहीं दे रहे थे।

"ओह! हैलो।" ज्योति ने दरवाजा खोलते हुए कहा। उसके बुझे हुए चेहरे पर अचानक एक लौ-सी जल उठी। ज्योति ने उसके पीछे की तरफ देखा कि कोई और भी तो नहीं!

"कोई और नहीं, मैं अकेला ही हूँ।" ज्योति हैरान थी, एक तो मिहिर आया और वो भी अकेले! उसे लगा कि मिहिर अपना संकोच दूर करने के लिए किसी और को साथ लेकर आया होगा। आत्मीय आकर्षण एक-दूसरे के अंतःकरण को प्रकाशित कर देता है, ज्योति मिहिर के शर्मीले स्वभाव को पूरी तरह जान चुकी थी।

"मुझे इस दुःखद घटना का बहुत देर से पता लगा।" मिहिर ने अंदर आते हुए कहा।

मिहिर देख पा रहा था कि रोने से ज्योति की आँखें सूजी हुई थीं, दुःख लाजमी था, पर वह दुःख से थकी भी लग रही थी; पर मिहिर के आने से उसका चेहरा ऐसा लग रहा था, मानो एक घने काले बादल का टुकड़ा, जिसको सूरज चीरने की कोशिश कर रहा हो! दुःख कितना भी बड़ा क्यों न हो, जीवन को तो आगे चलना ही है। उस जीने में जिंदगी कितना होगी, यह बात अलग है।

"मैं पानी लेकर आती हूँ।" ज्योति ने मिहिर को बैठने का संकेत किया।

मिहिर की नजर दीवार पर टँगी ज्योति के पापा की तसवीर पर पड़ी, जिस पर माला लगी थी। वह तसवीर उनके नहीं होने के अहसास को और भी गहरा रही थी, जैसे घर में खालीपन कोहरे की तरह भर रहा हो! तसवीर ऐसी जीती-जागती थी, मानो देखने वाले से बात कर रही हो! किसी व्यक्ति का न

होना उसकी तसवीर को ही शब्द और अभिव्यक्ति दे देता है।

"मैंने तुम्हें परेशान तो नहीं किया?" मिहिर ने पानी लेते हुए पूछा। वह अपने संकोच से नहीं उबर पा रहा था।

"नहीं, बिल्कुल नहीं। दरअसल, कॉलेज से बहुत सारे लोग आए, पर मुझे तुम्हारे आने की उम्मीद बिल्कुल नहीं थी।" ऐसा कहते हुए ज्योति की आँखों में हलकी सी चमक आ गई और होंठों पर एक मद्धम सी मुसकराहट खिल उठी। मिहिर को ज्योति के चेहरे पर यह भाव देखकर विश्वास हो गया कि उसका आना औरों के आने जैसा महज रिवाजी नहीं था और यह अहसास उसे गुदगुदा गया।

वे दोनों अजीब सी बेचैनी के बीच बैठे रहे। किसी परिचित अनजान के बजाय बिल्कुल अपरिचित अनजान से बात करना आसान होता है। वे दोनों एक-दूसरे को जानते भी थे और नहीं भी जानते थे! वे जानते थे कि वे कैसे मुसकराते हैं, चलते हैं, बैठते हैं, कैसे कपड़े पहनते हैं। बस, आपस में बात करना ही बाकी था, जो कि पूरी तरह जानने के लिए जरूरी होता है।

ज्योति थोड़ा अजीब महसूस कर रही थी। पिता की मौत के अफसोस के बीच उसे अपने प्यार से पहली बार बात करने का मौका मिल रहा था। किस्मत ने उसे भी मोनालिसा भावों में डुबो दिया।

"क्या घर में कोई और नहीं है?" मिहिर ने पूछा।

"नहीं, मम्मी और दीदी गंगा में अस्थि विसर्जन के लिए हरिद्वार गए हैं।" ज्योति ने कहा और तत्काल उसकी आँखें 'अस्थि' बोलते हुए ही भर आईं।

"सॉरी, मैं अपनी ओर से दिलासा देनेवाली बातों में यकीन नहीं करता, वे दुःख और पीड़ा को और बढ़ा देते हैं। लोग मिलने आएँ या न आएँ, समय के साथ ही दुःख कम होता है; बल्कि मेरा मानना है कि अकेले रहना दुःख से उबरने में मददगार साबित होता है। देखो, मैंने आते ही तुम्हें रुला दिया।" मिहिर का दार्शनिक मन भी भावुक हो उठा।

उस पल में मिहिर के जेहन से खयाल गुजरा, 'इनसान को ऐसे ही

बनाया गया है, कोई भी भाव लंबे समय तक नहीं टिकता।'

"नहीं-नहीं, सबका आना एक जैसा नहीं होता।" ज्योति ने मिहिर को अहसास दिलाया कि उसका आना दूसरों से अलग था।

"ठीक है, अब और सवाल नहीं करूँगा। जो कहना चाहो, कहो। मैं सिर्फ सुनूँगा।" मिहिर की नजर दोबारा दीवार पर लगी तसवीर पर चली गई; उस माहौल में उस तसवीर को अनदेखा करना बहुत मुश्किल था। ज्योति ने मिहिर को तसवीर की ओर देखते हुए देखा और उसकी आँखें फिर से भर आईं।

"एक जीवित इनसान फ्रेम में सिमट गया। कहते हैं कि प्राण शरीर से निकलकर शून्य में विलीन हो जाते हैं।" ज्योति के हाथ हवा में घूम गए। "यदि ऐसा है तो वे बेशक यहीं हमारे साथ और हमारे बीच हैं।"

"तुमने बिल्कुल ठीक कहा। प्राण के बारे में सबसे बेहतर यही कहा जा सकता है। जब मैं जीवन के बारे में बात करना चाहता हूँ तो मन में गुब्बारे का चित्र उभरता है। यह फटता है और उसमें भरी हुई हवा उसी शून्य में मिल जाती है, जहाँ से वो आई थी। इस प्रकार यह शून्य ही ब्रह्म है। मेरा मानना है कि दर्शन अनिश्चित, अनदेखा और अज्ञात की तार्किक कल्पना है, जो ऐसे दुःख के क्षणों में मनुष्य के मन को सुकून देने के व्यावहारिक उद्देश्य को पूरा करता है।" मिहिर गंभीरता की आब में रौशन हो उठा। 'जीवन' उसके मनन की प्रिय विषयवस्तु है।

"कहते हैं कि मृत्यु के बाद आत्मा ब्रह्म में विलीन होकर परमानंद प्राप्त करती है। तो फिर इस अंतिम कृत्य के साथ इतनी पीड़ा क्यों? मरने वाला भी प्राण त्यागने से पहले पीड़ित रहता है और उसके पीछे रह जाने वाले भी आँसुओं में डूब जाते हैं।" ज्योति ने कहा, उसकी आवाज जैसे आँसुओं के भँवर को पार करके आ रही हो, आँसू छलकते-छलकते रह गए।

मिहिर संशय में है कि उसे ज्योति के और नजदीक जाकर उसे दिलासा देना चाहिए या नहीं? ज्योति का घर में अकेले होना उसे असहज कर रहा था। ज्योति को भी अचानक मिहिर की अकेली उपस्थिति का अहसास हुआ,

और वह भी अपनी अचानक से भड़की असहजता को समेटने में लग गई।

मिहिर के दिमाग में अनायास कुछ विचार उमड़े, 'अश्रु ग्रंथियाँ मानव शरीर का अंग हैं, क्योंकि भगवान् जानता था कि मनुष्य को दु:ख और पीड़ा को सहने के लिए इनकी आवश्यकता होगी। यह सब पहले से तय है।'

मनुष्य की शारीरिक रचना और दर्शन के इस मेल के बोध से मिहिर के अंत:करण में रोमांच की एक लहर-सी दौड़ गई।

"मैं चाय बनाकर लाती हूँ। तब तक तुम अखबार देख लो। तुम्हारे मेंस के काम आएगा।" ज्योति ने रसोई की ओर जाते हुए कहा।

मेंस की बात सुनकर मिहिर ने एक गुदगुदाती हुई हैरानी महसूस की— ज्योति उसकी पूरी जानकारी रखती है! अचानक उसके भीतर चाहत और प्रेम का मिला-जुला एक अद्‌भुत भाव जागने लगा। 'क्या मैं प्रेम में बँध रहा हूँ? भगवान् जाने इस भाव को कैसे परिभाषित करूँ! इनसान क्यों भावनाओं को नाम देने से बाज नहीं आता?'

"चिंता मत करो। औपचारिकता की जरूरत नहीं, और वो भी इस हाल में? मुझे शर्मिंदगी होगी।" मिहिर ने उसे उठने से रोकते हुए कहा।

"मैं भी चाय पी लूँगी। जीना है तो खाना-पीना तो पड़ेगा ही। इसमें शर्मिंदगी वाली क्या बात है?" ज्योति रसोई की ओर चल दी।

ज्योति रसोई में थी। मिहिर के आने के बाद से दोनों के दिल आवेग से भरे हुए थे। हालाँकि, वे मृत्यु जैसी त्रासदी के साए में मिल रहे थे, पर फिर भी उनके अंदर इच्छाएँ मौन नहीं रह पा रही थीं।

मिहिर प्रतीक्षा करते हुए कमरे में रखी अलमारी की ओर गया। कुछ गैजेट, रूल बुक और अल्बर्ट कामू की पुस्तकें रखी दिखाई दीं। ये पुस्तकें ज्योति के व्यक्तित्व में झाँकने की खिड़की थी। 'मैं आज ज्योति के घर पर हूँ, जो एक दिन इतनी दूर थी, अरे दूर, पर कितनी पास! यही तो अजीब बात है।' उसके भीतर हलचल-सी होने लगी, पर उसने महसूस किया कि इच्छा और मृत्यु ऐसे दो विपरीत भावों के बीच झूलने से उसका दिमाग थक रहा था।

ज्योति ने किचन से आकर उसे प्याला थमा दिया।

"तुम्हारे पापा सरकारी नौकरी में थे?"

"हम्म! वे सी.पी.डब्ल्यू.डी. से चीफ इंजीनियर रिटायर हुए थे।" ज्योति ने कहा और पापा का नाम लेते हुए आँसू वापस आ गए।

"क्या मम्मी कहीं काम करती हैं?"

"नहीं, वे तो हाउसवाइफ हैं। बड़ी बहन केंद्रीय विद्यालय, आर.के. पुरम् में पढ़ाती हैं।"

मिहिर उसकी बहन की शादी के बारे में पूछना चाहता था, पर खुद को रोक लिया।

"यह अच्छी बात है कि तुम जे.आर.एफ. की तैयारी कर रही हो। क्या पी.एच.डी. भी करनी है?" उसने पूछा। ज्योति के अंदर एक सुखद तरंग दौड़ गई कि मिहिर भी उसके बारे में जानकारी रखता है। वह मन-ही-मन अपने भाग्य को कोसने लगी, 'आज पहली बार मिहिर से बात हो रही है और उसके लिए मेरे पापा की मौत वजह बनी है। यह एक अजीव विरोधाभास है। शायद भाग्य की यही मंशा है कि मैं एक साथ जीवन के सुख-दुःख को जीना सीख सकूँ। शायद भगवान् जीवन के इस अधूरेपन के यथार्थ को प्रकट कर रहे हैं। मिहिर मेरे कष्ट के माध्यम से मेरे पास आया, पर मैं भाग्यशाली हूँ कि भाग्य ने मेरे कष्ट को दूर करने के लिए उसे चुना।' ज्योति मोनालिसा रंग में पूरी तरह रँग गई।

"पी.एच.डी. तो करना चाहती हूँ, पर यह नहीं जानती कि यह सब कैसे होगा?"

"चिंता मत करो, सब ठीक हो जाएगा।"

"मेरे पिता काम से थकने के बाद यहीं आसरा लेते थे।" ज्योति ने पुस्तकों की अलमारी की ओर संकेत किया।

"अल्बर्ट कामू! वे दर्शन की ओर झुकाव रखते थे?"

"हम्म! उन्हें अपनी पढ़ी पुस्तकों के बारे में हमें बताना पसंद था। हालाँकि, मुझे वह सब थोड़ा भारी लगता था, पर इतिहास की छात्रा होने के नाते मैं दर्शन से पूरी तरह अपरिचित भी नहीं हूँ।"

"मैंने कामू को कम ही पढ़ा है, पर यह जानती हूँ कि उनकी एब्सर्डिज्म की अवधारणा बहुत प्रख्यात और सराहनीय है। मनुष्य जीवन और ब्रह्मांड का अर्थ खोजने में लगा रहेगा, यह जानते हुए भी कि उसे अंतिम उत्तर कभी नहीं मिलेगा! मेरे पापा को शेक्सपीयर की ये लाइनें बहुत पसंद थीं, 'यह जीवन शोर और रोष से भरा है, जिसका कोई अर्थ नहीं।' ऐसे ही समय में इन शब्दों और विचारों के अर्थ समझ आते हैं। मुझे लगता है कि ऐसे लोगों ने दर्शन और साहित्य की रचना करके मनुष्य के कोलाहल से भरे मन को शांत करने का बहुत बड़ा उपकार किया है।" मिहिर हमेशा की तरह गहराइयों में उतर गया।

"यह सच है, पर ये सारे विचार मुझे बोझिल भी कर देते हैं। मैं डरकर इनसे दूर हो जाती हूँ।" ज्योति की आवाज में थकान स्पष्ट थी।

"ठीक कहा। हम हमेशा गहराइयों में नहीं रह सकते, सुकून के लिए सतह पर भी आना पड़ता है। कला होने के साथ-साथ जीवन एक विज्ञान भी है, जिसे सही तरीके से सँभालना पड़ता है।"

मिहिर ने देखा कि अचानक ज्योति फिर से रुआँसी हो गई। उसने आँसू थामने चाहे, पर फिर भी फूट पड़े, "मम्मी को अकेले ही सब झेलना होगा।"

"नहीं, उनकी बेटियों का साथ उनके पास है। उनके बच्चे निडर और मजबूत हैं। तुम दोनों अपना कॅरियर बना रही हो और मुझे यकीन है कि तुम बाकी दुनियादारी भी अच्छी तरह निभा लोगी। हाँ, इस सदमे से उबरने में थोड़ा समय जरूर लगेगा।" मिहिर ने उसे दिलासा देना चाहा और भावना के आवेग में अनायास उसकी हथेली को थाम लिया। उसका स्पर्श पाते ही ज्योति उसकी छाती से लिपट गई, उसका हाथ मिहिर के कंधे पर था और वह सुबकियाँ भर रही थी। उसके भीतर जमे भाव पिघल रहे थे, अंत में उनकी केमिस्ट्री जीवंत हो उठी। मिहिर वहीं जड़ हो गया, उसके हाथ हवा में अधूरे आलिंगन को पूरा करने की प्रतीक्षा में थे। ज्योति उसकी हिचक को भाँप गई और उसने अपने दोनों बाजुओं से उसे आलिंगन में ले लिया। अब उसके पूरे शरीर का अहसास मिहिर पा रहा था। मिहिर ने भी अपने आलिंगन को पूरा किया। दोनों इस मिलन की धुन के बीच कहीं खो-से गए। मिहिर स्नेह से

ज्योति के बाल सहलाने लगा। वही लहराते बाल, जो अकसर अपने उछाल से उसके दिल को धड़का देते थे, पर आज कितने उदास और सुस्त लग रहे थे!

मिहिर सोचने लगा, 'मृत्यु के साए में इच्छा करवट ले रही है; कमरा मोनालिसामय हो गया है।'

यह महज दो अजनबियों का मेल तो नहीं था। पहली बार की इस मुलाकात में भी एक निरंतरता का अहसास था। वे दोनों ही एक-दूसरे के दिल की धड़कनें सुन रहे थे। वे शांत रहे। और फिर उन्हीं क्षणों के बीच जैसे आसपास की दुनिया का भी अस्तित्व नहीं रहा। आवेग दिमाग पर हावी हो चला और वे उसके साम्राज्य के अधीन हो गए।

वे दोनों ही सोफे की ओर बढ़े, पर ज्योति मिहिर को अपने कमरे में ले गई। वे भीतर जा ही रहे थे कि आवेग की लहर थमी, अचानक ही आकर्षण का सम्मोहन टूटा और उनका आलिंगन छूट गया।

दोनों में से किसने पहले छोड़ा, वे नहीं जानते थे। वे कुछ देर तक विस्मित भाव से खड़े रहे और फिर मिहिर ज्योति से लजाते हुए वहीं बैठ गया।

वह शर्मिंदा होते हुए सोचने लगा, 'मेरी वासना एक शोकमग्न लड़की के लिए उभरी। ज्योति के लिए इस कोमल भावना को क्या नाम दूँ? उदय ने सलाह दी थी कि सेंटी लफड़े में नहीं पड़ना चाहिए और इधर भाग्य मुझे उसकी तरफ खींच लाया। क्या संदीप की तरह मैं संतुलन बना सकता हूँ? यह सब ऐसे समय में हुआ, जब मेंस सिर पर हैं। मेरे पास समय नहीं कि इस तरह की उथल-पुथल को अपनी पढ़ाई पर हावी होने दूँ। पर ज्योति इस घटना के बाद से उत्साहित हो सकती है; वह अपनी उदासी से थकी हुई दिख रही थी।'

ज्योति भी अपराध-बोध से जूझ रही थी, 'क्या मैं पाप कर रही थी? पापा अभी-अभी गए?' पर फिर भी उसके चेहरे पर एक नयापन झलक रहा था। वह सोचने लगी, 'यह अच्छा है कि हम और आगे नहीं बढ़े; पर इस जुनून के छींटे मात्र ने मुझे कितना सुकून भी दिया!'

कुछ देर तक दोनों ही अटपटा महसूस करते रहे। अंततः शब्दों ने कमान सँभाली।

"कुछ खाओगे, भूख लगी होगी?" ज्योति ने सन्नाटा तोड़ा और उसके पास खिसक आई।

"नहीं, थैंक्स! मुझे अब चलना चाहिए।"

"यह सही नहीं है। तुमने अपने परिवार के बारे में तो कुछ बताया नहीं। मुझे तुम्हारे बारे में कुछ तो पता होना चाहिए।" ज्योति मिहिर के पास बैठ गई।

उन्होंने कुछ देर बात की, मिहिर ने उसे अपने बारे में बताया।

कुछ देर बाद मिहिर ने उससे दृढ़ता से विदा लिया। जब तक वह घर पहुँचा, तब तक उसका दिमाग जीवन-मृत्यु की गहरी सोच में डूब चुका था, 'जीवन-मृत्यू का ये चक्र व्यर्थ है; ईश्वर के लिए एक शरीर से प्राण लेकर दूसरे शरीर में डाल देना खेल है; वह इस खेल के माध्यम से स्वयं को ही विभिन्न चेहरों के रूप में प्रकट करता है।' रात को जब उदय और संदीप सो गए तो मिहिर ने अपनी डायरी निकाली। उसके भीतर के भाव उमड पड़े और शब्दों में प्रवाहित होने लगे—हे ईश्वर! क्या यह व्यर्थ खेल कहीं तुम्हारा रूप और पहचान बदलने की इच्छा की पूर्ति मात्र हेतु तो नहीं है! मनुष्य तुम्हारे मनोरंजन का सिर्फ एक साधन तो नहीं है!

□

पहला प्रयास असफल

मेंस शुरू हो गए थे और यह उनका पहला पेपर था, सामान्य ज्ञान। तीनों परीक्षा केंद्र पहुँचे। उनका एक साथ होना सोम की तरह था, जो उनकी हलचल को काबू में रखे था। सब जगह परीक्षार्थी दिखाई दे रहे थे, कुछ खड़े हुए, कुछ बैठे हुए और कुछ तनाव में टहलते हुए, मानो आसपास की दुनिया अस्त हो चुकी हो। कुछ के साथ उनके माता-पिता भी हौसला अफजाई के लिए आए थे। ये बच्चे सहानुभूति के पात्र लग रहे थे, मानो बाकी दुनिया से उनका कोई नाता ही न रहा हो!

"लगता है कि इसे प्रश्न-पत्र में पहला प्रश्न यही मिलने वाला है।" उदय ने मुसकराते हुए एक लड़की की ओर संकेत किया, जो बेचैनी से अपने नोट्स बाँच रही थी।

"अगर ऐसा नहीं हुआ तो इसके तोते उड़ जाएँगे।" मिहिर ने एक कृत्रिम मुसकराहट के साथ कहा।

"ओह, यह सी.एस. कितना बड़ा दानव प्रतीत हो रहा है।" संदीप ने अपनी नजर घुमाते हुए कहा।

"आधा घंटा रह गया है। हम इन लोगों का मुआयना करके अपना मन हलका कर सकते हैं।" उदय बोला।

"ओह, मुझे नहीं लगता कि मैं अपना दूसरा पेपर दे भी पाऊँगा। मेरे तो पचास अंक के प्रश्न बिना उत्तर दिए ही छूट गए।" मिहिर हारा हुआ-सा लग रहा था।

"मेरे भी करेंट अफेयर्स में तीस और स्टेटिस्टिक्स में दस रह गए, तो कुल मिलाकर मैं भी इसी नाव में सवार हूँ।" संदीप ने कहा।

"कहते हैं कि ये पहले समय ज्ञान का पेपर समय के विपरीत एक दौड़ है। मैंने भी तीस अंक गँवा दिए। लेकिन हमें तैरते रहना है, यही मंत्र है।" उदय ने उन्हें दिलासा दिया।

पर जी.एस. में 50 अंक खोने का सदमा मिहिर पर ऐसा हावी हुआ कि उसमें बाकी पेपर देने का आत्मविश्वास जाता रहा। बचे हुए पेपर्स लिखने के प्रति मिहिर में एक अरुचि-सी पैदा हो गई। वह किसी तरह मेंस पूरा करने मात्र में कामयाब रहा। आखिरी पेपर एंथ्रो का था, जो वह पूरा भी नहीं कर सका था। लेकिन इम्तिहान खत्म होते ही, वो अगली बार के लिए केंद्रित था। कई बार स्वयं से असंतोष भी आपको एकाग्र होने में मदद करता है।

संदीप के लिए मेंस खत्म होने का मतलब काम पूरा होना नहीं था। उसे जे.आर.एफ. की प्रवेश परीक्षा देनी थी, और कुछ ही दिन शेष थे। वह प्रोफेसरशिप के विकल्प को छोड़ना नहीं चाहता था और इस टेस्ट को पास किए बिना यह संभव नहीं था। उसने उदय और मिहिर को भी फॉर्म भरने के लिए प्रेरित किया था और परीक्षा में बैठने के लिए भी मना लिया। वे एक-दूसरे को इनकार नहीं करते थे। इस तरह उनकी दोस्ती की मिठास बनी हुई थी।

मेंस और जे.आर.एफ. पूरे होने के बाद उदय और मिहिर छुट्टियों में घर गए और संदीप अपनी पी.जी. की पढ़ाई में कमी को पूरा करने के लिए वहीं रहा।

वे लोग उदय और मिहिर के वापस आने के बाद फिर से मिले।

"घर में मम्मी की मुझसे इतनी उम्मीद देखकर ही कुछ बेचैनी सी हो रही थी। अगर असफल हुआ तो क्या होगा?" उदय गंभीर हो चला था।

"मैं ठीक ही रहा। मम्मी ने पापा को समझा दिया कि यह पहला प्रयास तो सी.एस. को समझने की कोशिश भर ही था, पर पापा फिर भी आशान्वित दिख रहे थे।" मिहिर ने कहा।

उनकी बातों को सुनकर संदीप ने थोड़ी राहत महसूस की, क्योंकि वह

अपने भैया और पिताजी के ताने सुनने से बच गया।

उदय अपने मेंस को लेकर निश्चिंत था और उसके भाइयों ने भी उसकी संभावनाओं पर मोहर लगा दी थी। संदीप ने कहा कि वह किसी भी तरह से यकीन से कुछ नहीं कह सकता। मिहिर तो आशा से मुक्त हो ही चुका था, एक उदास शांति थी बस। मिहिर और उदय ने पी.जी. की कुछ क्लासेज अटेंड कीं और तीनों ने फिर से अगले प्रीलिम्स के लिए ग्रुप स्टडी शुरू कर दी। संदीप और मिहिर एंथ्रो पर ध्यान दे रहे थे, इसलिए हमेशा की तरह सी.एस. और एम.ए. की तैयारी साथ-साथ हो रही है, हालाँकि, एम.ए. में इस बार उनके पास मध्यकालीन भारत का जाना-पहचाना विकल्प है, पश्चिमी एशिया के साए से मुक्त।

एंथ्रो और मिहिर में अब भी एक अनजानापन कायम है। मिहिर कई तरह के कंकालों से घिरा है—ऑस्ट्रेलोपिथेकस, रामापिथेकस आदि। वह एंथ्रो से बचने के बहाने खोजता रहता है। पर उदय का मंत्र है कि कई बार सफलता हेतु कड़वी गोली भी निगलनी पड़ती है। हालाँकि, कंकालों की सांख्यिकी सीखते हुए मिहिर अकसर सोचता है, 'अगर हमारे सारे पुरखों का अंतिम संस्कार अग्निदाह करके किया गया होता तो ये कंकाल मुझे इस तरह न डराते! क्या यही जानना बहुत नहीं था कि हमारे पूर्वज बंदर थे? भारत सरकार को चलाने के लिए यह जानना क्यों आवश्यक है कि उनका आकार और आकृति क्या थी और हमारे वानर पूर्वज कितने बुद्धिमान थे?'

मिहिर फिर से पुस्तकालय जाने लगा। बस, अंतर इतना है कि ज्योति के साथ उसकी केमिस्ट्री में अब थोड़ा बदलाव आ गया था। उस दिन ज्योति के घर जो हुआ, उसके बाद ज्योति काफी समय तक नहीं मिली थी और फिर मिहिर मेंस में व्यस्त रहा। अब वे लोग चुप्पी से 'हैलो' पर आ गए, पर अब भी दोनों के बीच असहजता कायम थी, एक-दूसरे को देखकर अजीब सी हिचकिचाहट उभर आती। उस दिन ज्योति के घर उनकी नजदीकियों ने मिहिर के मन में सहानुभूति और चाहत का एक विचित्र सा मिश्रण घोल दिया था। उस दिन उनकी बातचीत के दौरान मिहिर ने उसे बताया था कि उसने अपने

जीवन के सभी अहम निर्णय अपने माता-पिता पर छोड़े हुए हैं। शायद यही कारण है ज्योति की हिचकिचाहट का, क्योंकि उसे इतनी समझदारी तो होगी कि एक अहम निर्णय उसके विवाह का भी होगा!

संदीप-अपर्णा की जोड़ी सही तरह से मध्यम मार्ग पर चल रही थी। उदय और संजना अब भी अपनी यौनिकता के आकर्षण में थे। उदय के पास अपने रिश्ते की लगाम थी। उसे लगता था कि उसने संजना को यह भी बता दिया था कि उसकी शादी उसकी मम्मी की मरजी से होगी, फिर भी वह उसके साथ थी। यही बड़ी बात थी, जिससे उसके अहं की पूरी तुष्टि होती थी। विवाह और चाहत का मेल हमेशा संभव नहीं होता, सच कहें तो प्रेम का भी, क्योंकि प्रेम केवल दो लोगों के बीच का मामला है, जबकि शादी दो परिवारों के।

मेंस का नतीजा होली की मस्ती के रंग चढ़ने ही नहीं दे रहा था, पार्श्व संगीत की तरह बजता रहता।

संदीप के लिए यह संगीत तेज और कानफोड़ू था। वह जे.आर.एफ. के नतीजों के लिए भी परेशान था।

"कल मुझे यूनिवर्सिटी जाना होगा। जे.आर.एफ. और नेट के नतीजे आ रहे हैं।" संदीप ने उत्तेजित लहजे में कहा।

"कुत्ते की पूँछ कभी सीधी नहीं हो सकती।" उदय संदीप पर झपटा।

"हमें इसके साथ चलने की जरूरत नहीं है। यह जो चाहता है, इसे करने दो।" मिहिर ने भी उदय की चिढ़न बाँटी।

"क्या तू नहीं जानना चाहता कि तुम्हारी कोशिश किस हद तक कामयाब रही? उदय ने ई.एच.कार की पुस्तक को पूरे दो दिन दिए थे।" संदीप ने शरारत से कहा।

"मैंने कभी नहीं सोचा था कि इतिहास जानने से ज्यादा मुश्किल होगा, यह जानना कि इतिहास क्या है? बड़ी भीषण पढ़ाई थी। जब तक तुम अपने पढ़े हुए पर थोड़ी पकड़ बनाते हो, अचानक सब सर से गायब हो जाता है। मानो साँप-सीढ़ी का खेल चल रहा हो, 100 पर पहुँचने से ठीक पहले 99 पर साँप काटता है और आप फिर से एक पर आ जाते हो।" उदय ने ई.एच.

कार पर अपनी मसखरी भरी भड़ास निकाली।

उदय की बात सुनकर मिहिर सोचने लगा, 'इतिहास की तरह ही, जीवन क्या है', यह जानना जीवन जीने से अधिक कठिन है।'

'यह इतिहास का दर्शन था,' मिहिर उदय की मिसाल को आगे ले गया। 'यही वजह है कि मैं एक शीर्षक से दूसरे पर बढ़ता गया और अंतराल को भरने का काम अपनी कल्पना पर छोड़ दिया। जीवन में कुछ चीजें तभी समझ आती हैं, जब आप उन्हें समझने का प्रयास छोड़ देते हैं।'

संदीप ने उदय से व्यंग्यपूर्वक कहा, "इसका मतलब है कि मिहिर को फिर से अच्छे अंक मिलना तय है।"

मिहिर विस्मित हो उठा, उसे याद आ गया कि उसने परीक्षा में क्या लिखा था, 'इतिहास लंबे समय से तथ्यों का सहेजना मात्र नहीं है, यह तथ्यों की व्याख्या है। कार कहते हैं कि तथ्यों का चुनाव और उनकी व्याख्या, इतिहासकार के व्यक्तित्व पर निर्भर करती है। सीधे शब्दों में, तथ्य और व्याख्या में से कुछ भी संपूर्ण और निश्चित नहीं होता और धरती पर व्यक्तित्व की विविधता ने इतिहास के अध्ययन और समझ को भी विविध बना दिया है। हमें समझ को शुद्ध और संपूर्ण बनाने हेतु व्यापक और गहन शोध की आवश्यकता है।'

अगले दिन वे तीनों यूनिवर्सिटी गए, हालाँकि, उदय नहीं चाहता था। पिछली बार की तरह संदीप नोटिस बोर्ड के सामने था और मिहिर और उदय उसके पीछे खड़े थे।

"यह तो असली दानव है, जाने कैसे बिना पेड़ लगाए फल ले आता है!" संदीप की कटाक्ष भरी मुकसराहट में एक प्रशंसा का भाव था।

"क्या पश्चिमी एशिया वाला प्रसंग दोहराया गया?" उदय ने मिहिर को देखते हुए कहा, मुसकराते हुए गुस्से के साथ।

"हाँ, यह नेट लिस्ट में है।" संदीप ने खुलासा किया।

"सैंडी, तेरा क्या रहा? यह हमें अपना नतीजा नहीं बताएगा।" मिहिर ने नोटिस बोर्ड की ओर जाते हुए कहा।

"देखने की जरूरत नहीं है। मेरा नाम जे.आर.एफ. लिस्ट में है।" संदीप ने भोलेपन से कहा।

उदय बोला, "मैंने तो पेपर भी पूरा नहीं किया था। यह तो बोनस हो गया। तुम दोनों को ट्रीट देनी होगी।"

"ट्रीट? मैं? मेरा तो बिना फेलोशिप के नेट मात्र है। पर सैंडी के पी.जी. में पचपन आए हैं और अब जे.आर.एफ. भी हो गया तो पार्टी तो इसे देनी होगी।" मिहिर संदीप को देखकर मुसकराया। मिहिर को याद आया कि जब वह पिछली बार दिल्ली आ रहा था तो उसके पिता ने कहा था, 'यह कितना दुर्भाग्यपूर्ण है कि लोग फेलोशिप को वित्तीय स्वतंत्रता समझ बैठते हैं और इस भ्रम में आकर अपना लक्ष्य भूल जाते हैं! तुम इस जाल में मत फँसना, अन्यथा अपने लक्ष्य से भटक भी सकते हो।'

इससे पहले कि जे.आर.एफ. की धुन थमती, मेंस की धुन सुनाई देने लगी। नतीजे किसी भी दिन आ सकते थे।

पूरा दल बतरा पर था और फिर वही मोटर साइकिलों का काफिला भगदड़ के बीच तैयार था। मेंस के नतीजे घोषित हो चुके थे। इस बार तीनों में से केवल उदय का नाम सुनाई दिया। वह खुशी से मचल गया, पर दोस्तों के लिए अपनी खुशी को तुरंत वश में कर लिया, मानो सूरज की किरणों को ठंडी धुंध ने घेर लिया हो! उदय शांत हो गया, एक अस्थिर शांति! संदीप और मिहिर भी चुप रहे। चुप्पी ही उस बेचैनी को अभिव्यक्त कर सकती थी। हालात की माँग थी कि वे लोग उदय के लिए खुश हों। मिहिर सोचने लगा, 'आह, यह तो पूरी तरह से मोनालिसा अहसास है, स्वयं का दुःख और दोस्त का सुख एक साथ, अचानक मिहिर के जेहन से ईर्ष्या की बू आ उठी। 'मैं अपने दोस्त से ईर्ष्या कर रहा हूँ। वैसे संवेदनशील हूँ, पर जब वास्तविकता में इसकी परख है तो असफल हो रहा हूँ। वैसे तो ईर्ष्या का भाव मनुष्य में जन्म लेना कुदरतन है, पर विवेक से उस पर काबू पाकर उसे एक सकारात्मक दिशा देना ही इनसानियत का तकाजा है। उदय की माँ का संघर्ष उनके बेटे की सफलता का हकदार है।' मिहिर को अचानक उदय की मम्मी का ध्यान

आ गया। वह सी.एस. के बारे में सोचता रहा, 'कोशिश हो या न हो, नतीजों के समय उम्मीद तो बँध ही जाती है। आह, काश! कहते हैं कि सी.एस. की दुनिया में करिश्मे होते हैं, पर करिश्मे दिखते नहीं, सुने जाते हैं। खैर, मैं भी सी.एस. को पाने के लिए पुरजोर कोशिश करूँगा। कर्म मात्र ही मेरे वश में है।'

जैसाकि होता है, इनसान जिंदगी के रंगों में ढलने की कोशिश करता है, चाहे वह सुख हो या दुःख। उदय इंटरव्यू देने वाला है। संदीप अपने एम.ए. को सँभालते हुए पिछली बार की कमियों पर ध्यान दे रहा है, जे.आर. एफ. होने की वजह से पैदा हुई दिल्ली विश्वविद्यालय में प्रोफेसरशिप की संभावनाओं ने उसे सुकून दिया है। मिहिर खुद को अगली तैयारी में झोंक देना चाहता है। इस बदले हुए परिदृश्य में मिहिर के दिमाग में असफलता का दुःख और संकल्प से उत्पन्न आशा एक साथ बसे हुए हैं।

होली आ गई और उदय, संदीप व मिहिर के लिए होली के रंग इस बार अलग-अलग हैं। हालाँकि, उनकी दोस्ती ने सी.एस. का सोम पैदा किया, जिसने हर किसी को अपने नशे में बाँध लिया। उनकी होली का रंग फिर से एक हो गया। और फिर वह एक 'जुम्मा चुम्मा होली' हो गई।

"अंतिम नतीजे आ गए, उदय का क्या हुआ?" अजीत चिल्लाते हुए घर में आया। मिहिर घर में पड़ा अपने पुरखों के कंकालों से जूझ रहा था। संदीप एम.ए. के नतीजों के बाद राँची में अपने घर जा चुका था और उदय ने अपने अंतिम परिणाम पटना में मम्मी के साथ सुनने की योजना बनाई हुई थी।

"कब?" मिहिर ने पूछा।

"आलोक ने कुछ देर पहले बताया।" अजीत बोला।

"मैं असलम से पूछता हूँ, उसने भी इंटरव्यू दिया है, उदय ने उसे अपना रोल नंबर दिया था, ताकि जल्दी पता चल सके।" मिहिर जाने को तैयार हो गया।

मिहिर और अजीत असलम के घर गए, जो बतरा के पास ही रहता था। सड़क पर होने वाली हलचल परिणाम घोषित होने की जोर-जोर से गवाही दे रही थी। उन्होंने असलम के घर के बाहर पान की दुकान पर उसे कुछ लड़कों

से बात करते देखा, जिनके चेहरे बता रहे थे कि वे सफल नहीं हो सके। असलम ने मायूसी से सिर हिलाया।

"इस लिस्ट में नहीं है। अब तक एम.एन. से दो नाम हैं।" असलम ने दु:खी स्वर में कहा।

"क्या उदय को पता है?" मिहिर ने पूछा।

"उसे बताया नहीं अभी।"

"हमें उसे बताना चाहिए।" अजीत ने कहा।

मिहिर ने उदय को फोन किया और समय नष्ट किए बिना खबर दे दी। उदय कुछ नहीं बोला। वो चुप्पी सब बयाँ कर रही थी, गुब्बारे के अचानक फटने की तेज आवाज!

"यह तेरा पहली बार है और पहली बार में इंटरव्यू तक आना मजाक नहीं होता।" मिहिर ने उदय से कहा। कॉल कट गया और उस कटने की आवाज में मिहिर को एक हृदयभेदी सन्नाटा सुनाई दिया।

"जब लोग कहते हैं कि सी.एस. का रास्ता खतरनाक और फिसलन से भरा है तो वे सच ही कहते हैं।" अजीत ने उदासी से कहा।

"मैं सोच रहा हूँ कि उसे कैसा लग रहा होगा! अच्छे इंटरव्यू के बाद सकारात्मक मन के साथ पटना गया था, ताकि मम्मी के साथ खुशी बाँट सके।" मिहिर जानता है कि बेटे की सफलता उसके माता-पिता के चेहरों पर पूर्ण रूप से प्रखर होती है। ऐसे में उसे अपने पिता का खयाल बार-बार आ रहा था, जो जुनूनी साथी की तरह उसके बाकी सभी दरवाजे बंद करने के फैसले में उसके साथ खड़े रहे, ताकि वह सी.एस. पर पूरी तरह से केंद्रित हो सके।

दृश्य फिर से बदला, क्योंकि तीनों फिर से प्रीलिम्स की तैयारी करने में जुट गए। जीवन हमेशा शोक मनाने की विलासिता नहीं देता, खासतौर पर अगर आप इस परीक्षा में हैं, जिसकी सारणी ही कुछ इस तरह की है, अंतिम परिणाम आने के तुरंत बाद ही अगले प्रीलिम्स की आहट।

□

तिकड़ी का अलगाव

तिकड़ी का आपसी मेल उनके जीवन-संघर्ष के पथ को आसान बना रहा था।

वे आराम से प्रीलिम्स देने के बाद मेंस की तैयारी करने लगे। एम.ए. पास करने के बाद सी.एस. की राह में कोई अवरोध नहीं था। इन बदले हुए हालात में संदीप ने अपने जे.आर.एफ. फेलोशिप के बल पर अपने पिता तथा भाई के साए से निकलकर दिल्ली में रहने का जुगाड़ कर लिया था। अब वह वित्तीय रूप से स्वतंत्र था। पर मिहिर के लिए नेट में सफलता का कोई खास मूल्य नहीं था; उसकी दुनिया सी.एस. से शुरू होकर सी.एस. पर ही खत्म होती थी। पहले प्रयास में इंटरव्यू तक पहुँचना अब उदय के लिए प्रेरणा का स्रोत हो गया था, उसकी आशा बँधने लगी थी कि सी.एस. को द्वितीय प्रयास में पाया जा सकता है! वह किसी घायल शेर की तरह था, जो शिकार की टोह में निकला हो! अपर्णा, संजना और ज्योति उन तीनों के जीवन में साथी बनी हुई थीं।

"मुझे लगता है कि यह एंथ्रो बड़ा धोखा है। यह एक तरह की बेहोशी में मुझे रखता है। मैं इन सभी मृतकों के भीतर नहीं प्रवेश कर सकता। ये चिपांजी मेरी सी.एस. की संभावना को निगल रहे हैं, मैं इनकी खोपड़ी के आँकड़े याद नहीं कर सकता, ये सब मुझे 'अजीत' बना रहे हैं।" मिहिर ने उदय और संदीप से परेशान लफ्जों में अपनी व्यथा बयाँ की। असफलता आपकी कमजोरी को उजागर कर देती है।

"भगवान् के लिए पढ़ाई के साथ ज्यादा भावुक मत बन। प्रोफेशनल बन और जो पढ़ना है, वो पढ़ना है। कड़वी दवा समझ के पीता रह। अगर ऑप्शनल

बदला तो अब तक के पढ़े का फायदा गँवा देगा।" उदय ने अपनी चिर–परिचित स्पष्टता के साथ सलाह दी।

"और तू अजीत नहीं है। उसके लिए तो सबकुछ ही एंथ्रो है।" संदीप ने हँसते हुए कहा।

"पर अगर विज्ञान पक्के तौर पर जानता है कि चिपांजी ही हमारे पूर्वज थे तो आदम और हव्वा की कहानी क्यों चली आ रही है?" मिहिर मनन–मुद्रा में दिख रहा था।

"भगवान् को जीवित रखने के लिए।" उदय ने फिर मजाकिया कटाक्ष किया।

"मुझे लगता है कि मिहिर को फिलॉसफी लेनी चाहिए थी, ऐसा विषय, जिसमें हर फंडे पर बात कर सकते हैं, अपनी मरजी से ईश्वर के अस्तित्व को सत्य या मिथ्या साबित कर सकते हैं।" संदीप बोला।

"पर तथ्यात्मक उत्तर से ही पूरे अंक आते हैं। सी.एस. में किस्से नहीं चलेंगे। रणनीति यही कहती है कि सुरक्षित रहने के लिए अच्छे अंक को ही लक्ष्य रखो।" उदय बोला।

"तू कहना चाहता है कि भगवान् की पढ़ाई किस्सागोई है?" संदीप के चेहरे पर मसखरापन पूरा निखरा हुआ था।

"मैं उदय से सहमत हूँ। सी.एस. के मामले में ईश्वर का मामला जोखिम वाला हो सकता है। मान ले कि मैंने ऐसे प्रश्न के लिए कल्पना का उपयोग किया, जिसमें कोई तैयारी नहीं थी और ईश्वर को नकारने की कोशिश की और परीक्षक आस्तिक निकला तो? वह सी.एस. के सपनों को मिनटों में कुचल देगा। जब धर्म और विश्वास की बात आती है तो खुद को परे रखकर निष्पक्ष और तार्किक ढंग से सोचना मुश्किल हो जाता है। कभी कभी बुद्धिजीवी भी विश्वास के कब्जे से बाहर नहीं निकल पाते।" मिहिर फिर से संजीदगी में रँग रहा था।

"हाँ, बस, भगवान् के साथ इतना ही संबंध रखो कि वह जीवन के असुरों से निपटने के लिए सोम देता रहे।" उदय बोला।

"भगवान् भी तो उपयोगितावादी है, जो धरती पर न रहने के बावजूद

इनसान के माध्यम से अपना अस्तित्व बनाए हुए है।" उदय फिर से व्यंग्यात्मक हो चला।

"मैं सहमत हूँ। हमेशा से ऐसा ही होता आया है। एंथ्रो में धर्म कहता है कि इनसान हर उस ऐसी चीज में भगवान् को देखता है, जो उपयोगी है, या जिससे उसको भय है।" संदीप बोला।

"मैं इन भयंकर चिंपांजियों से जूझ रहा हूँ, तुम दोनों मजे से भगवान् पर प्रवचन देने की विलासिता लूट रहे हो! स्वर्ग से उतरकर जमीन पर आ जाओ, भगवान् को स्वर्ग में ही रहने दो, वह मुझे इन चिपांजियों से नहीं बचा सकता।

"पर मैं यह देखकर हैरान हूँ कि सी.एस. में आसान विषयों के साथ कठिन विषयों के समान ही व्यवहार किया जाता है; कहते हैं कि भाषा और साहित्य वाले लोग व्याकरण और तथ्य रटकर ही सी.एस. का बेड़ा पार कर लेते हैं।" मिहिर अपने पूर्वजों को याद करके विस्मित है।

"बिल्कुल ठीक कहा। उनके पास सबके लिए एक तयशुदा पैमाना होना चाहिए। सिर्फ जी.एस. का ही पेपर होना चाहिए, इस तरह विज्ञान के छात्र कला और कला के छात्र विज्ञान पढ़ेंगे, सबके लिए एक तरह का मैदान।" संदीप ने मिहिर की बात का समर्थन किया।

तीनों पिछले प्रयास में असफलता की मायूसी से पूरी तरह निकलकर दूसरे मेंस के लिए लयबद्ध हो रहे थे। पर अचानक पहले प्रयास की मार्कशीट सामने आते ही सबकुछ बदल गया, अतीत वापस आ खड़ा हुआ सामने, पूरी तरह झंझावात में लिपटा!

"हद है यार! ये मैंने क्या कर दिया?" मिहिर अपनी मार्कशीट हाथ में लिये आह भरता हुआ बिस्तर पर पसर गया।

"क्या हुआ यार?" संदीप ने पूछा।

"सामान्य ज्ञान–1 में 300 में से 167। उसमें ही मेरे 50 नंबर के सवाल छूट गए थे और मैं इसके सदमे से उबर न सका और बाकी के पपेर्स में बेमन से औपचारिकता मात्र पूरी की। एंथ्रो में कुल 600 में 240, जिसको मैंने भयंकर अरुचि के साथ लिखा था। और सुनो, निबंध में 200 में से 126!" मिहिर अत्यंत

दु:खी था, पछतावे से तड़पता हुआ।

"मेरा तो और भी बड़ा कमाल है। इतिहास में 278 और पब.एड. में 340। सामान्य ज्ञान-1 में 134, हालाँकि, केवल 30 अंक ही गँवाए थे। इंटरव्यू 300 में 165 के साथ ठीक-ठाक ही रहा। सी.एस. में कमी रह गई और इतिहास ने भी साथ नहीं दिया। पब.एड. में मेहनत के हिसाब से ज्यादा ही आ गए।" उदय विस्मय में था, संदेह से ग्रसित।

"मेरे मामले में तो सबकुछ पहले से पता था, पर एंथ्रो-1 में 180, गजब! लेकिन टोटल सिर्फ 805।" संदीप ने शांति से कहा, परिणाम स्वीकार करते हुए।

"उदय, तेरे मेंस में टोटल कितने है?" मिहिर ने पूछा।

"874"

"ओह, मेरे 836, इतना बिगाड़ने के बाद भी! और सुना है 853 पर भी इंटरव्यू कॉल आया है। काश, खुद को थोड़ा सँभाल लिया होता और इम्तहान दिल लगाकर लिख दिया होता तो" मिहिर बेचैनी से भर गया।

"तुझे तो खुश होना चाहिए कि इतने पास आ गया था। तभी तो अनुभवी लड़के कहते हैं कि सी.एस. की राह में बस, बढ़े चलो।" संदीप ने दार्शनिक अंदाज में कहा।

"और ऊपर से ओ.बी.सी. आरक्षण से मुक्त यह आखिरी अवसर था। सुना है, अगली बार रिक्तियाँ भी कम होंगी।" मिहिर का मन बुरी तरह से कचोट रहा था।

"अब व्यर्थ चिंता मत कर।" उदय ने बात सँभाली। "मंत्र है कि बस, प्रवाह में रहो। सी.एस. भी कृष्ण की राह पर चलने की सीख देता है, फल की इच्छा किए बिना कर्म करते रहो।"

"तुम अनासक्त हो? नहीं। तुमने कहा कि मैं सी.एस. पर जीत हासिल करूँगा। यह हमारी आसक्ति है। यह सब फल की चिंता नहीं तो क्या है?" संदीप ने पलटवार किया।

"हाँ, वही कर रहा हूँ। अगर प्रवाह के साथ ही बहना है तो छेदवाली नौका लेकर लहरों से लड़ना क्यों?" उदय फिर से पुराने मूड में आ गया।

उदय की बात में मिहिर को भी दम लगा। वह उठकर उदय से बोला, "पता नहीं, ये शब्द सच में कृष्ण ने अर्जुन से कहे थे या नहीं, पर इस जगह तो तुमने ही मुझसे कहे हैं, इसलिए आज से तुम ही मेरे कृष्ण हुए।"

"कितनी भावुक बात है, पर बिल्कुल सही।" संदीप मिहिर को स्नेहपूर्वक देखते हुए बोला।

मिहिर सोचने लगा, 'मैं कब से अपने दिल की बात इस तरह कहने लगा? जीवन में भावों का ज्वार अंतर्मुखीपन को बहा ले जाता है।'

जीवन फिर से रंग बदलने लगा। सी.एस. के कारण लड़कों ने जीवन के तेजी से बदलते रंगों के साथ सामंजस्य स्थापित करना सीख लिया था।

संदीप ने एम.फिल. में नाम लिखवा लिया है। मिहिर और उदय का पूरा ध्यान सी.एस. पर केंद्रित है।

मेंस की परीक्षा शुरू हुई और लड़कों ने पूरे आत्मविश्वास से हॉल में कदम रखा। बस, मिहिर को एंथ्रो की ओर से थोड़ा डर था। पेपर अच्छे हुए। कुल मिलाकर सब बेहतर रहा और जो नहीं रहा, उसे दार्शनिक पुट दे दिया गया कि यह सब तो ऐसी वृहत परीक्षा के लिए सामान्य है। मिहिर थोड़ा चिंतित जरूर था कि वह अपने पूर्वजों के बारे में बहुत ठीक से नहीं लिख पाया और उसकी हैंडराइटिंग भी अच्छी नहीं थी और समाप्ति की ओर आते-आते तो पढ़ने लायक भी नहीं रह गई थी। उदय का कहना है कि उसने अपनी समझ से बेहतर किया और अब किस्मत के पाले में गेंद है, पहले प्रयास की विफलता ने उसे थोड़ा भाग्यवादी बना दिया है। संदीप एक ऐसा आशावादी है, जिसे लगता है कि उसकी सकारात्मकता इम्तिहान में उसके बीते हुए प्रदर्शन को भी उभार देगी, सी.एस. के मामले में उसे थोड़ा बहुत भुलावा भी गवारा था, शायद फेलोशिप से आए आत्मविश्वास का उछाल असर दिखा रहा था।

उदय परीक्षा के बाद घर चला गया, उसकी मम्मी का अकेलापन उसके दिमाग को परेशान करता रहता था। मिहिर भी घर आ गया है। मिहिर के पिता सर्विस से रिटायर हो गए हैं, इसलिए अब उसे दिल्ली में रहने में संकोच होता है। पुराने स्नैपशॉट बार-बार विकराल रूप में सामने आते हैं। पिता ट्यूशन ले रहे हैं,

ताकि उसका दिल्ली का खर्च निकल सके। बड़ी बहन की शादी नहीं हो पा रही, क्योंकि दहेज देने लायक पैसे नहीं हैं और बीतते समय के साथ दहेज बढ़ता जा रहा है। माँ की शर्मिंदगी बढ़ती जा रही है, क्योंकि उन्हें लगता था कि सीतागढ़ की उनकी छोटी सी दुनिया उनका परिहास करती होगी। मिहिर पर सामाजिक दबाव बढ़ रहा है कि 'जैसा बाप, वैसा बेटा' के कथन को सच करके दिखाए! मिहिर की सोच जा ठहरी अपनी बहन की शादी पर, 'इस तरह की परंपरा के लिए सरकार को दोषी नहीं ठहराया जा सकता। एंथ्रो में, मैं पढ़ रहा हूँ कि किस तरह इनसानी जरूरतों को पूरा करने के लिए समाज बना, और अब वही समाज दहेज की माँग करके इनसानी जरूरतों को पूरा नहीं होने दे रहा! मैं सिविल सर्विस में जाना चाहता हूँ, क्योंकि समाज इस सेवा को मान देता है और मैं चाहता हूँ कि मेरे माता-पिता को सामाजिक प्रतिष्ठा मिले। समाज बहुत शक्तिशाली पैमाना होता है, यह हमारे सपनों को गढ़ते हुए आकांक्षाओं एवं महत्त्वाकांक्षाओं को निर्धारित करने में अहम भूमिका निभाता है,' मिहिर का मन विचारों में गोते लगाने लगा।

संदीप ने भी राँची जाने के लिए छुट्टी ले ली है। फेलोशिप मिलने की वजह से भाई और पिता की परतंत्रता नहीं रही, इसलिए वह अपने प्यार को निडर होकर जी रहा है। वित्तीय स्वाधीनता परंपरा से विद्रोह करने का साहस दे ही देती है।

तीनों दोस्तों ने होली के बाद मेंस के परिणामों से पहले दोबारा मिलना तय किया।

परिणाम सामने हैं, बतरा के सामने होनेवाला शोरगुल सहन नहीं हो रहा, क्योंकि इस बार तीनों में से किसी का नाम नहीं है। वे सन्न खड़े हैं। उनके कदम स्वचालित भाव से फ्लैट की तरफ चल दिए। जब दिमाग काम न करे तो अनैच्छिकता हमें गतिमान करती है। उदय और मिहिर सोने चले गए, अपने-अपने खयालों में कैद। संदीप बरामदे में है। पूरा सन्नाटा, तीनों में एक शब्द का भी आदान-प्रदान नहीं; उनकी चुप्पी माहौल की गंभीरता चिल्ला-चिल्लाकर बयाँ कर रही है। रात किसी राक्षस की तरह हावी है, नींद को निगले हुए। कुछ मिनट की झपकी के बाद ही सुध आ जाती है, रात चेतन और अचेतन के बीच

की जंग बनकर रह गई। जब सुबह हुई तो लगा कि सिर्फ दुनिया के अंत में ही उनके दु:खों का अंत है।

उदय ने ऐलान किया, "मैं पटना लौट रहा हूँ। मैंने अपने घरवालों से कह दिया है।"

"तीसरा चांस नहीं लेना?" मिहिर ने अचंभित होते हुए पूछा।

"उसके बारे में बाद में सोचा जाएगा। अभी तो मम्मी पर और भार नहीं दे सकता। अभी तक एम.ए. दिल्ली में रहने की वजह थी। मैंने अपनी ओर से सी.एस. के लिए पूरी कोशिश की और जो कमी रह गई, वह शायद हमेशा रहेगी।" ऐसा कहते हुए उदय की आवाज में दोस्तों से अलग होने का दर्द स्पष्ट था।

"मुझे भी हॉस्टल वापस जाना होगा। जे.आर.एफ. वालों के साथ रहकर ही पता चलेगा कि प्रोफेसरशिप पाने के क्या गुर हैं? सी.एस. में जोखिम है, पर मैं इसका प्रयास जारी रखूँगा। मैं वैसे भी सी.एस. के लिए बौद्ध रवैया रखता आया हूँ; मिल गया तो ठीक, वरना अध्यापन।" संदीप अपराध बोध-सा महसूस करते हुए मिहिर की तरफ मुखातिब हुआ।

"मुझे भी भविष्य देखना होगा, क्या कर सकते हैं आगे! पटना जाकर मम्मी के साथ विचार-विमर्श करूँगा। पर हाँ, तुम सबकी बहुत याद आएगी।" उदय भावुक हो उठा।

मिहिर फिर सोच में डूबने लगा, अपनी तिकड़ी के बारे में सोचने लगा, 'जीवन की विवशताओं में आनंद कहीं पीछे छूट जाता है।'

"मिहिर, तुमने क्या सोचा है?" संदीप ने पूछा।

"मुझे लगता है कि मैं सी.एस. से परे अभी भी कुछ नहीं सोच सकता, यानी सारे प्रयास पूरे होने तक डटे रहना होगा। यदि मैं इसे छोड़ना भी चाहूँ तो मेरे पिता ऐसा नहीं करने देंगे। उनकी सलाह यही है कि रास्ता कितना भी मुश्किल क्यों न हो, मुझे मंजिल पाने की भरपूर कोशिश करते रहनी चाहिए।" मिहिर ने एक दार्शनिक भाव के साथ अपनी बात पूरी की।

"पर मेरे और संदीप के बिना?" उदय चिंतित था।

"मैं कोई छोटी जगह देख लूँगा। तुम लोगों के साथ रहने के बाद किसी और के साथ रहना···", मिहिर के अहसास उसके शब्दों को रोक रहे थे।

"पर हमें एक-दूसरे के संपर्क में रहना चाहिए।" संदीप ने उदय को देखते हुए कहा।

"तुम लोग जानते हो, मैं सदा तुम लोगों के साथ हूँ। सीतागढ़ का रास्ता तो पटना से होकर ही जाता है।" उदय ने मिहिर से कहा, पर उसकी आवाज बुझी हुई थी।

"इस महीने तो हम यहीं हैं। हो सकता है कि हॉस्टल की औपचारिकता की वजह से थोड़ा और रुकना पड़े।" संदीप ने मिहिर को दिलासा देते हुए कहा।

"पक्का, यानी बीस दिन का साथ और है।" उदय ने मिहिर की पीठ थपथपाकर हौसला दिया।

"कल की बात लगती है, जब हम मिलकर फ्लैट खोज रहे थे। आज बिना कुछ हासिल किए अलग हो रहे हैं।" मिहिर उदासी में डूब गया। वह सोचने लगा, 'कितना बड़ा नुकसान हुआ है—न सी.एस., न दोस्त, न सोम, न नशा! अचानक जीवन कितना नीरस हो गया! काश, जीवन में फिर से मोनालिसा रंग आ पाता, कम-से-कम इस अँधेरे में कुछ तो रोशनी मिलती!'

सी.एस. का मोरचा पीछे छूट गया। उदय के जाने में कुछ ही दिन बाकी हैं।

'देखो, अब जबकि संजना मेरे दिल में जगह बना चुकी है, मैं उसे छोड़कर जा रहा हूँ।' उदय ने अपने आप से कहा।

"हाहाहा! कहना आसान है भाई! भावनाओं के बिना चाहत, यह तो कोई राक्षसी प्रवृति है, और तू वो नहीं है। तू तो स्वघोषित कृष्ण है।" संदीप ने उदय को छेड़ा।

"पर उन्होंने अपने कर्तव्य पूरे करने के लिए राधा को छोड़ा भी तो था। संजना तो राधा है।" उदय ने जवाब दिया।

"तुमने कहा कि वह दिल में घर कर चुकी है। तू राधा को रुक्मिणी भी बना सकता है। अपनी मम्मी से बात क्यों नहीं करता? हो सकता है···" मिहिर बोला।

"सवाल ही पैदा नहीं होता। शादी के बारे में उनकी सोच पता है मुझे।

वैसे भी मैं सी.एस. भी नहीं कर सका, ऐसे में उनसे कुछ माँगना शर्मिंदगी को बुलावा देना है। धर्म और व्यक्तिगत चाहत का मेल इतनी आसानी से नहीं होता।" उदय बोला।

"पर प्रेम, महत्त्वाकांक्षा और धर्म को मिलाना क्यों? तू मिहिर की तरह साम्यवादी लग रहा है। मम्मी के लिए प्यार का बलिदान! खैर, तूने चाहत को जिया तो, पर मिहिर तो चाहत के पास भी नहीं फटकता, फिर प्रेम तो दूर की बात है," संदीप की संजीदगी शरारत में पिघल रही थी।

मिहिर को ज्योति के साथ वह आवेग भरा दिन याद आया और उसका मन अपराध–बोध से ग्रसित हो गया। उसने दोस्तों को ज्योति मिलन के बारे में कुछ भी नहीं बता पाया, 'मैं स्वभाव से इतना संकोची क्यों हूँ?'

"मैं इस जगह गणेश की तरह हूँ। मम्मी ही मेरी दुनिया हैं, पर गणेश के तो पिता भी थे" उदय ने भावुकता में कहा।

"तो भी इस बात से इनकार नहीं है कि तू कृष्ण का पक्का भक्त है।" संदीप ने एक नटखट मुसकराहट के साथ कहा।

"बिल्कुल, वे वास्तव में अद्‌भुत थे, एक मानव देवता, जिन्होंने आदर्श में इनसानी व्यावहारिकता का पुट मिलाकर विश्व को एक नया दर्शन दिया। और हाँ, सिंह राशि के तो थे ही।" अचानक उदय का चेहरा बादल चीरता हुआ सूर्य प्रतीत हुआ।

"संदीप, तू इस जगह अपहरणकर्ता कृष्ण बन जा। अपर्णा के लिए सबसे बगावत कर, चाहे उसके माता-पिता भी राजी हों या न हों।"

"जैसे तूने बृजेश से पांडवों माफिक बदला लिया, वासना की बाढ़ आ गई थी।" संदीप जोर से हँस पड़ा।

मिहिर ने एक गंभीर मुसकुराहट के साथ कहा, "मनुष्य अपने कर्मों को भगवान् का सहारा लेकर जायज ठहराना चाहता है।"

इस क्षण उनकी मित्रता का जज्बा पूरी तरह छा गया, भूत, वर्तमान, भविष्य, सब सिमट गया इस खूबसूरत लम्हे में।

□

फिर जल उठी ज्योति!

वे तीनों रेलवे स्टेशन पर थे, जब गाड़ी आने की सीटी सुनाई दी। उदय गाड़ी में सवार होने के लिए चल पड़ा, पीछे मुड़कर मिहिर और संदीप को देखा, वे अलगाव के दुःख के बावजूद मुसकरा रहे थे। आखिरी सीटी के साथ गाड़ी आगे चल दी, मिहिर और संदीप के अंदर एक खालीपन का अहसास भरते हुए।

"अब तुम्हारी बारी है।" मिहिर ने आह भरी।

"मैं तो दिल्ली में ही हूँ।" संदीप ने उसे दिलासा देना चाहा।

'जब दुनिया बदलती है तो छोटी दूरियों को भी पाटना मुश्किल हो जाता है,' मिहिर के जेहन से ये सोच रेल गाड़ी की तरह गुजर गई।

"पर वह पहलेवाली बात तो नहीं रह जाएगी।" मिहिर ने कहा।

वार्त्तालाप करते हुए मिहिर और संदीप कमरे पर गए। सी.एस. पीछे रह गया था। उन्होंने बतरा में मूवी जाने का प्लान बनाया, ताकि उदय के जाने की उदासी से कुछ राहत मिल सके। अगले दिन संदीप ने हॉस्टल के कमरे के विकल्पों की खोजबीन शुरू की और मिहिर अकेले रहने का प्रबंध देखने लगा।

मिहिर के पिता दिल्ली आ रहे हैं; दो नाकाम कोशिशों के बाद उन्हें पता है कि उनका बेटा मायूस होगा, वे उसके हौसले को बरकरार रखना चाहते हैं। संदीप को किसी तरह अपने लिए हॉस्टल में कमरा मिल गया और वह अगले महीने चला जाएगा। इस तरह मिहिर उस फ्लैट में अकेला होगा, जब

तक उसे रहने के लिए सही जगह ना मिल जाए। उसके पिता ने कहा, "अभी इसी फ्लैट में रहो, एकाध महीने के डबल किराए के लिए परेशान मत होना।"

"मैंने सुधीर और कुछ दूसरे लड़कों से बात कर ली है। वे घर खोजने में मदद करेंगे।"

संदीप ने जाने से पहले मिहिर से कहा, "और चिंता मत कर। हम मिलते रहेंगे। तुझे पता है कि मैं बौद्ध हूँ और मुझे संतुलन बनाना आता है।"

"हाँ, इसमें कहने वाली क्या बात है, पर तेरे अगले सी.एस. प्रयास का क्या होगा?"

"हम सभी प्रीलिम्स दे रहे हैं, इतनी मेहनत के बाद तो किस्मत आजमाना नहीं छोड़ सकते। दरअसल, मैं तुझे कुछ जरूरी बताना चाहता था। अपर्णा ने बी.एड. कर लिया है और जल्दी ही उसे कोई टीचिंग जॉब मिल जाएगी। उसके माता-पिता शादी की बात करने लगे हैं। मेरे परिवार की ओर से मंजूरी नहीं आई। मुझे लगा था कि अगर सिविल सर्विस में मेरा नाम आया तो उन्हें मना लूँगा, पर अब वह भी पक्का नहीं है, इसलिए मुझे लेक्चरशिप चाहिए, ताकि मैं अपर्णा से शादी कर सकूँ।"

"मैंने सुना कि तू फ्लैट खाली कर रहा है! आलोक ने अभी बताया।" अजीत ने अंदर आते हुए कहा।

"आओ अजीत, इतने समय के बाद देखकर अच्छा लगा। लगता है कि आलोक अपनी कामयाबी का जश्न मना रहा है।" संदीप ने कहा।

"कैसी कामयाबी? तीसरी बार में सी.एस. हाथ आया है। वह अपनी रैंक से बिल्कुल संतुष्ट नहीं है।"

"अरे,भँवर से किनारे पर आ गया और तुम कह रहे हो कैसी कामयाबी? क्या वह फिर से परीक्षा देगा?" मिहिर ने पूछा।

"हम्म, सर्विस जॉइन करने के साथ-साथ पेपर देगा। उसे माँ-बाप पर बोझ बनने के नाम पर अब शर्मिंदगी हो रही है।"

"तू अपनी सुना?" संदीप ने अजीत से पूछा।

"यह सी.एस. का खेल बहुत हो गया। बड़े-बड़े धुरंधर लुढ़क गए तो

मेरे जैसे प्यादे की बिसात ही क्या! आलोक के जाने के बाद अशोक विहार में अपने दोस्त के पास चला जाऊँगा, जो कंपनी सेक्रेटरी कोर्स कर रहा है। तुम लोग भी जा रहे हो? उदय किधर है?"

उन्होंने अजीत को अपने अलग होने की दास्तान सुना दी—

"कुछ ही दिन पहले तक इस फ्लैट में कितनी रौनक थी, और आज जिंदगी कितनी तेजी से रंग बदलती है!" अजीत एक दर्शनमय उदासी से भर गया। इस बार वह प्रीलिम्स के नहीं, बल्कि जिंदगी की पहेली के उत्तर ढूँढ़ रहा है। "मिहिर! मुझे एक अकेले बंदे के रहने की जगह का पता चला है, बरसाती ही समझ। बहुत महँगी नहीं है। मेरे दोस्त सुरेश ने इसके बारे में बताया। तुझे साथ भी मिलेगा, क्योंकि सुरेश भी उसी कोठी की पहली मंजिल पर रहता है। वह पूरे दिल से सी.एस. में जुटा है, क्योंकि अगर वह सी.एस. नहीं पास कर पाया तो खानदानी धंधे में जाना पड़ेगा, जिससे उसको सख्त परहेज है। इतना जरूर है कि वह पैसेवाला है, इसलिए सी.एस. उसके लिए कोई जीने-मरने का सवाल नहीं है।" मिहिर को यह सोचकर अच्छा लगा कि प्रॉपर्टी डीलरों के चक्कर से बचाव हो गया। फिर उसके मन में सोच आई कि प्रॉपर्टी डीलर तो सही मायनों में मध्यम मार्ग का पालन करते हैं। वे मकान मालिक और किराएदार के बीच एक मुनाफे का संतुलन ही तो बनाते हैं। उसे संदीप का मध्यम मार्ग याद आया और बीते दिनों की यादों के साथ पल भर को चेहरे पर छोटी सी मुसकान बिखर गई।

मिहिर को सोने की कोई जल्दी नहीं है। मन अगर व्याकुल हो तो आँखें बंद करते ही अपनी सारी परेशानियाँ सामने घूम जाती है और अगर तुम उन्हें खोलकर देखते हो तो वो टुकड़ों में दिखती हैं। उसके लिए यह वर्तमान इतना भयावह है कि वह उसे अपनी बंद आँखों में नहीं लाना चाहता। वह सोच रहा है, वे तीनों एक ऑर्केस्ट्रा की तरह थे और संदीप के यहाँ होने के बावजूद वो सिंफनी एक सन्नाटे में तब्दील हो गई; तीन से दो होने का मतलब तिकड़ी का जोड़ी में बदलना नहीं होता।

मिहिर का दिमाग अचानक पिता की ओर चला गया और फिर सी.एस.

की अगली कोशिश, और फिर मित्रता के सोम के बिना केवल सूखी, कड़ी मेहनत। अचानक ही मन की उदासी के बीच ज्योति का ध्यान आ गया, जैसे गहराते हुए अंधकार में एक रोशनी की किरण! मोनालिसा फिर से रोशन हो उठी।

संदीप के जाने के अगले दिन मिहिर घर में अकेला अजीत की प्रतीक्षा में था। उन्होंने सुरेश के घर जाना तय कर रखा था। अजीत आया, वे घर से निकले, सुरेश से मिले, सुरेश मकान मालिक से मिला और सबकुछ सही तरह से जम गया। मिहिर ने इस महीने की पंद्रह तारीख को घर बदलना निश्चय किया।

मिहिर और अजीत पुरानी यादें दोहराने लगे, सी.एस. से जुड़ी बातें करते हुए बतरा की तरफ चल दिए। वे स्वयं को बाहरी दुनिया की चहल-पहल के बीच भुलाने की कोशिश में थे।

मिहिर के पिता आए। बेटे के लिए पिता के चेहरे पर चिंता झलक रही थी, हालाँकि, वो उसे छुपाने का प्रयास कर रहे थे। मिहिर जानता था कि वही उनकी परेशानी की वजह है। समानुभूति का मतलब यह अहसास ही नहीं कि दूसरा क्या महसूस कर रहा है, यह जानना भी है कि दूसरा क्या नहीं अभिव्यक्त करना चाहता! मिहिर और उसके पिता के बीच कुछ खास बात नहीं हुई, उनकी चुप्पी ही हालात की नाजुकता बयान कर रही थी।

"तुमने कहा था कि एंथ्रो तुमको रोचक नहीं लगता। तुम विषय बदल क्यों नहीं देते?" मिहिर के पिता ने कहा।

"सभी का कहना है कि चांस छोड़े बिना ऑप्शनल बदलना जोखिम भरा हो सकता है।"

"पर तुमने कहा कि एंथ्रो का बहुत सा हिस्सा सोशियोलॉजी से मिलता है। मेरे एक आत्मीय मित्र जे.एन.यू. में सोशियोलॉजी (समाजशास्त्र) के प्रोफेसर हैं। हमारी अकसर बात होती है; हम एक साथ इलाहाबाद यूनिवर्सिटी में थे। अगर तुम चाहो तो मैं सलाह के लिए उनके पास ले चलूँगा तुम्हें।"

मिहिर ने कुछ देर तक विचार किया।

"ठीक है। उनसे मिलने में हर्ज नहीं है, और उनकी राय भी मिल जाएगी।"

"तो आज ही शाम को चलो। तुमने अपना नया फ्लैट तो देख ही लिया है।"

शाम को वे प्रो. शर्मा के घर पर थे। बड़े आत्मीय ढंग दे मुलाकात शुरू हुई।

"कितना अच्छा लगा देखकर!" प्रो. शर्मा और मिहिर के पिता गले मिले।

उन्होंने कई विषयों पर बातें कीं और फिर मुद्दे पर आ गए। मिहिर के पिता ने सारी बात बताई।

"दरअसल, रिटायर होने के बाद से मैं सिविल सर्विस के कुछ छात्रों को प्रोफेशनल ढंग से गाइड करना चाहता था। जे.एन.यू. में भी लोग सी.एस. के दीवाने हैं। ऐसा करने के पीछे मेरा इरादा था कि इस तरह मुझे छात्रों की सोहबत भी मिल सकेगी और मेरा खालीपन भी दूर हो जाएगा।" प्रो. शर्मा बोले।

"तो क्या तुम सोशियोलॉजी लेने की सलाह देते हो?"

"बेशक। अगर इसे एंथ्रो नहीं भा रहा तो विषय बदल देना चाहिए। मैं मदद के लिए हूँ और एंथ्रो का बहुत सा हिस्सा सोशियोलॉजी में भी आता है, जिससे फायदा होगा। ये मेरे साथ शुरुआत कर सकता है।" प्रो. शर्मा ने दिलासा दी।

"मिहिर, तुम्हें क्या लगता है?" उसके पिता ने पूछा।

"जी, अगर सर गाइड कर देंगे तो मैं तैयार हूँ।" मिहिर एंथ्रो से बचने के नाम पर उत्साहित हो गया।

फिर प्रो. शर्मा ने उसकी पढ़ाई और अंकों के बारे में पूछा।

"मिहिर, मैं तुमसे सोशियोलॉजी के बारे में बात करना चाहता हूँ। छात्रों के साथ शुरुआत करने का मेरा यही तरीका है।" प्रो. शर्मा बोले।

"ठीक कहा, हम अध्यापकों के लिए छात्रों का प्रभाव ही हमारा रवैया

तय करता है।" मिहिर के पिता सहमत थे।

"क्या तुम बता सकते हो कि समाजशास्त्र क्या है?" प्रो. शर्मा ने मिहिर से पूछा।

एक क्षण के अंतराल के बाद मिहिर ने उत्तर दिया, "समाजशास्त्र मानवीय समाज के ढाँचे और कार्यविधि तथा मनुष्य के सामाजिक व्यवहार का अध्ययन है। इससे भी अहम बात यह है कि यह व्यक्ति और समाज के परस्पर संबंध को भी दरशाता है।"

"व्यक्ति और समाज के संबंध से क्या मतलब है तुम्हारा?"

"यह मूलतः इस बात का अध्ययन है कि किस तरह सामाजिक संस्थान किसी व्यक्ति के मानवीय भावों का प्रबंधन करते हैं और किस सीमा तक व्यक्तिगत आजादी और सामाजिक व्यवस्था के बीच संतुलन साधा गया है।"

"क्या तुम्हें लगता है कि राजनीतिक विचारधारा भी सामाजिक व्यवस्था को प्रभावित करती है?" शर्माजी के अंदर का अध्यापक जाग्रत् हो चला था।

"जी सर, कोई भी राजनीतिक विचारधारा या व्यवस्था सामाजिक निहितार्थों से स्वतंत्र नहीं होती। व्यवस्था तो मूलतः हमेशा से सामाजिक-राजनीतिक ही होती है, वास्तव में सामाजिक-आर्थिक-राजनीतिक व्यवस्था। उदाहरण के लिए, साम्यवादी यू.एस.एस.आर., जिसका हाल ही में पतन हुआ, जहाँ व्यक्तिगत दमन का काला सच अब दुनिया के सामने आ रहा है, यानी ऐसा समाज, जिसमें नागरिकों को कोई मानव अधिकार न हों, कोई व्यक्तिगत स्वतंत्रता न हो। मेरा कहने का अर्थ है कि कोई व्यक्ति समाज में कैसा अनुभव करता है, यह इस पर निर्भर करता है कि देश की राजनैतिक व्यवस्था कैसी है!" मिहिर विषय में पूरी तरह से रम गया। उसके पापा भी संतुष्टि के भाव से सजग श्रोता की तरह सब सुन रहे थे और प्रो. शर्मा का भी पूरा ध्यान उसकी ओर ही था।

प्रो. शर्मा ने विषय बदल दिया।

"यह लड़का सिविल सर्विस के लायक है। इसकी विषय की समझ गहरी है और इसने समाजशास्त्र की जो परिभाषा दी, वह मुझे पसंद आई।

पुस्तक की परिभाषा में व्यक्ति और समाज के संतुलन के आयाम को स्पष्ट रूप से नहीं बताया गया है, मतलब इसकी अपनी सोच जाग्रत् है।"

प्रो. शर्मा के शब्दों से मिहिर को हौसला मिला और उसके स्वाभिमान को बल भी मिला, जो सी.एस. की असफल कोशिश के बाद निर्बल हो चुका था। प्रो. शर्मा ने मिहिर के पिता को आश्वस्त किया कि वे उसका मार्गद्रशन तुरंत शुरू कर देंगे और अगर वह चाहे तो उनके ही घर में ऊपर बने कमरे में रहने आ सकता है, पर मकान बदलने-छोड़ने की परेशानी और सी.एस. की चहल-पहल के बीच रहने की आदत के चलते मिहिर नहीं माना। उसके पिता ने कहा कि उसे कुछ दिन प्रोफेसर के घर ही रहना चाहिए, ताकि वह सोशियोलॉजी को कम समय में पूरा कर सके और इस तरह प्रोफेसर की बात का मान भी रह जाता। प्रो. शर्मा और मिहिर के पिता पुरानी बातें याद करने लगे कि किस तरह कभी इलाहाबाद यूनिवर्सिटी को सी.एस. फैक्टरी कहा जाता था। उनकी दोस्ती देखकर मिहिर को अपनी तिकड़ी याद आ गई। प्रो. शर्मा के घर डिनर करने के बाद मिहिर ने तय किया कि एक सप्ताह बाद कुछ दिन के लिए उनके घर रहने आ जाएगा, पर वह अपना किराए वाला कमरा नहीं छोड़ेगा।

इस तरह मिहिर के पिता ने उसे फिर से उसे सी.एस. के रास्ते पर डाल दिया और कुछ समय के लिए उसकी चिंताएँ लुप्त हो गईं।

वह अपने नए कमरे में आ गया। हालाँकि, मिहिर इतनी जल्दी किसी से नहीं खुल पाता है, पर सुरेश के मिलनसार स्वभाव की वजह से उनकी दोस्ती जमने लगी, और सुरेश उसके अकेलेपन का साथी बना। पर ये बढ़ती हुई दोस्ती मिहिर के जेहन में अकसर तिकड़ी की यादें ताजा कर जाती, और उस सोम्युक्त उमंग की कमी का तीखा अहसास उसके अंतर्मन में छोड़ जाती।

मिहिर किसी उमंगपूर्ण साथ के लिए तरस रहा था। दूर रहने के बाद भी ज्योति कहीं-न-कहीं उसके अंत: करण में कमोबेश बनी रही और अब तिकड़ी के अलगाव ने मिहिर के जीवन में उसके अस्तित्व को उभार दिया। उसकी आकर्षक छवि अकसर ही उसके मन में रोशन हो उठती। मोनालिसा

फिर से सिर उठा रही थी, 'मैंने अपने स्वभाव के चलते इतने खूबसूरत साथ को छोड़ दिया। मैं भी कितना बेकद्र हूँ!' मिहिर को बार-बार ज्योति का लिविंग रूम याद आता, वो मधुर, मदमस्त आलिंगन! सी.एस. की तैयारी के मध्य भी, अकसर ज्योति की याद को तड़प बनने में ज्यादा देर नहीं लगती।

उसे समझ नहीं आ रहा था कि अचानक यह क्यों हो रहा था? मिहिर उससे मिलने को बेचैन था। बार-बार यही खयाल कचोटता कि काश, वह उस आलिंगन को आगे तक ले जा पाता! वह जानना चाहता था कि क्या ज्योति को अब भी उसमें दिलचस्पी है या नहीं? कहीं उसकी बेरुखी से ज्योति के दिल को ठेस तो नहीं लगी! वह क्या उम्मीद रखती होगी? वह उसे शादी न कर पाने के बारे में बता चुका था, पर क्या उसने उस बात को स्वीकार करके हमेशा के लिए रुख मोड़ लिया? उसके मन में संदेह घर कर गया, और सवालों का कारवाँ चल पड़ा। पर दिल जो चाहता है, बस, वही चाहता है और अब वो ज्योति को पाने के सिवा कुछ नहीं चाह रहा था। वह उसे एक बार देखना चाहता था, उससे एक बार मिलना चाहता था, प्रो. शर्मा के पास रहने जाने से पहले। प्रो. शर्मा और सोशियोलॉजी का ध्यान आते ही मन में अपराध-बोध आया, पर वह 'ज्योति' की ज्वाला में भस्म हो गया। रूमानी चाहत सी.एस, धर्म पर हावी हो रही थी।

उसके पास ज्योति का नंबर तक नहीं था। तभी उसने फुटबॉल के पास जाने की सोची, लड़कियों के मामले में वही मदद कर सकता था। आवश्यकता ही आविष्कार की जननी है।

"हैलो, मिहिर! तू तो गायब ही हो गया!" नवीन बनाम फुटबॉल ने उसका स्वागत किया।

"मैं गायब नहीं हुआ। यहीं तो था।"

"तुम सी.एस. वाले बड़े लोग हो, भई! आज मेरी याद कैसे आई? तू एक ही मतलब से आया होगा।"

"तू चिढ़ाना बंद कर। तू कैसा है?"

"मैं बढ़िया हूँ। यू.पी.सी.एस. कर रहा हूँ।"

"बैच के और लोगों का क्या हाल है?" मिहिर ने बात को ज्योति की ओर ले जाना चाहा।

"पता है न, रश्मि वापस गई।" फुटबॉल बोला। मिहिर सोचने लगा, 'मुझे पता था कि ये दूसरी लड़कियों की बात पहले करेगा। मिहिर को उदय की बात याद आ गई।' वह कहता था, 'जब कभी फुटबॉल से मिलता हूँ और वह खुद को कृष्ण कन्हैया कहता है तो जी करता है कि अपने कृष्ण को त्याग दूँ!' मिहिर मन-ही-मन मुसकरा उठा।

जब उसने तीन-चार लड़कियों के नाम ले लिये तो मिहिर बेचैन हो उठा। फुटबॉल ने आखिरकार ज्योति की चर्चा की। "वह अकसर प्रो. शालिनी मुखर्जी के पास आती है, वह उन्हें गाइड बनाना चाहती है। वह अपनी एम.फिल. के लिए कैंपस में आती थी और हमेशा तेरे बारे में पूछती थी, पर मैं तुझे भलीभाँति जान गया हूँ, इसलिए उसे कुछ नहीं बताया।" मिहिर ने प्रो. शर्मा के घर जाने से पहले का सप्ताह ज्योति के नाम करना तय कर लिया था, पर उसका संवेदनशील दिमाग सोचने लगा, 'क्या मैं ज्योति का पीछा कर रहा हूँ? अब समझ आया कि किसी के पीछे पड़ना कैसा होता है!'

अगले ही दिन मिहिर कैंपस के लिए निकला, वह सोच रहा था कि ज्योति के सामने अपने आने की क्या सफाई देगा? हालाँकि, अपनी ओर से हर मुमकिन जगह देखने के बाद भी ज्योति कहीं नहीं दिखी। इसी बेचैनी में वह संदीप से मिलने चला गया।

मिहिर अगले दिन ज्योति की तलाश में फिर से यूनिवर्सिटी गया और अचानक देखा कि ज्योति लाइब्रेरी से बाहर आ रही थी। अब तक मिहिर अपनी शर्म और हिचकिचाहट पर काबू पा चुका था। वह ज्योति के पास लपककर गया और मुसकराकर 'हैलो' बोला।

"हाय! कैसी हो?" ज्योति के गुलाबी होंठों पर मुसकान खिल गई। लंबी रैप अराउंड स्कर्ट पर पूरी बाजू का टॉप देखकर मिहिर का अंत: करण तरंगित हो उठा। वह सोचने लगा, 'इतनी सुंदर लड़की मुझे चाहती रही है!'

"अच्छा हूँ, सी.एस. में उलझा हुआ हूँ।" मिहिर ने संजीदा दिखने की कोशिश की।

"अच्छा है कि मैं पीछे हट गई, मुझे पता था कि तुम्हारा ध्यान पढ़ाई में लगा होगा।" ज्योति मुसकराती रही, पर मिहिर अचानक उदास हो चला। ज्योति शायद जानती थी कि उसका पिछला नतीजा क्या रहा!

"सी.एस. को छोड़ो, अपनी कहो। पी.एच.डी. कैसी चल रही है?"

"दिन में तारे दिखा दिए हैं। पहले गाइड की खोज और अब ये थीसिस!"

"गाइड सारे काम को आसान कर देगा। अब तक तो तुम सब सीख गई होगी, वैसे भी लड़कियों को लोगों का प्रबंधन और दुनिया को सँभालना बेहतर आता है।" मिहिर की आँखों में अचानक शरारत चमक उठी। वह जानबूझकर माहौल में थोड़ी रूमानियत घोलना चाहता था।

"कहना क्या चाहते हो?" ज्योति मुसकराई और आगे बोली, "खैर, तुम यहाँ कैसे?"

"दरअसल, मैं संदीप से मिलने आया था, वह मिला नहीं। उन दोनों के जाने के बाद से अकेला महसूस करता हूँ।" मिहिर को अपने झूठ पर शर्मिंदगी हुई, उसे लगा कि अगर वह ज्योति को बताता कि वह सिर्फ उसके लिए आया था तो शायद उसे अच्छा लगता।

मिहिर ने उसे कैंटीन में कॉफी के लिए कहा। ज्योति थोड़ी शर्मसार हो गई, उसे याद आ गया कि पहले कैसे मिहिर को देखने के लिए वो कैंटीन में कॉफी के बहाने से आती थी। ज्योति ने मिहिर से कहा कि वह एम.फिल. के एक दोस्त से मिलने एम.एन. जा रही है। मिहिर ने उससे 'जेन' में लंच के लिए पूछा। ज्योति के मन में गुदगुदी हुई कि मिहिर उसमें दिलचस्पी ले रहा है। वे दोनों एक-दूसरे के आकर्षण में फिर से घिर रहे थे, कुछ रिश्ते समय और मिलन से परे होते हैं।

"तब तो जल्दी करना पड़ेगा।"

"जेन पर 12:30 बजे मिलते हैं।"

"पक्का। पर मुझे थोड़ी देर हो सकती है।"

"कोई बात नहीं।" मिहिर ने कहा।

वे बतरा गए और मिहिर ने ज्योति को उसकी दोस्त के घर छोड़ दिया।

फिर तय किए हुए समय पे वे रेस्तराँ में मिले। वेज मंचूरियन, फ्राइड राइस और मिरिंडा का ऑर्डर देते समय मिहिर को यह ध्यान रहा कि ज्योति शाकाहारी है। थोड़ी देर की चुप्पी, फिर से एक-दूसरे के सान्निध्य में असहजता, और फिर वही शब्दों का सहारा।

"घर में सब कैसे हैं, तुम्हारी मम्मी और बहन?"

"मॉम तो ठीक हैं। पापा के बिना रहना सीख रही हैं। दीदी भी ठीक हैं, उनकी शादी होनेवाली है।" ज्योति गंभीर सी हो गई, "क्या तुम कुछ और भी कर रहे हो?"

मिहिर ने उसे सी.एस. के लिए अपनी एकाग्रता के बारे में बताया और कैसे उसके पिता उसके साथ खड़े हैं।

"फिलॉसफी और फिक्शन की पढ़ाई कैसी चल रही है? उस दिन पता चला था कि तुम पढ़ने का शौक रखते हो?" ज्योति ने खाते हुए पूछा।

"सी.एस. समय ही नहीं देता। वैसे तो मेरा दिमाग इस लत का गुलाम है, पर कभी-कभार ही पढ़ पाता हूँ। जब भी मौका मिलता है, पूरा आनंद लेता हूँ। इन दिनों में दो पुस्तकें पढ़ीं।"

"अगर बुरा न मानो तो तुम्हारा पुस्तक संग्रह देख सकती हूँ? हालाँकि, मैं पढ़ने का इतना शौक नहीं रखती, पर फिर भी देखना चाहती हूँ।"

"क्यों नहीं, जरूर।" मिहिर को भी ज्योति की दिलचस्पी बरकरार देखकर एक अजीब-सा सुकून महसूस हुआ, गुदगुदाहट से भरा हुआ।

"तुम्हारा फ्लैट कितनी दूर है?"

"यहीं पास ही है।" मिहिर को चिंता होने लगी कि सुरेश घर पर ही होगा।

उन्होंने खाना खाया और मिहिर ने पैसे दिए। जब वे घर पहुँचे तो मिहिर को उत्तेजनापूर्ण घबराहट महसूस हो रही थी। ज्योति के घर में हुआ आलिंगन फिर से जेहन में उछल आया। यह भी अच्छा था कि सुरेश घर पर नहीं था।

मिहिर ने ज्योति को कमरे की इकलौती कुरसी पर बिठाया, उसे पानी का गिलास दिया और बिस्तर पर बैठ गया।

"तुमने अपना कमरा अच्छी तरह रखा है। अकेले रहने वाले लड़कों के कमरों में लैंपशेड और वॉलपेपर नहीं होते।" ज्योति प्रभावित हुई। वह बहुत सहज दिख रही थी। मिहिर सोचने लगा, 'मैं लड़का होकर भी कितना घबराया हुआ हूँ और एक लड़की मेरे साथ कितनी सहजता से बैठी है!'

"हम्म, मुझे अपने आसपास साफ-सुथरा माहौल अच्छा लगता है और लैंपशेड का ये मद्धम रंग मेरी संवेदना से मेल खाता है।"

"अच्छा, क्या तुम्हारी पुस्तकें देखें?"

"हाँ, क्यों नहीं!" मिहिर ज्योति को बुकशेल्फ के पास ले गया। खुली अलमारी में कई खाने थे।

"वाह, कितनी सारी पुस्तकें! हम्म, जेन ऑस्टन की 'प्राइड एंड प्रिज्युडिस'। मुझे भी इनकी पुस्तकें पसंद हैं।"

"यह मेरा मनपसंद उपन्यास है। मैं मिस्टर डार्सी और एलिजाबेथ के नोक-झोंक से भरे संबंध के लिए इसे बार-बार पढ़ता हूँ।" मिहिर का दिल तेजी से धड़क रहा था।

"अगर बुरा न मानो तो एक बात कहूँ।" ज्योति के लहजे में थोड़ी शरारत थी। मिहिर को उसके चेहरे का यह भाव बहुत भाया।

"क्यों नहीं!" मिहिर का दिल थोड़ी रफ्तार पकड़ रहा था।

"तुम्हारा मुझे देखते ही भाग निकलना मुझे मि. डार्सी की याद दिलाता था।" ज्योति का दिल भी तेजी से धड़क रहा था। डार्सी और एलिजाबेथ, मिहिर और ज्योति में बदल रहे थे।

"कभी नहीं! मैं कभी ऐसे पेश नहीं आया, वह भी तुम्हारी जैसी···" मिहिर की हिम्मत फिर से जवाब दे गई।

"तुम्हारी आँखों में अहं नहीं, शर्म होती थी, मैंने भाँप लिया था, तभी तो मैं···।" ज्योति भी संकोच के कारण आगे नहीं बोल सकी, उसके चेहरे की लाली ही सब बयाँ कर रही थी।

मिहिर ने किसी तरह अपनी ज्वलंत चाहत को सहेजा। वह दीवार की टेक लेकर खड़ा हो गया, ज्योति को उसकी स्थिर बेचैनी का इल्म हो रहा था। उस चुप्पी ने उनके आवेग को और बढ़ा दिया। फिर से शब्दों का सहारा लेना पड़ा।

"दूसरी पुस्तकें देख लूँ। ओह! अल्बर्ट कामू!" उसने पुस्तक निकालते हुए मिहिर को देखा। अल्बर्ट का नाम आते ही उस आलिंगन की यादों ने जैसे उन दोनों को उद्वेलित कर दिया और वे कामुकता की लपटों में घिर गए। उनके शरीर जैसे किसी आँधी में जड़ हो गए हों! वे एक-दूसरे की ओर बढ़े और स्वतः आलिंगन में बँध गए। उस कमरे में उनका आवेग से भरा आलिंगन गहराइयों में डूबता चला गया। वे पलंग की ओर चल दिए। ज्यों ही वे बिस्तर पर बैठे, ज्योति ने खुद को आलिंगन से थोड़ा अलग कर अपना चेहरा उसके सामने कर दिया, और मिहिर ने उसकी आँखों में देखा, प्रेम और चाहत से लबालब आँखें, जैसे वे किसी दीवानगी में हों! मिहिर ने उसकी चुप्पी में निहित समर्पण को सुन लिया और हिचकते हुए उसके थरथराते हुए होंठों को चुंबन में कैद कर लिया। ज्योति ने आँखें बंद कीं और पूरी तरह से समर्पित होते हुए अपना सिर आगे की ओर कर दिया। उस एक क्षण में मिहिर सोचने लगा कि लड़कियाँ किस तरह चुप्पी से सबकुछ कह देती हैं और पहल करने की भूमिका लड़कों को सौंप देती हैं!

कमरे में भारी परदे लगे थे। कहीं-कहीं से रोशनी की किरणें छनकर आ रही थीं और दोपहर की शांति के बीच उनके अकेलेपन का अहसास और भी गहरा रहा था, एक स्पंदनशील अकेलापन, जो उन्हें अपनी आगोश में ले रहा था।

ज्यों ही मिहिर ने उसे दोबारा चूमा, वे दोनों जुनून के भँवर में कैद हो गए, एक-दूसरे को संपूर्ण रूप से पाने के लिए लालायित। मिहिर के होंठ और हाथ दीवानों की तरह ज्योति के शरीर की खोज में तल्लीन हैं, मानो उसकी ऊँचाइयों और गहराइयों को माप रहे हों, मानो सारी ज्यामिति का संपूर्ण अनुभव एक साथ पा लेना चाहते हों! ज्योति उन्माद में करवटें ले रही

है। वे उन संवेदनाओं को जीने की व्याकुलता में हैं, जिसकी वे अभी तक सिर्फ कल्पना करते आए थे। ये सारी क्रियाओं एक जादुई तरह से प्रयासरहित महसूस हो रहीं थीं। अंततः उनका आवेग प्रवाहित हो चला और वे परमानंद में खो गए।

जब उनका आवेग शांत हुआ तो वे एक-दूसरे से अलग हुए और बिस्तर पर साथ पड़ गए। ज्योति ने स्वयं और मिहिर दोनों को कंबल ओढ़ा दिया, जैसे रूमानी नजदीकियों को शर्म से ढक रही हो! एक शोर भरी चुप्पी छाई थी। वे शब्दों से परे थे, एक तंद्रा में डूबे हुए।

मिहिर के मन में फिर से दोष भाव जागा और वह सोचने लगा, 'मैं तो ज्योति से बात तक करने में हिचकता था कि कहीं अपनी महत्त्वाकांक्षा के रास्ते से न डिग जाऊँ! उदय ने सलाह दी थी कि बिना सेंटी हेंकी-पेंकी के भी इच्छा को पूरा किया जा सकता है। अब देखो, मैंने किस तरह खुद को इस आवेग में झोंक दिया और वह भी तब, जब सी.एस. का नगाड़ा कानों में गूँज रहा है! यह इच्छा, ज्योति के पिता के निधन के साथ अंकुरित हुई। वह उस दिन इतनी उदास थी और मेरा अनपेक्षित रूप से जाना उसके लिए एक बंजर धरती पर शीतल जल के छींटे के समान साबित हुआ। क्या मैं इससे बच सकता था? संदीप पहले ही अपने प्यार को सी.एस. से समझौते की राह पर ले आया है। अगर मेरे साथ भी ऐसा ही हुआ तो?' मिहिर सही और गलत के बीच झूल रहा है।

ज्योति पूरी तरह से संतुष्ट होकर जगमगा रही है, मानो सर्दियों की धूप के बीच कोई गुलाबी गुलाब खिला हो! और ऐसा क्यों न हो! उसकी कामुकता उसके प्रेमी के माध्यम से अभिव्यक्त हुई है। प्रेम और कामुकता का मिलन तो उदात्त होता ही है। पर उसका यह आनंद क्षणिक था। विवाह पूर्व शारीरिक संबंध के अपराध-बोध की चुभन उसे परेशान करने लगी। परंतु अपराध-बोध तो कामुकता की जुड़वाँ बहन है, लगभग साथ ही पैदा होती हैं।

□

होलोकास्ट का अहसास

उनकी चुप्पी कुछ देर बनी रही।

"बहुत देर हो गई न!" ज्योति ने चुप्पी तोड़ी।

"उम्मीद है कि कोई परेशानी नहीं होगी। तुम्हारा परिवार इंतजार तो नहीं कर रहा होगा।"

मिहिर और ज्योति सामान्य होने की कोशिश कर रहे थे। मिहिर ज्योति को बस स्टैंड तक छोड़ने साथ निकला। दोनों ही अभी भी उस अनुभव की गिरफ्त में हैं, जो उन्होंने आनेवाले कल के बारे में सोचे बिना ही लिया। 'हम फिर कब मिलेंगे? इस संबंध की क्या मंजिल है?' सोचमग्न, बतरा तक वे महज इक्का-दुक्का लफ्जों से ही काम चलाते रहे।

ज्योति से विदा लेने के साथ ही सी.एस. तेजी से जेहन में घुसा और बाकी सब पीछे छूट गया। तीसरी कोशिश और ऑप्शनल में बदलाव के साथ सी.एस. का मिहिर पर तीखा वार हुआ। हालाँकि, प्रो. शर्मा ने धार को कम करने की पूरी कोशिश की। मिहिर ने खुद को और सी.एस. सामग्री को नए सिरे से सहेजने में थोड़ा वक्त लिया। अंत में, वह प्रो. शर्मा के घर पहुँचा। एम.एन. की चहल-पहल और शोर से निकलने के बाद मिहिर को उस घर का सन्नाटा और माहौल की नीरसता सता रहे थे, जिसमें केवल वे दो अधेड़ लोग रहते थे। वह सामान जमा ही रहा था कि प्रोफेसर ने नीचे बुलवा लिया।

"ये लो। ये कार्ल मार्क्स हैं। हम 'थिंकर्स' के साथ शुरू करेंगे। यह सोशियोलॉजी का सबसे महत्त्वपूर्ण हिस्सा है और कल दोपहर को चर्चा

होगी।" मिहिर ने सौ पन्नों की नोटबुक को उलझन से देखा कि वह उसे एक दिन में कैसे पूरा कर सकेगा? प्रो. शर्मा उसकी बेचैनी भाँप गए।

"बेटा, समय की कमी को पूरा करने के लिए अनुशासन और समर्पण चाहिए। उम्मीद करता हूँ कि तुम बिना किसी परेशानी के आने वाले प्रीलिम्स को पार कर सकोगे।" प्रो. शर्मा ने मिहिर को प्रोत्साहन दिया। मिहिर अपने कमरे में जाकर 'डायलेक्टिकल मैटेरियलिज्म' पढ़ने लगा और उसे बहुत आनंद आया। उसका खाना कुक के हाथों ऊपर ही भिजवा दिया गया। मिहिर का यह जुनून सुबह होने तक जारी रहा। प्रोफेसर भी उससे बहुत उम्मीद लगाए हुए थे। जे.एन.यू. में भी वे होनहार छात्रों को खुद अपने हाथों से निखारते और तराशते थे। वे उन अध्यापकों में से थे, जिन्हें अपने विशद ज्ञान को बाँटना अच्छा लगता है। मिहिर एंथ्रोपोलॉजी से निकलकर खुश था कि चिंपांजियों से पीछा छूटा और अब वह इनसानों की दुनिया के बारे में जान रहा था। वर्गांतर, पूँजीवाद, श्रम का विभाजन, मुनाफा, समाजवाद, साम्यवाद, निरंकुशता! मिहिर को यह सब काफी रोचक लग रहा था। वह सारे नोट्स पढ़ गया, उन्हें दोहराया और खुद को प्रोफेसर का सामना करने लायक महसूस करने लगा। मिहिर से कार्ल मार्क्स की अवधारणाओं पर प्रश्न पूछे गए और उसने सबके संतोषजनक उत्तर दिए।

आखिर में, उससे पूछा गया, "आधुनिक सभ्यता में कार्ल मार्क्स के महत्त्व के लिए क्या कहना चाहोगे?"

"सर, एडम स्मिथ द्वारा बाजार की हिमायत से निकला पूँजीवादी तंत्र आलोचनात्मक था और अंततः मार्क्स के दर्शन से एक नया सामाजिक-राजनीतिक तंत्र साम्यवाद जनमा; परंतु मार्क्स का योगदान साम्यवाद की देन से ज्यादा उनकी सोच थी। कहते हैं कि समीक्षा के अभाव में हम दोषों को अनदेखा कर देते हैं और सुधार नहीं कर पाते। मेरा मानना है कि मार्क्सवाद की आलोचना अंततः संसार में जन-कल्याण की अवधारणा पर आधारित नियंत्रित पूँजीवादी व्यवस्था के जन्म का कारण बनी, पूँजीवाद और समाजवाद का एक संतुलित संगम!"

"मुझे लगता है कि तुम समाजशास्त्र में बेहतर कर सकोगे। इसके लिए जरूरी होता है कि प्रश्न की माँग की सीमा में रहते हुए अपना बौद्धिक दृष्टिकोण दिया जा सके। कला-विषयों में ऐसा ही किया जाना चाहिए।" उनका अनुभव बोल रहा था।

दस दिन में ही मिहिर को सोशियोलॉजी का परिचय मिल गया। उसने भी लगन में कोई कमी नहीं रखी और उसे आनंद भी आ रहा था—विषय से प्रेम, यानी बुद्धि में वेग। जब वह प्रीलिम्स के लिए उनके घर से गया तो उसे गृहकार्य भी दिया गया, ताकि वह विषय पर केंद्रित रह सके।

प्रीलिम्स में फिर से सफलता मिली। इसके बाद वह प्रोफेसर के प्रेरणादायी मार्गदर्शन में रम गया, जिन्होंने सोशियोलॉजी के अलावा इतिहास का भी अच्छा ज्ञान दिया। मिहिर का पार्श्व चिंतन और विभिन्न पहलुओं में सामंजस्य स्थापित करने का हुनर भी काम आया।

सुरेश और मिहिर में दोस्ती ने एक-दूसरे का जीवन काफी हद तक आसान बना दिया था। जब भी मिहिर को पढ़ाई से हटकर थोड़े बदलाव की इच्छा होती तो अब भी बतरा ही उसका आश्रय था। हालाँकि, वहीं उसे तिकड़ी की याद भी सताती थी। सिनेमा मन की बेचैनी को राहत देने में कारगर होता, यथार्थ से परे कल्पना की दुनिया में पलायन। कहानी गहन-से-गहन कोलाहल को भी शांत कर देती है।

मेंस की परीक्षा पास आ गई थी और फिर वही व्याकुलता लौट आई थी। मिहिर के दिमाग की रील घूमती रहती, अगर असफल हो गया तो? क्या यह जंग हार पे खत्म होगी? परीक्षा के बाद वह प्रोफेसर से मिला, वे उसके प्रदर्शन से संतुष्ट थे, पर थोड़े नाराज कि उसने क्लिष्ट प्रश्नों को तवज्जो क्यों दी! हालाँकि, प्रोफेसर की सलाह और पिछले अनुभव के आधार पर मिहिर का ध्यान समय प्रबंधन की ओर था कि सारा समय आरंभिक प्रश्नों को ही न मिले और सारे प्रश्नों के उत्तर पूरी तरह से दिए जा सकें, पर फिर भी दो पेपरों में आखिरी प्रश्नों के उत्तर से वह संतुष्ट नहीं था। अभी मन भुलावे में पूरी तरह से खोया भी नहीं था कि नतीजों की तलवार सिर पर लटकने लगी।

परीक्षाओं के बाद वह संदीप से मिला और उदय से फोन पर बात की, पर वे दोनों भी उसकी बेचैनी कम नहीं कर सके। संदीप पेपर से संतुष्ट था और उदय ने कहा कि पिछली बार से उन्नीस हुए, पर वह अनासक्त ही दिखा। उसने मिहिर को बताया कि वह किसी स्कूली दोस्त के साथ मिलकर आई.टी. वेंचर शुरू करने जा रहा था, जिसके लिए कंप्यूटर में डिप्लोमा करने के बारे में सोच रहा था। इस भेंट के बाद मिहिर सोचने लगा कि उन तीनों का दल अब वाकई बिखर गया, सी.एस. ने उन्हें एक सूत्र में पिरो रखा था। जिंदगी की जिम्मेदारियाँ जैसे उनकी दोस्ती का दमन कर रही हों! तीनों अलग-अलग शाखाओं के पंछी हो चुके थे। उसे ज्योति का ध्यान आया, पर उसने अपना मन झट से सी.एस. की तरफ मोड़ लिया; अब अगर उसके साथ गंभीरता और समर्पण के साथ नहीं मिल सका तो शर्मिंदगी उठाता रहूँगा। ज्योति ने कभी इस बारे में सवाल नहीं उठाया, क्योंकि वह परिवार के लिए मेरी जवाबदेही को समझती है, पर अगर उसने रिश्ता माँग लिया या मैं ही भावनाओं में बह गया तो? अगर अंजाम तक जाने का साहस हो, तभी कदम बढ़ाना चाहिए और अभी मैं उसके लिए तैयार नहीं हूँ। मैं चाहता हूँ कि मेरे विवाह का निर्णय माता-पिता लें, यह उनका हक बनता है। वह जब तक दिल्ली में रहा, ज्योति से मिलने के खयाल से जूझता रहा। सुरेश पटना चला गया था और पिछली दो बार की तरह इस बार भी इंटरव्यू कॉल की प्रतीक्षा में था। मिहिर को भी लगा कि नतीजों का इंतजार करने के दौरान परिवार के पास जाया जा सकता था।

उसके पिता मेंस के बारे में जानकर खुश हुए। उन्होंने प्रोफेसर से बात की थी और इस बार काफी उम्मीद रख रहे थे। मिहिर को उनसे मिलकर डर लग रहा था कि कहीं वह उनकी अपेक्षा पर खरा न उतरा तो! यह उम्मीद भी कितनी डरावनी होती है। गुब्बारा जितना बड़ा होगा, उतनी तेज आवाज से फूटेगा। नतीजों से ठीक पहले वह दिल्ली वापस आ गया।

वह सुरेश के साथ बतरा पर था और फिर वही बेचैन परीक्षार्थी, बाइकों का शोर और फिर कारवाँ और एक कभी न खत्म होने जैसा इंतजार! दिल तेजी

से धड़क रहा था। मिहिर आँखें बंद कर भगवान् शिव से प्रार्थना करने लगा। कुछ देर बाद आँखें खोलीं तो सुरेश को बाइकवाले लड़के से बात करते देखा। उसे देखते ही सुरेश खुशी से उसकी ओर लपका। उसे देखते ही मिहिर के मन में आया कि सुरेश का उत्साह कह रहा है कि मैं भी सफल हो गया, वरना वह अकेले अपने लिए इतना खुश न होता, वह इतना असंवेदनशील नहीं है।

"तुम सफल हो गए। मुबारक!" सुरेश ने मिहिर से हाथ मिलाया। वह भी लिस्ट में आ गया था, पर उसने अपना नाम नहीं लिया।

मिहिर कुछ देर चुप रहा और एक अजीब से विस्मय से बाहर आने की कोशिश की। फिर अचानक लपकते हुए चल पड़ा, "सुरेश, मैं फोन बूथ पर जा रहा हूँ। मुझे प्रोफेसर शर्मा और अपने घरवालों को बताना है।" मिहिर के शब्द दूर होते गए और वह एक झटके में फोन बूथ पर था। वह सोचने लगा, 'एक साँस में कितनी ताकत है!' मिहिर के लिए नंबर मिलाना मुश्किल हो रहा था, क्योंकि रिसीवर हाथ से छूट रहा था, उत्तेजना उसकी शक्ति को क्षीण कर रही थी।

"सर, मैं सफल हो गया। आपका तहेदिल से धन्यवाद। आपका एहसान तो मैं···"

"बेटा, मुझे कोई संदेह नहीं था। एक सेनापति के अधीन सभी सिपाही एक से नहीं होते। मैंने तुम्हें तुमसे मिलवाया और कुछ नहीं किया।" प्रोफेसर उसके आभार प्रकट करने से पहले ही बोल उठे, "अब पर्सनालिटी टेस्ट पर पूरा ध्यान दो। अच्छी तरह बोलने और विश्लेषणात्मक तरीके से सोचने का अभ्यास करो। मुझे यकीन है कि तुम इसे भी अच्छी तरह निभा लोगे।"

"धन्यवाद सर! मैं कल आपके पास आऊँगा।" मिहिर बोला। उसने मन में सोचा, 'ओह, अपने संकोच के कारण अच्छी तरह आभार भी प्रकट नहीं कर सका। मैंने उन्हें क्यों नहीं कहा कि उन्होंने ही मेरा खोया हुआ आत्मविश्वास लौटाया, जिसके अभाव ने मेरे पहले के प्रयासों को कमजोर कर रखा था, मैं तैयारी का कोई तयशुदा फॉर्मूला निरर्थक ही ढूँढ़ता रहा! अब उनके दिए हुए आत्मविश्वास के कारण ही सफल हो सका!

फिर मिहिर ने पिता को कॉल किया।

"पापा, मैं मेंस में सफल हो गया।" मिहिर को ये बताने के दौरान एक अद्‌भुत सुकून का अहसास हुआ।

"कहाँ हैं? कहाँ हैं? आइए। मिहिर मेंस में पास हो गया। बहुत अच्छे बेटा! मुझे प्रोफेसर को धन्यवाद कहना चाहिए।" मिहिर के पिता ने उसकी माँ को बताया, उनके शब्दों से उत्साह का सोम छलक रहा था।

"बेटा, इंटरव्यू की तैयारी में कमी मत रखना। कोचिंग और बाकी, जो भी जरूरी है, करो, हिचकिचाना बिल्कुल मत।"

"कोचिंग नहीं चाहिए, पर मैं 'मॉक इंटरव्यू' के लिए नामांकन करवा लूँगा।"

"ठीक है। लो, अब माँ और बहनों से बात करो।"

ज्यों ही मिहिर ने परिवार से बात पूरी की, उसे उदय और संदीप की याद आई। उदय घर पर नहीं था और उसकी मम्मी ने बताया कि वह मेंस में पास नहीं हो सका। मिहिर की उम्मीदों पर पानी फिर गया, उसे लगा था कि वे तीनों एक साथ इंटरव्यू देंगे। उसने संदीप के पास जाने की सोची, पर सोचने लगा, 'कम-से-कम वह तो मेरी खुशी बाँट लेगा, पर अगर वह भी पास नहीं हुआ हो तो? मैं उसका सामना कैसे कर सकूँगा? दो दिन पहले जब मिला था तो उसे सुनकर लगता था कि उसे मेंस के नतीजों को लेकर कोई खास घबराहट नहीं थी।'

"बता दिया सबको? मैं तो पूरी तरह सफल होने के बाद ही सबको बताने वाला हूँ। यह मेरा तीसरा मेंस है, इसलिए वे कुछ खास खुशी नहीं महसूस करेंगे।" सुरेश ने कहा।

"हम्म, अपने परिवार को बता दिया। अब संदीप से मिलने जाना है। कल उसका नतीजा भी पता करना है।"

"मैं भी साथ चलता हूँ। वहीं अपने एक दोस्त से भी मिलना हो जाएगा।"

मिहिर और सुरेश, सुरेश के दोस्त के पास गए तो पता चला कि उनके इलाके ग्वायर हॉल से केवल तीन लड़के ही पास हुए थे और उनमें संदीप

का नाम नहीं था। मिहिर का उत्साह मंद हो गया। उन्होंने किंग्सवे कैंप के एक रेस्तराँ में खाना तय किया। मिहिर ने पार्टी देने का वादा किया था। मिहिर अपनी खुशी का इजहार कर रहा था, पर हमेशा की तरह संयमित ढंग से।

मिहिर अगले दिन सोकर उठा तो सी.एस. इंटरव्यू की प्रत्याशा के बीच सबकुछ नया था। सीतागढ़, दिल्ली, दोस्त, प्रो. शर्मा और आखिर में सिविल सर्वेंट बनने की यह यात्रा। मिहिर इन्हीं सोच में खोया था। आखिरकार उसने खुद को अपनी सोच से उबारा और मन में इंटरव्यू की तैयारी की योजना बनाने लगा। अखबार खँगाले, मेंस का सामान्य ज्ञान फिर से पढ़ा। मिहिर मेंस की तुलना में इंटरव्यू के लिए स्वयं को अधिक सँभला हुआ महसूस कर रहा था। वैसे भी उसे अपने वैयक्तिक कौशल पर भरोसा था। प्रो. शर्मा से पुनः भेंट हुई तो उन्होंने सोशियोलॉजी की परिचय पुस्तक और ई.एच. कार की 'व्हाट इज हिस्टरी' को दोबारा पढ़ने की सलाह दी। उन्होंने मिहिर से कहा कि वह अपने प्रोफाइल पर रणनीति बनाकर काम करे और अपने द्वारा भरे गए फॉर्म के हिसाब से चले।

मिहिर सी.एस. की नई धुन में रम गया था। उसे पिछली परीक्षा में साथ निभानेवाली ग्रुप स्टडी और अपनी तिकड़ी याद आती रहती थी, मानो कोई हवा का झोंका गुजर जाए, अपने पीछे स्पंदन का कोलाहल छोड़ते हुए, मधुर और तीखा एक साथ। सुरेश के साथ उसने कभी ग्रुप स्टडी नहीं किया। सुरेश मिहिर की अंग्रेजी को सुनकर चकाचौंध रहता था और खुद को 'हम हिंदीवाले' कहकर बुलाता। मिहिर को अजीत भी अकसर याद आता रहता। सुरेश और मिहिर अलग-अलग तैयारी कर रहे थे।

इंटरव्यू से कुछ दिन पहले वे बतरा जाते हुए बात कर रहे थे।

"कहते हैं कि इस बार इंटरव्यू के लिए दो नए बोर्ड गठित हुए हैं। नए बोर्ड आमतौर पर औसत मार्किंग करते हैं।" सुरेश ने कहा।

"पर ये कैसे पता?"

"अनुभव से। कई लोग अच्छे प्रदर्शन के बावजूद नए बोर्ड में औसत अंक ही प्राप्त कर पाते हैं।"

"तब तो इसका उलट भी हो सकता है। औसत अंकों से लाभ भी हो सकता है। अब 60 के लिए परेशान होने की जरूरत नहीं।" मिहिर ने सुरेश से मुसकराते हुए कहा।

"यह तभी हो सकता है, जब मैं उनमें से किसी एक को पा सकूँ। फिर अगर किसी ने हिंदीवाले का मजाक उड़ाया तो?" सुरेश चिंता में था।

"पर क्या तू इन बातों पर विश्वास करता है? क्या पक्का इन बातों का कोई अपवाद नहीं है? मैंने तो कई हिंदीवालों को भी अच्छे अंक लाते देखा है।" मिहिर ने सुरेश को दिलासा दी।

जब वे इंटरव्यू की बातें कर रहे थे तो मिहिर सोचने लगा, 'अब मैं इन सुनी- सुनाई बातों में नहीं आनेवाला! मेंस ने इतना तो सिखा ही दिया है।'

और इंटरव्यू का दिन आ गया। सुरेश ने मिहिर के लिए अपने कजिन की कार का प्रबंध कर दिया था। सुरेश का इंटरव्यू दो दिन बाद था।

मिहिर ने यू.पी.एस.सी. के प्रांगण में कदम रखा और अपनी स्लिप ली। पता चला कि उसे दो नए बोर्ड में से एक मिला और उसने मन को शांत करने के लिए एक मिनट का ध्यान किया। उसे हॉल में ले जाया गया, जिसमें बैठे प्रत्याशी अखबार पढ़ रहे थे या एक बेचैन ध्यान में थे।

मिहिर मेंस की तुलना में शांत और स्थितप्रज्ञ था। फिर उसे साक्षात्कार हेतु अंदर बुलाया गया। ज्यों ही वह कुरसी पर बैठा, वह एक अलग ही दुनिया का हिस्सा हो गया। जब सब खत्म हुआ तो उसे लगा कि उसका इंटरव्यू बुरा नहीं था, दो सवालों के जवाब नहीं दे सका और बीच में घबराहट से 1-2 बार आवाज डूब-सी गई थी। सी.एस. के पुजारियों ने निर्णय सुनाया, 300 में 180-190। प्रो. शर्मा भी इंटरव्यू से संतुष्ट थे, पर मिहिर थोड़ा डरा हुआ था।

सुरेश को इंटरव्यू में परेशानी का सामना करना पड़ा, ऐसा लगा, जैसे जंग में जाने से पहले ही उसकी जान निकल रही हो। हालाँकि, वह अपने हिसाब से ठीक रहा, पर मिहिर उसकी बिहारी हिंदी को लेकर थोड़े संशय में था।

"अगर मैं फिर से डूब गया तो? मैंने तय किया है कि अपनी ओर से

आखिर तक लड़ूँगा। सात मौके मिलते हैं। वरना पापा का व्यापार मेरा इंतजार कर रहा है।" सुरेश परेशान होने पर अकसर यही कहता था। उसकी बात सुनकर मिहिर सोचने लगता, 'इसके लिए असुरक्षा के भार से मुक्त होकर सी.एस. की तैयारी करना कितना आसान है! वह कोई दूसरा दरवाजा नहीं खोल रहा, ये तो समझा जा सकता हूँ, पर मैंने किस विश्वास के बल पर बाकी सारे रास्ते बंद कर दिए?'

उम्मीद का दामन थामकर मिहिर सीतागढ़ रवाना हुआ, ताकि कुछ दिन घर में बिता सके।

आखिर में वह दिन आ गया और शाम को रेडियो पर ऐलान हुआ कि नतीजे आ गए हैं। मिहिर ने घर में किसी से कुछ नहीं कहा और नतीजा पता करने के लिए सुरेश को कॉल किया, जो दिल्ली में ही था। लंबे इंतजार के बाद फोन उठा।

"क्या? पक्का कह रहा है? देख, कोई भूल तो नहीं हुई?"

मिहिर की बातें सुनकर घर में सभी उसके पास एकत्रित हो गए। उन्होंने उसकी घबराई आवाज से अंदाजा लगा लिया कि वह सफल नहीं रहा। पूरा परिवार हताश हो गया।

मिहिर धड़ाम से सोफे पर जा गिरा, उस आवाज में उसके अंदर का कर्कश खालीपन गुंजायमान था। सदमे ने उसके आँसू निगल लिये। माता-पिता, सीतागढ़, फैजपुर, दिल्ली, दोस्त, प्रो. शर्मा···जैसे सबकुछ ढह गया हो!

□

आखिरी मौका

गाड़ी प्लेटफॉर्म से छूट गई। अपराध-बोध से ग्रसित मिहिर गाड़ी के दरवाजे पर खड़ा पिता की ओर बेबस देख रहा था, जिनकी आँखें उन आँसुओं से नम थीं, जो बह नहीं पा रहे थे, 'अपने बेटे के आगे कैसे रो सकता हूँ'। वे अपने बेटे के कष्टों के बारे में सोचकर छलित महसूस कर रहे थे। सी.एस. के परिणाम घोषित होने के बाद मिहिर और उसके पिता के बीच इस बारे में कुछ भी बात नहीं हुई थी; खामोशी शब्दों से ज्यादा बोल जाती है। वे दोनों एक-दूसरे के मन की बात आसानी से पढ़ पा रहे थे। मिहिर की माँ चाहकर भी बेटे से नहीं कह सकीं कि शायद उसका सी.एस. के लिए बाकी सारे दरवाजे बंद करने का फैसला गलत रहा हो! इसको लेकर कहीं-न-कहीं उनके मन में पिता और पुत्र के लिए थोड़ी रंजिश थी।

मिहिर ने पिता की सोच का अनुमान लगाना चाहा। 'मुझे अपने बेटे की योग्यता पर विश्वास है, पर भाग्य कुछ और चाहता है। मुझे इसकी माँ की सलाह पर ध्यान देना चाहिए था कि कोई और विकल्प सोचकर रखो। मैं तो इतना चाहता था कि वह जिंदगी की कड़वाहट से दूर खुश रह सके। मेरे कई साथियों ने भी यही कहा कि उनके बच्चे अच्छी प्राइवेट सेक्टर की नौकरियों के साथ जीवन बसा चुके हैं। बस, मेरा बेटा ही रह गया। अब सीतागढ़ के लोग 'जैसा बाप, वैसा बेटा' कहकर ताने मारेंगे। मैंने तो जीवन में बहुत कुछ सहा है। पर मेरा बेटा! उसके लिए सिविल सर्विसेज केवल कॅरियर विकल्प नहीं, बल्कि उसके गर्व का भी विषय था। यह निराशा उसके कोमल मन को कुम्हला देगी।

वह वैसे भी इन दिनों कितना चुप-चुप रहने लगा है। उसके इस जुनून के लिए थोड़ा दोष तो मेरा भी है। मुझे कर्म के साथ उसके भाग्य को नियंत्रित करने का लालच नहीं करना चाहिए था, सफलता इन दोनों के मेल से ही मिलती है।'

ज्यों ही मिहिर ऊपरवाली बर्थ पर जाकर टिका, उसके आँसू अचानक फूट पड़े, आसपास लोगों की उपस्थिति की चेतना को धराशायी करते हुए। पर उसने अपने को नियंत्रित करने की कोशिश की; कई बार सामाजिक दबाव भी आदमी को सँभलने में मदद करता है। उसका मन चीख रहा था, 'मैंने माता-पिता का सिर झुका दिया। खासतौर पर पिता का। मेरा सिर तो शर्म से झुक ही गया है। मुझसे कम लायक बच्चे पास हो गए, मेरी बारी क्यों नहीं आती?

'हे शिव, अगर आप मुझे सफलता का वरदान नहीं देना चाहते तो कम-से-कम इस झूठी आशा के दलदल से निकालकर जीवन के किसी और रास्ते पर डाल दीजिए। यह स्थिति तो दयनीय होती जा रही है। मैंने सड़कों पर बहुत असफलता के मारे बेजान लोग भटकते देखे हैं। आज मेरे सभी दोस्त कहीं-न-कहीं व्यवस्थित हैं। मेरी किस्मत में क्या लिखा है? मुझे मन की शांति दें।

'ठीक है, अगर आप मेरी मदद नहीं करना चाहते तो मैं अपनी मदद आप करूँगा। शायद खराब समय-प्रबंधन और आखिरी उत्तरों में बुरी लिखावट की वजह से ही मैं रह गया, कुछ उत्तर भी शब्द-सीमा में नहीं रहे और उत्तर लिखते हुए तथ्यों पर अभी भी कम ध्यान दिया। कुछ उत्तर संतोषजनक ढंग से पूरे नहीं हो सके। अब भी कर्मों में सुधार की गुंजाइश है, इसलिए अपनी किस्मत को कोसने से पहले एक और आखिरी प्रयास का इंतजार करूँगा। इसलिए यह चौथी बार का प्रयास मेरे लिए 'करो या मरो' का होगा। अब मेरे पास खोने के लिए कुछ बचा ही नहीं, इसलिए डरना कैसा? शायद भाग्य और फल की चिंता से मुक्त कर्म ही मेरी नियति है अब।

'ओह, कहीं मैं फिर से तो झूठी आशाओं के लालच में नहीं उलझ रहा हूँ! मैं एक पहाड़ी के छोर पर खड़ा हूँ, बीच में इतनी लंबी गहरी खाई और फिर भी शिखर तक जाने की आशा रखता हूँ!'

वह उन्मादी ढंग से अपनी डायरी में लिखता जा रहा था।

मिहिर मन के उद्गार निकालने के बाद थोड़ा हलका महसूस कर रहा था। हालाँकि, सोचने का क्रम जारी रहा, 'भगवान् शिव ने किस तरह उसका दोनों तरह से साथ निभाया था, जब वह उनसे सफलता की याचना करता और आशा के सोम का पान करता और जब वह निराशा से थका उनसे नाराज होता, अपने कर्मों के माध्यम से उन्हें चुनौती देने को तैयार। उसे उदय की बात याद आ गई, 'भगवान् आस्तिकता और नास्तिकता दोनों के बीच पूरा आनंद लेते हैं, क्योंकि दोनों ही सूरत में हम उन्हें समान रूप से याद करते हैं।' पुरानी मधुर यादों ने मन पर मरहम का काम किया और वह गहरी नींद में सो गया।

मिहिर दिल्ली पहुँचा। उसने यह सुनिशचित करना चाहा कि वह आखिरी प्रयास के प्रीलिम्स में सुरक्षित है या नहीं? उस वर्ष फाइनल रिजल्ट प्रीलिम्स के बाद आया था। प्रदर्शन ठीक था, निकल जाने लायक। मिहिर प्रो. शर्मा के पास नहीं गया था। वह शर्मिंदा था। पर वह पूरी तरह से गायब नहीं हो सकता था, क्योंकि उसकी सी.एस. की सामग्री उनके घर रखी थी।

उसने अगली सुबह प्रो. शर्मा को फोन किया।

"सर" वह नि:शब्द था।

"तो सफलता नहीं मिली। मुझे पता है। तुम्हारे पिता ने बताया। तो अब क्या इरादा है?" उन्होंने पूछा।

"मुझे समझ नहीं आ रहा।"

"बस, मेरे सवाल का जवाब दो। क्या तुम मिलिटेंट बनने को तैयार हो?"

"जी।" मिहिर के पास कोई और उत्तर नहीं था।

"क्या तुम्हें लगता है कि तुम्हारे औजारों की धार और तेज हो सकती है?"

"जी।"

"तो आ जाओ। तुम पूरी तरह से फिट हो।"

"पर सर…" प्रो. शर्मा ने मिलिटेंट क्लिक के साथ लाइन काट दी।

मिहिर झट से अपनी निराशा के झोल से बाहर आ गया।

मिहिर सोचने लगा, 'अगर लड़ना ही मेरी नियति है तो क्यों न यह लड़ाई प्रोफेसर के प्रेरक व्यक्तित्व तले लड़ी जाए!'

अगले ही दिन मिहिर प्रोफेसर के घर चल दिया।

"आ जाओ। दरवाजा खुला है।" मिहिर ने खिड़की से उनकी आवाज सुनी।

ज्यों ही वह अंदर जाकर बैठा, वे बोले, "मुझे यकीन है कि तुमने अच्छा इंटरव्यू दिया होगा। मैं तुम्हें सोशियोलॉजी में और बेहतर कर सकता हूँ। तुमने खुद माना है कि तुम्हारे औजारों की धार और तेज हो सकती है।"

मिहिर ने उन्हें गाड़ी में सोची गई बातों को बताना चाहा, पर भावनाओं का वेग शब्दों को बहा ले गया।

"सॉरी, मिलिटेंट म्याऊँ-म्याऊँ नहीं करते, वे गरजते हैं। अगर ऐसा ही करना है तो अभी वापस चले जाओ।" प्रोफेसर थोड़े नाराज होते हुए बोले।

"सर, मुझे लगता है कि कुछ लोग ऐसे होते हैं, जो सी.एस. के साथ सामंजस्य नहीं बना पाते। मैंने कई अच्छे प्रतियोगियों को अस्वीकृत होते देखा है। इस जगह मेहनत या समझदारी का तो मुद्दा ही नहीं है।" मिहिर जानता था कि प्रोफेसर उसे वापस जाने के लिए बोलकर शॉक ट्रीटमेंट दे रहे थे।

"मेरे प्यारे बेटे! जीवन में कुछ सामंजस्य कड़े कर्म से बनाने पड़ते हैं, सिर्फ कर्म, पुरुषार्थ का यही तकाजा है।" प्रो. शर्मा ने थोड़ी नरमाई से कहा, "तुम सब जानते हो। बस, अभ्यास करते रहो। अगर तुम न चुने गए तो मुझे बहुत निराशा होगी। ब्यूरोक्रेसी को तुम जैसे मौलिक सोचवाले लोग चाहिए।"

"मैं पूरी कोशिश करूँगा सर!"

"कई बार कोई और रास्ता न होने से भी एकाग्रता को लाभ मिलता है। इस बार मेरे पास और अधिक समय बिताना। मैं तुम्हारे अंक जानने को बेताब हूँ।"

मिहिर ने पढ़ाई पुनः आरंभ करनी चाही, पर दिल सुनने को तैयार नहीं था, वह बहुत थक गया था। वह जानता था कि प्रीलिम्स पास करने से स्थिति

तो वहीं–की–वहीं थी। वह मेंस की तैयारी करने लगा, पढ़ाई अभी उसे किसी गड्ढ़ों से भरपूर पथरीली सड़क पर चलने जैसी लग रही थी। मार्कशीट देखकर हैरानी नहीं हुई, क्योंकि नंबर उसकी उम्मीद के हिसाब से थे। उसे इतिहास से ज्यादा सोशियोलॉजी में नंबर मिले थे। इंटरव्यू में 300 में 195 आए थे, जिन्हें हर हाल में अच्छा माना जा सकता था। प्रो. शर्मा अपने सही अनुमान को देखकर प्रसन्न हुए।

"कहा था न, हर चीज अनुमान से परे नहीं होती। निबंध और साक्षात्कार अच्छे हैं, रचनात्मक और मौखिक पहलू।" उन्होंने मार्कशीट देखकर कहा।

मिहिर सोचने लगा, 'मैंने जिस पर सबसे कम ध्यान दिया, उसमें ही अच्छे अंक आए। मेरी अंदरूनी प्रतिभा हमेशा काम आती है। मैं बोद्धिक प्रवाह में बहनेवाला जीव हूँ।'

हालात सुधरने लगे, पर मिहिर का हौसला वापस नहीं आ रहा था। उसकी भावनाएँ विपरीत चरम के बीच झूलती रहतीं—आशा और निराशा, विश्वास और संदेह उसके भाव तो बदलते रहे, पर उत्साह, उमंग या उल्लास, कुछ भी नहीं बचा था, मानो किसी ने उसकी संवेदनशीलता पर मनों का बोझ रख दिया हो! लगता था कि मेंस में सफल होने के बाद भी भावनाओं में बदलाव नहीं आनेवाला। उसका दिल पहले की तरह गवाही नहीं देता था और न ही पेट में वैसी खलबली मचती थी। वह डूबा हुआ महसूस करता रहता था। वह सोचता था कि क्या वह वैराग्य की ओर जा रहा है ? यदि इसके साथ जीवन इतना नीरस होता है कि कृष्ण कभी इसे अपनाने को न कहते, या वह वैराग्य का गलत अर्थ निकाल रहा था ? वो सोचता था कि क्या संदीप के बौद्ध दर्शन का मतलब इच्छा का लोप होना है, अगर ऐसा है तो संदीप का यह दर्शन वाकई नीरस है।

मिहिर एक दिन पढ़ रहा था कि उस बीच मिसेज शर्मा आ गईं।

"ठीक तो हो ?" उन्होंने पूछा।

"जी आंटी ! आपका शुक्रिया।" मिहिर ने पलंग से उठते हुए कहा।

"अच्छी तरह पढ़ना, बेटा ! वे बड़े परेशान हो गए थे, उन्हें लगा कि

उन्होंने अपनी उम्मीदें तुम पर थोप दीं, पर…"

"नहीं, नहीं। उनके कारण ही तो मैंने सोशियोलॉजी ली और मेरे अच्छे अंक भी आए। कमी तो कहीं-न-कहीं मेरे अंदर ही रह गई।"

"एक बात बताती हूँ। उन्होंने भी सिविल सर्विस की परीक्षा दी थी, पर पास नहीं कर सके। तुम्हें इतने जुनून से अपने सपनों का पीछा करते देखा तो बीती यादों में खो गए और तुम्हारे सी.एस. में भावुक होकर उलझ गए। उनका कहना है कि यदि तुम पास हुए तो उन्हें गहरा संतोष हो होगा।" मिसेज शर्मा ने स्नेहपूर्ण लहजे में कहा।

मिहिर और प्रो. शर्मा ने मिहिर की हैंडराइटिंग के अलावा और बातों पर भी ध्यान दिया। मिहिर एम.एन. और प्रोफेसर के घर के बीच आता-जाता रहा और फिर अंततः मेंस के लिए एम.एन. आ गया।

उसने अपना आखिरी पेपर सोशियोलौजी का दिया। परचों में कुछ भी असामान्य नहीं लगा। प्रो. शर्मा भी मिला-जुलाकर संतुष्ट दिखे। हाँ, प्रश्नों के चयन से फिर बहुत खुश नहीं थे। वे अकसर कहते, 'जो पूछा गया हो, अगर वह पूरी तरह स्पष्ट न हो तो उस प्रश्न को मत चुनो। पर मिहिर को ऐसे जटिल प्रश्न बहुत भाते थे।

अगले दिन मिहिर सीढ़ियों से फिसला और उसके हाथ में फ्रेक्चर आ गया। वह गहरे दर्द में था। सुरेश ने प्लास्टर लगवाने में मदद की। सुरेश ही था अब उसका सुख-दुःख का साथी!

मिहिर इसी तरह के दर्द और मानसिक जड़ता के बीच सीतागढ़ रवाना हुआ। वह अपने अंतःकरण में गहरे प्रवेश करने से डरने लगा धा, अन्यथा उसे यह अंतर्मुखी यात्रा बहुत आनंददायक लगती थी।

गाड़ी की सीटी की आवाज ने दिल में खालीपन-सा भर दिया। मिहिर खाली हाथ लौट रहा था और आनेवाले कल आशा और उमंग से विहीन, सन्नाटेदार! जान दे देने की सोच भी क्षणिक रूप से आती और वो काँप उठता। उसे सोशियोलॉजी में पढ़ी बात याद आई, 'कोई इनसान आत्महत्या तभी करता है, जब वह आसपास के परिवेश से पूरी तरह से कट गया हो।'

वह सोचने लगा कि वह तो अब भी अपने माता-पिता और परिवार से जुड़ाव रखता है। अगर मौत अपने आप आई तो क्या वह मरना चाहेगा? दिमाग उलझनों में फँस सा गया। उसने शिव पर ध्यान रमाया, ताकि मन को स्थिर करने का सोम मिल सके। विचार उमड़ने लगे, 'चाहे सी.एस. नहीं कर सका, पर उसे अपनी सहज योग्यता और गुणों पर संदेह नहीं करना चाहिए। मैं अपने लेखन से भी आजीविका चला सकता हूँ, पर सी.एस. से अलग होना अपने आप में एक भीषण संघर्ष होगा, घोर कष्टप्रद! ओह, काश, मैं यह दुनिया मिटाकर, सब भूलकर एक नई दुनिया में पहुँच सकता, जहाँ भूत, भूत बनकर पीछा ना करे, भयग्रस्त ना करे!' इन सब बातों से थककर उसका दिमाग तंद्रा में चला गया, मन अपने लिए सुकून छीन ही लेता है।

घर में उसका प्रवास भी सन्नाटे से भरा था, सब बिन कहे एक-दूसरे के मन की बात को समझ रहे थे। मिहिर अपने दोस्तों से नहीं मिला, समाज उसे भयावह लगने लगा था। इस बार उसने तय किया था कि अपना नतीजा सीतागढ़ में ही सुनेगा, उसे अकेले होने से डर लगने लगा था। इन दिनों उसके दिमाग पर बार-बार तर्क का हमला हो रहा था। वह सोचने लगा, 'केवल माता-पिता ही असफल होनेवाले बच्चे को सांत्वना दे सकते हैं। ईश्वर तो मनुष्य की संतान है, जिसको मनुष्य ने बनाया है ,ऐसी अराजकता में सुकून का सोम प्राप्त करने के लिए। मनुष्य ईश्वर को बच्चे की तरह हर हाल में पास रखना चाहता है; प्यार, फटकार, घृणा आप जो भी करो, वह आपके साथ है। ओह, यह बुद्धिजीवी सोच फिर से दिमाग पर हावी हो रही है, यह दिल के भुलावे और भ्रम को कैसे पल भर में ध्वस्त कर देती है!' मिहिर की सोच आगे बढ़ती गई, 'भगवान् की मदद न तो दिखती है और न ही प्रमाणित होती है, सफल होने पर हम उसके लिए आभार प्रकट करते हैं। असफल होने पर, खुद के कर्म में ही खोट निकालते हैं। ईश्वर को दोष दें तो तिरस्कार मिलता है। इस तरह ईश्वर हर हाल में छूट जाते हैं।'

हालात और गंभीर होने लगे तो ज्योतिष की मदद ली गई।

"मैं एक ज्ञानी पंडित को जानती हूँ। लोग कहते हैं कि वे सटीक भविष्यवाणी करते हैं। पंडित ने कहा था कि मिसेज सिन्हा का बेटा डॉक्टर होगा और ऐसा ही हुआ। हो सकता है कि उनसे बात करने से रास्ता कुछ साफ दिखे!" मिहिर की माँ ने कहा।

"मैं इन बातों को नहीं मानता। इस भविष्य को कौन समझ सकता है? इनसान के आनेवाले कल के बारे में नहीं बताया जा सकता।" मिहिर के पिता ने प्रस्ताव को खारिज कर दिया।

"आपके पास क्या सबूत है कि यह झूठ है? आप हमेशा इन बातों को अंधविश्वास बोलकर नकार देते हैं।"

"आप अपने पढ़े-लिखे बेटे को इन बातों में धकेल रही हैं! कौन यकीन करेगा कि ग्रह इनसान के जीवन को वश में रखते हैं?"

"और क्या आप साबित कर सकते हैं कि ऐसा नहीं होता? इनसान ने ग्रह देखे हैं, पर भगवान्? उसे किसी ने नहीं देखा, पर आप जैसे बुद्धिजीवी भी उस पर विश्वास करते हैं। मनुष्य का विश्वास ही पत्थर को देवता बनाता है। केवल दिमाग से दुनिया नहीं चलती।" मिहिर की माँ के तर्क में सच का वेग था।

"ठीक है, और बहस नहीं होगी। आप इसे अपने साथ ले जाइए।" मिहिर के पिता के चेहरे पर झल्लाहट स्पष्ट थी।

मिहिर को कर्म के मंच से बाहर आकर अच्छा ही लगा। उसने सोचा, 'अब मैंने तो भरपूर कोशिश कर ली, अब भाग्य को अपनी भूमिका अदा करने दो!'

मिहिर के पिता भी उनके साथ पंडितजी के पास गए; विपत्ति विज्ञान को निगल लेती है।

मिहिर कुंडली का खाका देखकर हैरान था कि उसका जीवन गणित का मामला बन गया था। 'यह सारा ब्रह्मांड ज्यामिति के वर्ग और खानों में बँटा है, मानो इनसान का भविष्य गणना मात्र हो! मैं भी कितना मूर्ख था, केवल कर्म की अंधी गलियों में ही भटकता रहा।" मिहिर अपने लिए निर्णय सुनने की प्रतीक्षा में है।

'यदि इन्होंने नकारात्मक उत्तर दिया तो क्या मैं सी.एस.का लक्ष्य त्याग दूँगा? मेंस में सफल होने के बाद भी इंटरव्यू नहीं दूँगा?'

"राहु थोड़ी गड़बड़ कर रहा है। शनि भी कुपित है, पर बृहस्पति उन्हें वश में कर लेगा। शनि को प्रसन्न करने के लिए इसे घोड़े की नाल से बनी अँगूठी पहना दो और राहु के लिए रक्तमणि पत्थर पहनना होगा। सरकारी नौकरी तो है इसकी कुंडली में।" पंडितजी ने ऐलान किया।

मिहिर सोचने लगा, 'जब रक्तमणि पत्थर नहीं थे तो लोग शनि और राहु को प्रसन्न करने के लिए क्या करते होंगे? जब विष्णु का चक्र भी राक्षस सर्प को नहीं मार सका और केवल उसके दो टुकड़े ही कर सका, जिसका सिर वाला हिस्सा राहु और पूँछवाला हिस्सा केतु बन गया, तो ये रक्तमणि पत्थर इस प्रकोप को कैसे शांत कर सकते हैं?' वैज्ञानिक सोच फिर से हावी हो चली थी।

पर फिर भी पंडितजी से मिले सोम से भय और तनाव कुछ घटा, पर पूरा घर अभी भी आशंका से ग्रस्त था।

"रेडियो में बताया गया है कि मेंस के परिणाम आ गए हैं। मैं देवेन को कॉल करके पता करता हूँ।" मिहिर ने माँ से कहा, वे लेटी हुई थीं।

"हम्म!" वे डर से काँप उठीं। पिता ने भी सुना और बहनें भी आ गईं।

"जो होना है, सो ही होगा। भाग्य से कौन लड़ सकता है!" पिता ने कहा, पर उनके भाव शब्दों को झुठला रहे थे।

पंडितजी सीन से गायब हो गए, चिंताओं ने जैसे उनके अस्तित्व को दिमाग में निगल लिया हो!

"कितना समय लगेगा?" मिहिर के पिता ने सोफे पर बैठते हुए पूछा।

"आपको तो पता है कि यू.पी.एस.सी. दूर है वहाँ से, समय तो लगेगा।" तितलियाँ फिर से मिहिर के पेट में मँडराने लगीं।

एक घंटे के बाद फोन बजा। फोन की घंटी इतनी डरावनी कभी नहीं लगी थी। सभी जैसे स्तंभित थे, अंदर से खोखले हो रहे स्तंभ! अचानक मिहिर ने हाथों के हवा में उछालते हुए ऐलान किया, "पास हो गया।" माहौल से बेचैनी उड़ गई, एक साथ लंबी गहरी साँसों की सिंफनी! पर इस बार मिहिर की राहत

पर आशंका का ग्रहण है, तत्क्षण ही गुब्बारा पिचकने लगा—"यह आखिरी प्रयास है!" मेंस पास करने का उत्साह उसे अचानक छलने लगा, पर हाँ, उम्मीद जिंदा तो है, सपाट ही सही।

वह दिल्ली जाने की तैयारी में आ गया। फिर से पिता, प्लेटफॉर्म और ट्रेन, पिछली यात्रा की यादों ने उसे घेर लिया।

इस बार मिहिर ने 'मॉक पर्सनैलिटी टेस्ट' नहीं लिये। उसके पिछले इंटरव्यू के बारे में एक अच्छी बात यह थी कि व्याकुलता उसकी बाधा नहीं बनी।

सुरेश ने भी चौथी बार मेंस पास कर लिया था। मिहिर के लिए सुरेश का साथ सोम है, पर सुरेश के लिए यह प्राण है। मिहिर की सोच और बातें उसे बेहद भाती हैं। वे अखबार पढ़कर करेंट अफेयर्स का अध्ययन करते और इंटरव्यू का अभ्यास करते। पर यह सब किसी रीति-रिवाज की तरह लग रहा था, उम्मीद का उछाल गायब था।

"मेरे पिछले तीन प्रयास 60, 60, 60 रहे। इससे आगे नहीं जा सका। हिंदी वाला होने की वजह से इंटरव्यू से पहले ही हौसला टूट जाता था। मॉक इंटरव्यू से भी कोई खास मदद नहीं मिली, क्योंकि वे भी हिंदीवालों को हिकारत की नजर से देखते हैं। एक बार तो इंग्लिश की वजह से मेंस रह गया था। यह तो अंतहीन हॉरर शो जैसा हो चुका है।" सुरेश ने अपनी भड़ास निकाल दी।

सुरेश के शब्द सुनकर मिहिर सोचमग्न हो गया, "सुरेश की हिंदी पर बिहार का असर है, स्थानीय भाषा का गहरा प्रभाव। क्या वह सचमुच यह बाधा पार कर लेगा?' इससे पहले कि जवाब सामने आता, मिहिर ने खुद को इस अस्थिर करने वाली सोच से बाहर निकाल लिया।

"अगर 140-45 भी आ गए होते तो मैं ओ.बी.सी. आरक्षण का लाभ लेकर अच्छी रैंक से निकल जाऊँगा।" सुरेश थोड़ा आशान्वित हो उठा।

"मैं तो कहूँगा कि तू अपनी हिंदी पर काम कर। भाषा को सही तरह से बोलना मायने रखता है।" मिहिर ने सलाह दी।

"तू बिहार में रहने के बावजूद इतनी अच्छी हिंदी कैसे बोलता है?" सुरेश ने ईर्ष्या भरे स्वर में पूछा।

"मैं हिंदी सुधारने में तेरी मदद कर सकता हूँ।"

इस तरह दोनों इंटरव्यू की तैयारी में रमने लगे।

मिहिर कभी-कभी प्रो. शर्मा के पास जाता, रचनात्मक मूड होने पर कुछ लिख लेता और बतरा जाकर दोस्तों के बीच थोड़ा मन बहला लेता। ज्योति उसके जेहन में जलती-बुझती रही।

"इतिहास स्वयं को दोहराता है; क्या तुम मानते हो?" मिहिर ने सुरेश से वही सवाल किया, जो प्रो. शर्मा ने उससे किया था।

सुरेश ने खुद को सँभाला और हिंदी में बोलने लगा, "मैं पिछले तीन वर्षों से मेंस पास करता आया हूँ, लेकिन इंटरव्यू में हमेशा साठ नंबर मिलते हैं और मैं सफल नहीं हो पाता हूँ। मुझे दूसरे साल के बाद ऐसा अहसास हुआ कि इतिहास अपने आप को दोहराता है।"

सुरेश का उत्तर सुनकर मिहिर के दिमाग से एक मुकसराहट गुजर गई, उसने सलाह दी, "तू कुछ शब्दों में 'स' को 'श' कहता है, जैसे एहशास और शफल, ये शब्द हैं—अहसास और सफल। तुझे कुछ उच्चारण का अभ्यास करना होगा। जहाँ तक उत्तर की बात है, तुझे अपनी बात कहने के लिए प्रामाणिक ऐतिहासिक उदाहरणों को शामिल करना चाहिए। इतिहास महज बीता हुआ तात्कालिक कल नहीं है।" मिहिर सुरेश की मदद करके खुश है। सुरेश ने मिहिर को उसका इंटरव्यू रिकॉर्ड करने में मदद की, ताकि वह उसे दोबारा सुन सके। जब भी वह सुरेश के साथ होता है तो उसे दिल्ली विश्वविद्यालय वाला लड़का याद आता है, जो चिल्ला रहा था, 'हवाई यात्रा करने वाले मेरे रूममेट को भी मंडल कमीशन का लाभ मिलेगा।'

मिहिर का इंटरव्यू कल और सुरेश का आज है। सुरेश अपने प्रदर्शन से खुश है और उसने बताया कि वह पिछली बार की तरह नहीं घबराया और उच्चारण के प्रति भी सजग था। मिहिर का दिन चिंता और बेचैनी के बीच बीता। फिर रात आई, जिसकी कई सुबहें थीं। घड़ी और पंखे की आवाज पहले कभी

इतनी भयावह नहीं लगी, मानो कोई काउंटडाउन, जो दिल की धड़कन के साथ बँधा हो! सवेरे मिहिर ने झट से अपने पास पंडितजी का दिया एक तावीज रख लिया, जो उन्होंने इंटरव्यू के लिए दिया था।

सुरेश मिहिर के साथ यू.पी.एस.सी. गया।

मिहिर ने अंदर जाकर अपनी स्लिप ली। उसने प्रतीक्षा कक्ष में जाकर देखा कि एक लड़की पागलों की तरह सबके आगे कुछ प्रश्न दोहरा रही थी। एक लड़का लगभग बेहोश हो चुका था और एक लड़की उसकी मदद कर रही थी। वह बाहर निकलकर वहीं बरामदे में इंतजार करते हुए शिव से मानसिक शांति पाने की प्रार्थना करता रहा।

अब मिहिर की बारी है।

"मेरी तो वाट लग गई।" एक लड़का बाहर आते हुए बोला। मिहिर का इस लड़के के साथ कुछ लफ्जों का आदान-प्रदान हुआ।

"मैं मानवेंद्र हूँ। चेयरमैन ने सीधा मुझ पर निशाना साधते हुए पूछा कि मैं पहले ही आई.पी.एस. में आ चुका हूँ तो फिर कोशिश क्यों कर रहा हूँ? क्या पुलिस उसे पसंद नहीं? उसने मुझमें कोई दिलचस्पी ही नहीं ली। मैं पिछले साल भी उसके बोर्ड में था और उसने मुझे 90 अंक दिए थे। मैं किसी तरह अपने लिखित अंकों के बल पर यहाँ तक पहुँचा हूँ।" मिहिर उसकी बातें सुनकर बिल्कुल सहम-सा गया।

वह अंदर गया, पर कमरे में चेयरमैन अपनी कुरसी पर नहीं थे। वे थोड़ी दूर खड़े-ही-खड़े फ्लास्क से गिलास में पानी ले रहे थे। उन्होंने मिहिर को मुड़कर देखा, अभिवादन के उत्तर में कुरसी पर बैठने को कहा। मिहिर उलझन में पड़ गया, अगर वह बैठता तो उसकी पीठ चेयरमैन की ओर हो जाती। वह थोड़ा मुड़कर बैठा, ताकि कमरे में पीछे खड़े चेयरमैन की उपस्थिति को भी मान दे सके। फिर चेयरमैन अपनी कुरसी पर आकर बैठे और मिहिर की प्रोफाइल देखी। उस अंतराल में मिहिर का दिमाग जैसे विचार-शून्य हो गया हो। यहीं से मिहिर ने सजग भाव से सोचना छोड़ दिया कि वह कैसे पेश आएगा और क्या कहेगा! बस, अपने आप को समय की धारा में प्रवाहित कर दिया।

"तुमने कहा कि योग तुम्हारी हॉबी है। क्या कोई और रुचियाँ भी हैं?" चेयरमैन ने कहा।

"मुझे क्रिकेट और हिंदी फिल्में देखना पसंद है।"

"फिल्में? कोई पसंदीदा निर्देशक या अभिनेता?" चेयरमैन ने आगे पूछा।

"मुझे गुलजार द्वारा निर्देशित फिल्में पसंद आती हैं तथा अमिताभ बच्चन और संजीव कुमार अभिनेता के रूप में बहुत भाते हैं।"

"संजीव कुमार! क्यों?"

"वे सहज अभिनेता हैं, बिल्कुल स्वाभाविक और अत्यंत बहुमुखी।"

"ये तो है। क्या तुम उनकी उस फिल्म का नाम बता सकते हो, जिसमें उन्होंने बहुत सारी भूमिकाएँ अदा की हैं?"

"'नया दिन, नई रात।' उन्होंने इस फिल्म में नौ अलग-अलग भूमिकाएँ अदा की हैं।" मिहिर थोड़ा सुकून महसूस करने लगा, माहौल थोड़ा हलका हो चला था।

"तुम भारत को 2010 में कैसे देखते हो?" चेयरमैन ने पूछा।

मिहिर ने राजनीति के बदलते चेहरे की बात की, क्षेत्रीय दलों के उभरने के कारण गठबंधन युग की बात की, विज्ञान और तकनीक के क्षेत्र में प्रगति और अंतरिक्ष के अध्ययन में बढ़ते हुए कदम की बात की। अर्थव्यवस्था के उदारीकरण और वैश्वीकरण आदि के बारे में बताया। चेयरमैन ने उसे कहा कि वह कुछ और मसलों पर रोशनी डाले, जैसे महिलाओं से जुड़े विषय आदि। फिर इंटरव्यू दूसरे व्यक्ति को पास कर दिया गया, जिन्होंने इतिहास से जुड़े कुछ सवाल किए।

इसके बाद वाली पैनलिस्ट महिला थी, उसने पूछा, "हाल ही में कुछ फंडामेंटलिस्ट तत्त्वों ने अफगानिस्तान के बामियान में बुद्ध की प्रतिमा नष्ट कर दी। तुम इस घटना को किस रूप में देखते हो?"

"यह कट्टरपंथियों की ओर से धर्म के प्रति सहिष्णुता पर हमला है।" मिहिर ने कहा।

"तुम इसे और किस रूप में लेते हो?"

“इसे हिंसा का अहिंसा के मूल्य पर आघात माना जा सकता है, क्योंकि बुद्ध ने संसार को अहिंसा का उपदेश दिया था।”

“कोई और व्याख्या ? कोई और आयाम ?” उन्होंने फिर से मुसकराकर पूछा।

“इससे यह संदेश फैल सकता है कि बुद्ध की प्रतिमा, जोकि एक भारतीय हैं, वह अफगानिस्तान में नहीं रह सकती, क्योंकि अब वह एक अलग इसलामिक देश है। मानो भूगोल विचारों और ज्ञान की यात्रा निर्धारित कर रहा हो, यह निंदनीय है।” मिहिर एक ही प्रश्न के बार-बार पूछे जाने से विचलित नहीं हो रहा था।

“क्या किसी और रूप में इस घटना को देखा जा सकता है ?” उन्होंने फिर से पूछा।

“इसे इस रूप में भी देख सकते हैं कि धर्म को ऐसी दुनिया में राजनीति और अंतरराष्ट्रीय संबंधों के दायरे में लाया जा रहा है, जो उदारीकरण और वैश्वीकरण की ओर जा रही है और जहाँ देशों की अर्थव्यवस्था और लोक कल्याण, अंतरराष्ट्रीय कूटनीति के निर्धारक कारक हैं। उदाहरण के लिए, चीन और यू.एस. आपस में व्यापारिक संबंधों की ओर बढ़ रहे हैं, जबकि विचारधारा के हिसाब से उनके बीच कोई सामंजस्य नहीं है। अत: यह एक विपरीतात्मक कृत्य है।”

“क्या आप इसे किसी और दृष्टिकोण से देख सकते हैं ?” वह महिला खतरनाक तरीके से अपने प्रश्न पर केंद्रित रही। मिहिर को अब भी समझ नहीं आया कि क्या हो रहा था, और उसका दिमाग नए तर्क की तलाश करने लगा।

“इसे दुनिया के लिए चेतावनी के तौर पर देखा जा सकता है कि इसलामिक कट्टरवाद बढ़ रहा है और भारत को भी अपनी रक्षा करनी होगी, क्योंकि अफगानिस्तान उसका पड़ोसी देश है।” मिहिर ने शांत भाव से कहा।

अंत में उस महिला ने उसका पीछा छोड़ा और अगले सदस्य की बारी आ गई। वह उसे देखकर अब भी मुसकरा रही थी, उनकी आँखों में प्रशंसा का पुट स्पष्ट था।

एक क्षण के लिए उसके मन में संदीप के बुद्ध कौंध गए और एक मुसकराहट मन को गुदगुदाकर निकल गई।

"तुमने कुछ देर पहले यू.एस. और चीन के आर्थिक संबंधों की बात की। इन दिनों चीन के आर्थिक विकास को लेकर विश्व बहुत उत्साहित है। इस संदर्भ में मेरा प्रश्न है कि क्या भारत को उच्च विकास दर प्राप्त करने हेतु प्रजातांत्रिक प्रक्रिया से समझौता करते हुए थोड़ी निरंकुशता अपनानी होगी, ताकि सुधार की नीतियाँ जल्द -से-जल्द लागू की जा सकें, या फिर थोड़ी औसत विकास दर के साथ प्रजातंत्र के साथ रहे?"

"प्रजातंत्र और थोड़ा औसत विकास। अभिव्यक्ति की स्वतंत्रता अनमोल है। भूखा भी अपनी बात कहने की आजादी चाहता है। विकास की बलिवेदी पर वैयक्तिक्ता की बलि नहीं दे सकते और व्यवस्था और आजादी के बीच संतुलन ही लक्ष्य होना चाहिए। वैसे, एक प्रजातांत्रिक पूँजीवादी देश भी विकास की ऊँचाइयों को हासिल कर सकता है, जैसे—यू.एस.ए.। भारत स्वयं को उच्च आर्थिक विकास की दर के पथ पर बनाए रखने के लिए उदारीकरण के साधन अपना रहा है और इसका लाभ भी स्पष्ट है। अतः प्रजातंत्र और विकास में कोई गंभीर टकराव नहीं हैं।" मिहिर अपनी घबराहट के बावजूद अपने उत्तर से प्रसन्न था।

दो या तीन सवालों के बाद इंटरव्यू का अंतिम चरण आ गया।

"तुम्हारी प्रोफाइल कहती है कि तुम बिहार से हो और आजकल सभी गलत कारणों के कारण बिहार चर्चा में है, जैसे एनिमल हस्बेंड्री स्कैम का मामला। हमने देखा कि जनता और मीडिया न्यायालय का अंतिम फैसले आने से पहले ही नेताओं के इस्तीफों की माँग कर रही हैं, क्योंकि कानूनी प्रक्रिया बहुत समय लेती है।"

"सर, राजनीति में छवि यथार्थ से ज्यादा सशक्त हैं, और ज्यादा मायने रखती है। लोग उन विषयों पर सशक्त राय रखते हैं, और जहाँ गहरे धुएँ हैं, लोग आग का पता करना चाहते हैं। प्रजातंत्र में जनता के मत को आदर मिलना चाहिए। और अगर राजनेता दोषी न हो तो वह कानूनी प्रक्रिया पूरी होने के बाद

निर्दोष साबित होकर पुनः वापस आ सकता है। पर कानूनी प्रक्रिया की पवित्रता को बनाए रखना होगा, ताकि न्याय की रक्षा हो सके।" मिहिर को अहसास हुआ कि उसका उत्तर संतुलित है।

"मेरे विचार से हो गया।" चेयरमैन ने दूसरे लोगों से राय ली कि अब बकरे को छोड़ दिया जाए! इंटरव्यू लंबा चला, लगभग 45 मिनट।

मिहिर बाहर आया तो मन तरह-तरह के भावों से घिरा था, 'क्या मेरा प्रदर्शन अच्छा रहा? बीच-बीच में थोड़ी घबराहट ने मेरी वाणी में थोड़ा अवरोध पैदा किया। सी.एस. से मिलने का वादा उसकी ओर से पूरा हो चुका था और 'इसके बाद क्या' की सोच हावी हो रही थी। हालाँकि, पल भर को सफलता के रोमांच ने भी मन को सहलाया।

सुरेश उसके इंतजार में था। उसने विरक्त भाव से अपने इंटरव्यू के बारे में बताया। सुरेश बहुत प्रभावित हुआ। पर सी.एस. एक पहेली है और किसी के पास कोई सुराग नहीं होता।

प्रो. शर्मा मिहिर के इंटरव्यू से उत्साहित थे, "तुम्हें अहसास नहीं है कि बुद्ध वाले प्रश्न पर तुमने जिस धीरज से उत्तर दिए, वह तुम्हारे लिए कमाल कर सकता है। वे लोग इसी तरह सामनेवाले की मानसिक शक्ति की परख करते हैं। चीन वाला उत्तर भी बढ़िया रहा और बेशक अपनी रुचियों पर तुमने सहज भाव से ईमानदारीपूर्वक बात की। मेन्स भी संतोषजनक रहा, बस, अब प्रार्थना करो।"

मिहिर को लगा कि प्रो. शर्मा ही वह सोम थे, जिन्होंने इस आखिरी कोशिश को ठीक से पार लगवाया। 'मैंने सुना था कि निराशा के अँधेरे में बड़े-से-बड़े सपने लुप्त हो जाते हैं, पर अगर कोई डूबने से ठीक पहले उस भँवर से खींच ले तो शायद सब बचाया जा सकता है, उस इनसान का आत्मविश्वास और उसका सपना; पर मिहिर के अंतःकरण से एक लंबी आह निकली।

□

मोनालिसा समापन

इस तरह मिहिर अपनी सी.एस. यात्रा के आखिरी पड़ाव पर था।

मिहिर और सुरेश ने तय किया कि वे घर नहीं जाएँगे।

"क्या हमें, मेरे पत्रकार दोस्त सुजीत झा के पास चलना चाहिए? उसे हस्तरेखा देखने में महारत हासिल है और अकसर उसकी भविष्यवाणी सही निकलती हैं। उसने भी तीन बार सी.एस. के लिए प्रयास किया, पर नाकाम रहा और फिर 'टाइम्स स्कूल' से मास कॉम पूरा किया।" सुरेश ने पेशकश रखी।

"लगता है कि तुम्हें हस्त-रेखा विज्ञान और ज्योतिष में कुछ ज्यादा ही दिलचस्पी है। तुमने पहले ही हाथ में तीन स्टोंस पहने हुए हैं, और क्या चाहिए?" मिहिर ने अरुचि से कहा।

"जब जान पर बनी हो तो विश्वास का ही सहारा लिया जाता है।"

"तेरा मतलब सोम से है?"

"सोम?" सुरेश थोड़ा चकरा गया।

मिहिर मुसकराया और बड़े ही प्यार से उन दिनों को याद करने लगा, जब उन्होंने हर संभव स्वाद के सोम खोजे थे—महत्वाकांक्षा, सपने, दोस्ती, रोमांस! फिर वह सोचने लगा कि अब उदय कैसे अपने सफल आई.टी. उद्यम के साथ है और संदीप दिल्ली विश्वविद्यालय में प्रोफेसर बनने की राह पर है, पर अभी भी संघर्षरत है। मन में एक वीरानापन-सा छा गया, एक भयग्रस्त वीरानापन!

मिहिर ने सीतागढ़ में ज्योतिष के सोम के स्वाद को याद करते हुए सुजीत झा से मिलने के लिए हामी भर दी और वे इंदिरा विहार चल दिए।

"तुमने अभी बताया कि वह सी.एस. का जुगाड़ नहीं कर सका।" मिहिर ने कहा।

"जुगाड़ ?" सुरेश ने पूछा।

"हम्म, मतलब ग्रहों की दशा सुधारने का जुगाड़ नहीं कर सका। ये लोग अँगूठी के छोटे से पत्थर से इतने विशाल ग्रहों की चाल बदल सकते हैं!" मिहिर के चेहरे पर एक व्यंगपूर्ण शरारती मुसकान चमक गई।

सुरेश भी मुसकराया। वे उसके फ्लैट पर पहुँचे तो एक लड़का सुजीत को कुछ पैसे दे रहा था।

"ये पैसे भी लेता है ? मतलब, ये पेशेवर है ?"

"जी, पर हमसे नहीं लेगा। यह मेरा करीबी दोस्त है।" सुरेश ने ऐसे डींग मारी, जैसे पुजारी भगवान् की गाथा गाता हो!

"नहीं, इसमें बड़ा समय लगेगा और मेरे पास सब्र नहीं है। मैं इस दुकान का सोम नहीं चाहता।" मिहिर ने अंदर जाने से इनकार कर दिया। "यह तो समानांतर इकोनॉमी का एक हिस्सा है। इसे पता है कि सी.एस. का भँवर पार करने के लिए सोम चाहिए, इसलिए इसने सोम का धंधा करने का फैसला किया होगा।"

"तुम किस सोम की बात कर रहे हो ? अगर तुम्हारा मतलब सोमरस से है तो ज्योतिष सोमरस कैसे है ?" सुरेश विस्मित दिख रहा था।

मिहिर सोचने लगा, 'सुरेश सोम का पान करता है, पर फिर भी सोम के बारे में नहीं जानता! इसके जैसे कितने लोग हैं, जो सोम पहचाने बिना ही सोम का पान कर रहे हैं।'

मिहिर के लिए समय रेंग रहा है; फाइनल नतीजे तक का समय एक अंतहीन यात्रा महसूस हो रहा है। वह सोचने लगा, 'कौन कहता है कि समय निरंतर है, मन तो घंटे को मिनट और मिनट को घंटे में बदल सकता है, जो भी होना है, हो, पर जल्द हो जाए।'

आखिरी नतीजा आने में दस-पंद्रह दिन बाकी हैं। मिहिर डिनर से पहले बिस्तर पर है। पर आज उसकी सोच सी.एस. नहीं, बल्कि सी.एस. के उपरांत

पर जाकर टिक गई है। वह डायरी लिख रहा है, पर कोई कविता नहीं, यह सी.एस. की दुनिया के सूफियों पर एक लेखन है, उनका भगवान्, उनकी जड़ें, उनकी यात्रा, उनकी सफलता, उनकी असफलता, उनकी आशा, उनकी निराशा—उसने एक ही झटके में पाँच पेज लिख दिए। उसने बार-बार पढ़कर संपादन किया और दो ही घंटे में सामग्री तैयार थी। उस रात वह चैन से सोया और ताजा महसूस करते हुए उठा। वह खुद पर ही हैरान था, 'क्या मुझे वाकई यकीन आ गया है कि मैं सफल नहीं हो सकूँगा ? मुझे सी.एस. से परे की जिंदगी के बारे में सोचने की प्रेरणा क्यों आ रही है ? मैं जानता हूँ कि मैं लेखन से रोटी कमा सकता हूँ, पर नतीजों का इंतजार करना तो लाजमी है।'

"क्या आज तुम्हारे दोस्त के पास चलें ? आज रविवार है और हो सकता है कि वह फ्लैट पर ही हो।" मिहिर ने सुरेश से पूछा।

"पर तुम तो जाना नहीं चाहते थे ! अचानक क्या हुआ ?"

"वो मैं बाद में बताता हूँ। पहले मिलने तो चल !"

"ठीक है।"

"हाथ में कौन सा कागज ले रखा है ?"

"तुझे जल्दी ही पता चल जाएगा।" मिहिर मुसकराया।

"अचानक ये सब", सुरेश की उत्सुकता बढ़ रही थी।

जब वे सुजीत के पास पहुँचे तो वह अकेला था। सुरेश ने उनका परिचय करवाया और आपस में दुआ-सलाम हुई। सुरेश ने हाथ आगे किया, वह उससे हामी चाहता था। सुजीत ने 'हाँ-न' एक साथ किए। अकसर जब ग्राहक का चेहरा एकदम सामने हो तो ऐसा ही होता है। मिहिर ने भी हाथ आगे किया, सुजीत को आभास हो गया कि मिहिर को भविष्य बाँचने की विद्या पर संदेह है, और शायद उसकी काबिलियत पर भी।

"इस बार तो पूरी उम्मीद है। बृहस्पति के सकारात्मक प्रभाव को कम करने के लिए राहु खड़ा है, पर तूने तो पहले ही रक्तमणि पहन रखा है, ताकि राहु हार सके।" सुजीत की आवाज में आत्मविश्वास था। सुरेश मिहिर के हाथ में रक्तमणि को देखकर एक शरारती भाव से मुसकराया।

"अब तो दस या बारह दिन ही रह गए। यह राज तो खुल ही जाएगा। मैं किसी और मकसद से आया था।"

"क्या, बोलो।"

मिहिर ने कागज दिखाकर कहा, "मैंने हमारी सी.एस. दुनिया के बारे में कुछ लिखा है। मैं चाहता हूँ कि एक बार आप पढ़ें और अपने संपादकीय बोर्ड से भी पढ़वा लेते। देखें, क्या यह आपके अखबार में कहीं फीचर पेज पर आ सकता है? मैं अपने लेखन के कौशल का आकलन करना चाहता हूँ।"

"क्यों नहीं, हम तो इस तरह के लेख की खोज में रहते हैं। विषय तो रोचक लग रहा है–अवचेतन में सूफी।" सुजीत ने उसे पढ़ना शुरू किया।

"आप आराम से पढ़िएगा। कोई जल्दी नहीं है।" मिहिर ने कहा।

"उम्मीद है कि कोई दिक्कत नहीं होगी!" सुरेश ने अपनी ओर से भी पूछ लिया।

"एक सप्ताह का समय दो।" सुजीत ने कहा।

"थैंक यू!" मिहिर खुश दिख रहा था।

जिंदगी फिर चल पड़ी, लड़खड़ाते-सँभलते। एक सप्ताह पूरा होने पर मिहिर और सुरेश सुजीत से मिलने फिर गए।

"मिहिर, मेरा तो सिर घूम रहा है, अंदर एक अजीब खालीपन सा लग रहा है, तारीख पास आ रही है।"

"तुम कुछ नहीं कर सकते। असुर से जीत और हार का फैसला जब तक नहीं आएगा, ऐसा ही महसूस होगा, हवा में रुका हुआ भँवर, मँझधार में डुबोए या किनारे पर उछाल दे! मेरा भय तो बहुत हद तक काबू में आ रहा है।" मिहिर का ध्यान अपने लेखन और सुजीत के जवाब पर टिका था।

"मैं भी सोच ही रहा था कि तुम्हारी ओर चक्कर लगा लूँ।" सुजीत ने कहा।

"कोई खास बात? तुम तो इतना व्यस्त रहते हो!" सुरेश ने पूछा।

"यह लेख तो वाकई कमाल का है। मेरे सीनियर संपादक ने पढ़ा और उसने भी तारीफ की। वे तुम्हें नौकरी देना चाहते हैं। अखबार नया है, इसलिए

एक अच्छी टीम तैयार करना चाह रहे हैं। उन्हें अपनी लॉञ्च होनेवाली मैगजीन के लिए भी लोग चाहिए।" सुजीत ने एक दंभ भरे उत्साह से कहा।

"पर मुझे तो पत्रकारिता के बारे में कुछ भी नहीं पता। मैं कैसे⋯" मिहिर के अंदर एक संतोषपूर्ण सुखद अहसास भर गया।

"वे अगले रविवार को तुम्हारा लेख प्रकाशित करने वाले हैं। प्रतिभा प्रक्षिक्षण की मोहताज नहीं होती।"

मिहिर खुश है। सी.एस. की अस्वीकृति ने अभी तक उसके स्वाभिमान को बहुत चोट पहुँचाई है, पर उसे अहसास हुआ कि उसके अंदर छिपी प्रतिभा ने उसका साथ कभी नहीं छोड़ा था। नूरजहाँ, वेस्ट एशिया, निबंध आदि में उसकी कुदरती प्रतिभा निखरकर सामने आई है अब तक, प्रोफेसर शर्मा ने भी इसको सराहा। मन में सोच की यात्रा जारी रही—'अगर मैं सिविल सर्वेंट बनकर देश-सेवा से जुड़ने का गौरव नहीं प्राप्त कर सका और अगर मेरी जवानी आजीविका कमाने के संघर्ष में ही जानी है तो जीने के लिए केवल कोई दूसरी नौकरी करने से बेहतर होगा कि मैं अपने जुनून को ही जीविकोपार्जन का जरिया बनाऊँ! ऐसी कितनी मिसालें हैं कि लेखकों ने एक लंबे संघर्ष के बाद कामयाबी हासिल की है।' प्रेमचंद, बिमल मित्र और थॉमस हार्डी के नाम याद आने लगे। एक क्षण के लिए मन ने कहा कि क्या वह फिर से तो कहीं आशा के जाल में तो नहीं उलझ रहा! फिर उसने खुद को प्रेरित किया, जो भी हो, बस, कुछ दिन की बात है, समय सब तय कर देगा।

जब वे बतरा पहुँचे तो जाना-पहचाना तनाव से भरे उत्साह का शोरगुल फिर से उठ चुका था। उनके दिल तेजी से धड़क उठे। सुरेश ने किसी से पूछा तो पुष्टि हो गई कि सिविल सर्विसेज के फाइनल नतीजे घोषित कर दिए गए हैं।

"चिंता मत करो। मैंने हमारे रोल नंबर अपने चचेरे भाई को दे रखे हैं। वह जोर बाग से यू.पी.एस.सी.जल्द पहुँचकर फोन करेगा। तब तक हम हनुमान मंदिर चलते हैं। वह अपनी मकान मालकिन के नंबर पर कॉल करेगा।"

वे लोग मंदिर से सोमपान करने की कोशिश करके सुरेश के कमरे में गए। कुछ ही मिनट बाद मकान मालकिन ने पुकारा।

"सुरेश!"

"जी, आंटी!"

"फोन कॉल। भाई का फोन है।"

"आया, आंटी!" सुरेश और मिहिर फोन की ओर भागे, दिल की धड़कनों की रफ्तार कदम की रफ्तार को भी मात दे रही थी।

सुरेश ने फोन लिया और क्षण भर में ही उसका चेहरा दमक उठा। उसने फोन नीचे रखा और वे एक साथ रोते-हँसते हुए, जाने क्या-क्या बड़बड़ाने लगे—'हम दोनों ही आई.ए.एस. में आ गए।' फिर उसने खुद को शांत कर आंटी का कौतूहल शांत किया।

"चल, घर फोन करें। दोस्तों से मिलें, आई.ए.एस. में आ गया।" सुरेश सातवें आसमान पर है। बार-बार बालों में हाथ फिरा रहा है। "यह तो जादू हो गया!" सुरेश हवा के झोंके की तरह बाहर निकल गया। शरीर में एक अजीब-सी स्फूर्ति तरंगित हो उठी थी, यथार्थ अभी भी स्वप्न के साम्राज्य से मुक्त नहीं हो पाया था।

वे बतरा गए, रास्ते में सुरेश की निगाहें जानकारों को खोजने लगीं, ताकि उन्हें बता सके कि वह सूफियों की दुनिया में खुदा हो गया!

मिहिर के अहसास में उत्तेजना से ज्यादा राहत थी, भारमुक्त होने के बाद की राहतपूर्ण थकान। उसने घर फोन किया।

"हैलो!" माँ ने बेचैनी से पूछा।

"हो गया मम्मी!" मिहिर बोला।

"पास हो गया, पास हो गया!"

"रैंक क्या है?" उसकी बहन की आवाज पीछे से आई।

"रैंक मत पूछ। मेरा बेटा पास हो गया। बस, यही बहुत है।" मम्मी तो जैसे दीवानी हो गईं।

"हमें पापा को बताना होगा। अभी बाहर गए हैं। छोटू, जा, देख उन्हें।" उसकी बहन चिल्लाई।

मिहिर यह सब सुनकर भावुकता से मुसकराया। फिर फोन रखकर चल दिया। खुशी अपने चरम पर पहुँचने से इनकार कर रही थी, मुकाम तो हासिल हो गया, पर अब भी कुछ शेष है, जो चैन नहीं लेने दे रहा।

"बाबूजी उछल रहे हैं। एक व्यापारी थे, इसलिए ब्यूरोक्रेसी को खास पसंद करते थे। अब उनका अपना बेटा आ गया। अब तक तो आधे पटना को पता चल गया होगा! तुम्हारा क्या?" सुरेश अब भी तरंगित झूम रहा है।

'शायद सातवें आसमान पर पहुँच जाना इसी को कहते होंगे!' मिहिर ने सुरेश को अच्छी तरह निहारा।

"पापा बाहर हैं। मम्मी बौरा गई हैं। यहीं से पूरे घर को झूमता देखा जा सकता है।" मिहिर बोला।

"पर तेरा चेहरा क्यों लटका है, खुश नहीं है क्या? मेरे पास तो एक मौका था, पर तेरा तो आखिरी मौका था। भगवान् का शुक्र मना।" सुरेश बोला।

"हम्म...भगवान्!" मिहिर मुसकराया।

"तू घर चल। मुझे कुछ दोस्तों से मिलना है। आज रात की बीयर मेरी ओर से होगी।" सुरेश बोला।

मिहिर फिर से फोन बूथ पर गया और अपने गॉडफादर प्रो. शर्मा को कॉल किया। जब उसने खबर दी तो वे भावुक हो गए—"मेरे प्यारे बेटे, असली प्रतिभा कभी छिप नहीं सकती। मैंने तेरे अंदर की चिनगारी देख ली थी।"

"मैं कल आऊँगा।" मिहिर ने फोन रख दिया।

वह घर जाते हुए सोचने लगा, 'भगवान् हर ओर हैं। अगर असफल हों तो कहते हैं कि तुम्हारे कर्म हैं। सफल हो गए तो कहते हैं कि भगवान् की कृपा है। पहले कर्म और अब भगवान्? क्या किस्मत ने आखिरी मौके में पार करवाया? भाग्य के बारे में सोचे बिना भगवान् का भी अस्तित्व नहीं होता। मैं यकीन से कह सकता हूँ कि मैं आसानी से सी.एस. में सफल होनेवालों की तुलना में कम योग्य तो नहीं था, मेरा भाग्य, यानी भगवान् फिर आ गए!'

मिहिर फ्लैट पर पहुँचा और बिस्तर पर लेटकर पंखे को देखने लगा, विचार उमड़ रहे थे, 'कुछ समय पहले मन खुश था कि लेखन की वजह से नौकरी

मिल रही थी, दो घंटे की मेहनत और प्रवाह का यह मंजर, नैसर्गिक प्रतिभा का जादू! किस्मत तुरंत मेहरबान हुई। मुझे सेवा के माध्यम से आई.ए.एस. अधिकारी बनकर देश के नागरिकों की सेवा करने का मौका मिलेगा। दूसरों के जीवन में बदलाव लाने की योग्यता, सामाजिक प्रतिष्ठा, मेरे परिवार की प्रसन्नता! मुझे लिखना पसंद था और अब सुजीत के प्रस्ताव ने मेरे अंदर की चिनगारी को हवा दे दी है।' विचारों का कारवाँ थमने का नाम ही नहीं ले रहा था।

"तू लेटा क्यों हुआ है?" सुरेश ने पूछा।

"कुछ नहीं, ऐसे ही।" मिहिर उठ बैठा।

"चल न। मैंने बीयर की पूरी क्रेट ले ली। हम आज तूफानी करते हैं कुछ!" सुरेश मिहिर को सीढ़ियों से नीचे घसीट ले गया।

"मुझे फिर से बाहर जाना है। अभी घर में पिताजी से बात नहीं हुई।"

"अच्छा, पर जल्दी वापस आना।"

'सुरेश कुमार, तू आई.ए.एस. में आ गया!' सुरेश दीवाना हो उठा था।

मिहिर अपने पिता से बात करके वापस आ गया।

"उन्होंने क्या कहा?" सुरेश ने उत्सुकतावश पूछा।

"वे दोस्तों से घिरे हैं, वे उन्हें बधाई देने आए हैं, खुशी से झूम रहे थे, एक मुकम्मल लम्हे का भरपूर स्वाद ले रहे हैं।" मिहिर ने खुशी से झूमते सुरेश के साथ टोस्ट किया, और बोला, "पर मैं और पिताजी माँ की कही बात को भी याद करके हँस रहे थे। माँ कहती थी कि 'तुम बाप-बेटे राई का पहाड़ बना देते हो। हर काम में मजा चाहिए। सिविल सर्विस तो ठीक है, पर इस तरह से बाकी सारे दरवाजे बंद करना कितना बड़ा जोखिम है!' पर ऐसी सनसनीखेज जिंदगी में ही तो असली मजा छिपा है।" मिहिर हलके सुरूर में था। उन्होंने तय किया कि वे स्वच्छंद और बेपरवाह होकर बीयर पिएँगे, सफलता और सोमरस के कॉकटेल के सुरूर में झूमेंगे। पर मिहिर के जेहन में उदय और संदीप पार्श्व संगीत की तरह बज रहे थे। काश! मोनालिसा मिहिर की संवेदना में विराट् होती जा रही थी।

"मिहिर, तू देख जरा, कल कैसे सारे लड़के तेरे पास भागे आएँगे! यह अहसास तो निराला है, अद्भुत।" सुरेश खुशी से मचलता हुआ पीता जा रहा था।

मिहिर अपनी ही खोज में है। पार्टी पूरी हो गई, वह डगमगाते कदमों से अपने कमरे में गया और बिस्तर पर ढेर हो गया। 'आखिर मैं सिविल सर्वेंट बन ही गया, मैं सातवें आसमान पर हूँ, मेरा परिवार झूम रहा है, मेरे संगी-साथी अब सोचेंगे कि मुझे तो यह होना ही था! अब सीतागढ़ जाना कितना अच्छा लगेगा!'

तभी उसके दिमाग का दृश्य बदला और अचानक उदासीनता दबे पाँव मन में प्रवेश कर गई। मिहिर महसूस कर रहा है कि उसके भीतर एक चाहत जन्म ले चुकी है, एक अच्छा लेखक बनने की बेचैनी! 'मोनालिसा जिंदगी का सबसे आकर्षक रंग हैं, हमेशा कुछ पाने की लालसा पैदा करती है, इसमें पीड़ा और आनंद एक साथ मौजूद है। उदय ने सही कहा था कि संपूर्ण खुशी डरावनी होती है और किसी भी तरह का बदलाव केवल दुःख की ही तरफ ले जाता है। इस प्राप्ति के बाद एक और सपना पालना अपने आप में एक विचित्र रोमांच है। मैं गुस्से में हूँ कि भाग्य ने साथ नहीं दिया। भगवान् का तो पता नहीं, पर शिव, जिन्हें मैं अपना पालनहार मानता हूँ, उन्होंने ही सहारा दिया और सी.एस. की राह से भटकने नहीं दिया—किसने मेरे पिता को प्रेरित किया कि वे मेरे सी.एस. करने के रोमानी सपने को पूरा करने में अंतिम प्रयास तक सहयोग दें? अगर यात्रा के आरंभ में मेरे दोस्त मेरे साथ न होते और तरह-तरह के सोम से मेरा हौसला न बढ़ाते, तो? मुझे प्रो. शर्मा से किसने मिलवाया? मेरी पिछली परीक्षाओं में आत्मविश्वास की कमी के बावजूद कौन था, जिसने मुझे अपनी राह से डिगने नहीं दिया? वह कौन था, जिसे मैंने अपनी असफलता के क्षणों में अपने कर्मों से चुनौती दी? शिव ही तो थे वे। यात्रा मंजिल से कहीं बेहतर होती है। शिव मुझ पर कृपा रखते हुए, मुझे ऐसे सपने देते रहें, जिनसे शाश्वत सोम प्राप्त होता रहे, मुझे कर्म देते रहें, कर्म ही भाग्य को परखने का साधन हैं,' मिहिर के भीतर रेचन हुआ और निश्छल आँसू बह निकले, चेहरे पर दीप्ति बिखेरते हुए!

□□□